新潮文庫

谷中・首ふり坂

池波正太郎著

JN282311

新潮社版

4415

目次

谷中《やなか》・首ふり坂

尊徳雲がくれ

炬燵《こたつ》の中のこと

篤農家《とくのうか》、二宮金次郎が、野州（栃木県《とちぎ》）桜町の陣屋を出奔して、江戸へ向ったのは、文政十二年正月のことであった。

金次郎は、江戸から真っすぐに川崎大師《かわさきだいし》へ向い、日頃《ひごろ》信仰する弘法《こうぼう》大師本尊の前にぬかずいてみたが、しかし、絶望と激怒に狂い出しそうな彼の心身は、容易に鎮《しず》まってはくれなかった。

お札場へ金十両の寄進を置き、金次郎は本堂を出て、鐘楼の東面にある戸村屋という茶屋へ入り、ぼんやりと茶を啜《すす》った。

彼女が現れたのは、このときだ。

冬の陽射《ひざ》しも薄れ、参詣人《さんけいにん》の足も途絶えた宏大《こうだい》な境内を突切り、茶店の前までやって来た女は、チラリと、白くつり上った眼《め》で金次郎を見て、すたすたと通用門傍《わき》の木立へ入って行ったが……。

（あッ！）

金次郎は狼狽《ろうばい》して腰を浮せた。女の手に剃刀《かみそり》が握られていたのに気づいたからである。

木立の中で、剃刀を喉《のど》に当てようとする女と揉《も》み合い、やっと、なだめすかして連れ出すと、門前町を北へ折れた小路《こうじ》にある料理旅籠《はたご》〔八百伝〕というのへ、金次郎は女を誘った。

もともと他人の身上話を聞くのが大好きな金次郎だ。暖い飯でも食べさせ、得意の訓話で死を思い止《とど》まらせた上、いくらかの金を与えてやるつもり以外の何ものもなかったといってよい。すんなりした鼻を鳴らし、泣きじゃくりながら、女おろくが語るところによると……。

飲む打つ買うと遺憾なく揃《そろ》った亭主《ていしゅ》が、賭場《とば》の借金の抵当に、わが子を売飛ばしてしまった。亭主は元両国の見世物小屋に出ていた曲鞠《きょくまり》芸人で、いずれ子供も芸人仲間を通じて金に替えたのだろうが、それは両国へ出かけて探ってみれば何とも見当もつくことと思う——が、先だつものは金だ。自分も今度こそは亭主と別れるつもりだが……。

「子供を、あの、取返すにも——あの、十五両という大金が……すっからかんのこの身に、頼るものといっては、神さま仏さまより他《ほか》にないのですから……」

しかし、今日という今日は、もうどうにもならないことを、つくづく悟った。両親にも早く死別れ（これは金次郎と同じ身の上なので、彼は、この言葉にいたく共感と同情とをおぼえた）不幸な世渡りをしつづけてきた自分も、ここらが命のつきるときなのだろうと心を決めた……と、おろくは、舌っ足らずな甘ったるい口調で、語って泣き、泣いては語る。

そのうちに、おろくは何時《いつ》の間にか炬燵の向う側から、じりじりと金次郎の側《そば》へ近寄ってきていた。

「いや、私もなあ、お大師様に導いて頂くつもりで、やって来たのだがね」

我にもなく金次郎が嘆息を洩《も》らしたときには、もうぐったりと、おろくの小肥《こぶと》りな体が金次郎の胸元へ吸着して、おろくが肩を震わせて泣くたびに、しめっぽい彼女の手が、チラチラと金次郎の骨太い指にさわるのである。

何となく金次郎は情感をそそられてきはじめた。

おろくは、二十四、五になるだろうか。眼が大きいのはいいとしても、低い鼻も上向きだし、丸い顔に、眉《まゆ》も唇《くちびる》も思い切った均衡の破れ方でおさまっている。しかし、ひっつめた髪の下からのぞいている襟足《えりあし》には、たっぷりと脂肪がのっていて、寒ざむしい着物の下に息づいているものを、わかるものには想像させてくれる。

めそめそと、しくしくと話がはずみ、おろくが、ついに、

「もし生まれ替って旦那《だんな》さんのような方のおかみさんになれたら、あの……そんな夢でも見て、私はもう、死ぬより他に……」と、奥の手を出して泣き伏したとき、金次

郎は、まさにはち切れんばかりの欲求に耐えかねた。

七十両余りも腹に巻いている。女の不幸の大半は一応金で救えるものである。その代りに、というのではないが……平常は寸暇もなく心身を酷使し、身長六尺、体重二十五貫という、四十を越えたばかりの肉体に充満するエネルギーのすべてを、知らず知らず仕事へ転用してきた金次郎だ。それがこのところ、哀《かな》しい無聊《ぶりょう》をかこちながら、半ば自棄《やけ》気味に徒食しているのだから、女体への欲求が昂進《こうしん》するのも無理はなかった。

外はもう暮れたようだ。

股下《またした》から這《は》いのぼる炬燵の温気と、甘酸《あまず》っぱい女の体臭とで、金次郎の官能は大いに掻《か》き立てられた。

男の胸元から発散する土の香りを嗅《か》ぎながら、おろくは尚《なお》も泣く。泣きながら頭の上で金次郎が呑《の》み込む生唾《なまつば》の音を聞いている。

「よし、よし。もう泣くなよ――わ、わかった。ようわかった」

金次郎は喉をつまらせ、うわごとのように女の耳朶《みみたぶ》へ囁《ささや》いたが、怒張し切った全身の血管が命ずるままに、彼はいきなり、おろくを押し倒した。

「あらまあ――そんな、いや。いや……」

などと抵抗を匂《にお》わせつつ、おろくの両腕は、するすると逞《たくま》しい金次郎の首へ巻きついてしまう。

炬燵の上の置膳《おきぜん》で徳利が転倒し、灯《ひ》を入れに来た女中が、あわてて引き返して行ったのに気づいたのは、おろくのみである。

（なあに、たかが小金持ちの肥桶臭《こえおけくさ》い百姓のおじさんなんか……）

いいかげんに翻弄《ほんろう》してやるつもりだったおろくなのだが、終《しま》いには、岩のような金次郎の毛深い躰《からだ》でもみくちゃにされてしまった。

中庭の向うの座敷で三味線が鳴り、胴間声が唄《うた》っている。

こっちの肉も骨も粉々にしてしまうような、男の生一本《きいっぽん》な迫力に圧倒され、おろくは我にもなく無我夢中になっていた。

金次郎仕法のこと

大切な仕事を放《ほう》り捨てて、二宮金次郎が桜町から失踪《しっそう》したのは、おろくと出合う半月ほど前のことである。

金次郎が、小田原藩主の大久保忠真《おおくぼただざね》から、桜町三カ村の疲弊荒廃を復興せよと命を受けたのは、八年前の文政四年、彼が三十五歳の春であった。

野州桜町は、大久保家の分家の宇津家の領地だ。表向きは四千石だが、当時は、その四分の一も実収は上らず、田畑は荒れ果て、宇津家の負債もまた山のごとしである。

旗本として人並な交際も出来なくなるし、宇津家では、何度も本家の小田原藩の脛《すね》をかじりにくる。本家にしても、その頃の大名の大半が財政困難に陥っていたのと同様、楽ではない。といって捨ててもおけない。

うっかりすれば「監督不行届き」とあって幕府からも睨《にら》まれかねない。だから何度も役人を派遣したり金を注《つ》ぎ込んだりして桜町を復興させようと計ったが、焼石に水であった。

桜町の村々には博徒や商売女が入り込み、村民の生活が荒れ放題となっている。出張して来た小田原藩の役人などは、狡猾《こうかつ》な土地のものが誘う酒の香、女の香に縛られて骨抜きになり、公用金を目的もなく消費してしまうのが関の山だ。

大久保侯が、小田原領内栢山《かやま》村に住む金次郎に桜町建直しを委任したのも、金次郎の仕法家としての手腕を試してみようと思いたったからである。

金次郎が自ら仕法と名づけているものは――負債整理、殖産開拓、一村一藩復興や財政建直しなど、彼独自の事業を行うことをいうのである。

金次郎は殿さまの内命を何度も断わりつづけたが、いよいよ断わり切れなくなり引き受けるときに当って、彼は条件を三つ出した。

先《ま》ず四千石の領地を一応二千石に復旧させることと、以後十年は自分に村の一切を任せること、領主宇津家は年千俵の収入で我慢をして貰《もら》うことの三カ条だ。これは許された。

「百姓のぶんざいにて生意気千万!!」

などと息まく藩の重役達《たち》を押え、殿さまは言った。

「言うままにしてやれ。あの墓場のごとき土地を実らせようというのだ。失敗《しくじ》って元もとじゃ。成功すれば見つけものではないか」

しかも費用は、陣屋その他の維持費程度でよいというのだ。

「金がなくても復興が出来るのか」と、殿さまはおどろいた。

「あの村々には金をかけては元通りになりませぬ。金を出せばそれに寄りかかり、無為徒食をむさぼりたい気分が高まるばかりでござりまする。私めは、先ず、その気風を一掃することから始めようと考えおりまする」

こんなことを言う金次郎を見て、殿さまは、

「フーム。成程のう」

呟《つぶや》いたが、とても無理だと思った。

(夢のようなことを申しておる。やはり、やらせても無駄《むだ》かな)

いっそ中止をと思ったが、そうなれば金次郎を抜擢《ばってき》した自分の見識が家来の物笑いになること必定《ひつじょう》だ。何だか頼りなくなってきたが、とにかくやらせてみることにした。

(今どき珍妙なる男が出て来たものじゃ)

珍妙だと思うのは他人だけだ。

わが独裁の下に人々を心服させ、練りに練った計画を一歩一歩と実現し、穴だらけ埃《ほこり》だらけの木や家や、人を建直し復旧させる興味こそは何ものにも替えられぬものがある。むろん金ずくでやれるものではない。

芸術家が画筆や絵具の世界に没入するのと同じことだ。スポーツマンが炎暑に汗水たらして御苦労さまに飛んだり駆けたり、記録に挑《いど》むことと大差はない。

一家の仕法から一村の復興へ――村から国へと……金次郎の夢は果しなくひろがる。天災や飢饉《ききん》に苦しむ農民から、やたらに貢租を取り上げるだけの大名や武家が支配している当時の日本だ。

少年の頃から貧農の一人として、こうした苦悩を厭《いや》というほどなめてきた金次郎だけに、武家や大名を自分の指導に従わせ、しかも同朋《どうぼう》たる農民を救い上げようというのだから堪《こた》えられない。実に愉快な仕事だと彼は思っている。

小田原藩で千二百石どりの服部十郎兵衛《はっとりじゅうろべえ》の家計の復旧をしてやったとき、大身の武士である十郎兵衛が百姓上りの自分に低頭して礼をのべたときのことは忘れようとしても忘れられない。

両親を失った十六歳のときから一粒の米もなしの躰一つで弟達を抱え、以後は独立独歩で、二十一歳の頃には作徳十三俵、貸付米七俵を手中に摑《つか》んだ金次郎である。

小田原城下に鳴り渡った服部家建直しの大評判を聞いた領主からの、直《じき》じきの依頼が桜町仕法であったのだ。

この仕法が成功すれば、彼は小田原の金次郎から天下の仕法家としての金次郎になる。

封建制度の腐敗は、どこの大名の領地にも武士の家にも充満している。百姓一揆《いっき》や打壊しは近年増大するばかりだ。仕事に困ることはない。

金次郎の夢は、仕法家としての手腕を天下にとどろかせることにある。

桜町領内を調査し、村人とも親しむうち、彼は、この萎《しな》びた土地の息を吹き返させることに、またもたまらぬ興味を感じはじめた。

細君のお波が、

「建直しの見込みがつかなければ、人さまの誹《そし》りをお受けなさるばかりですよ」

と念を押したが、金次郎は、

「なあに大丈夫。きっと成功して殿様や藩の重役方を、あッと言わせてやる。先ず十年はかかるがね」

「十年……そこまでお考えなら、おやりなさいまし」

お波は、もと服部家の下女をしていた女だ。

服部家仕法の五カ年間、金次郎は他人の家の切盛りに夢中となって、栢山村の先妻と子供のところへはたまにしか帰らなかったものである。帰るときは肉体の欲求を細君に鎮めてもらうときに限る。

「うちのひとは、私を商売女と間違えていなさる」

先妻のキノは憤然として離別を申し出た。止めても聞かない。ついに子供を残して出て行ってしまった。

金次郎が、当時十六歳のお波に手をつけたのは間もなくのことだ。

お波は服部家の下女として、大いに金次郎を助けて働いてくれたし、経済仕法家という彼の仕事にも並々ならぬ興味を示している。

「一家のやりくりと違い、今度は四千石の土地を育てるのですから……うまくゆけば面白《おもしろ》うございますねえ」と、彼女は言い放った。

すでにこのとき、金次郎は栢山随一の大地主となっていたが、彼は、その所有する田畑のほとんどを七十余両で売り払い、一家をあげて、勇躍、野州桜町へ出発したのであった。

まさに仕法家としての生命をかけ、背水の陣をしいた、と言ってもよかろう。

曲鞠《きょくまり》おろく及び桜町仕法のこと

「それからなあ、今年で六年だよ、おろくさん——私も一所懸命でさ。もう少しで何とか目鼻がつくというのに……そこへ、その悪役人がやって来やがってなあ」

「ほんに憎たらしい奴《やつ》ですねえ」

おろくは舌打ちまでして相槌《あいづち》を打つ。

女の首から手を廻《まわ》し、乳房を探りながら、金次郎は少年のように訴えている。

今日は朝から雪であった。

風は全くない。粉雪が一定の密度で、止《や》むこともなく、静かに降っている。

川崎《かわさき》宿南外れの、水除《みずよけ》土手の下にある〔玉屋〕という小さな旅籠《はたご》へ、金次郎は、もう十日ほども滞在して、おろくと爛《ただ》れきっている。

我ながらうじゃじゃけた奴だと思うのだが、失意落胆の中年男にとって、女のやわらかい肌身《はだみ》ほど頼りになるものはない。

あれから、おろくは、金十五両を金次郎から貰い、江戸へ出かけたが、その金は愛宕《あたご》権現《ごんげん》下の楊弓場《ようきゅうじょう》の女主人に納まっている友達のおでんに預けてきた。

もちろん子供など生んだことはない彼女だ。

おろくは、五年前まで曲鞠芸人菊川助六の女弟子で、小六と名乗り両国に出ていた。友達のおでんもまた同じ小屋に出ていた玉乗り芸人だったが、この方はおろくと違い細面《ほそおもて》の美人なので、今は大店《おおだな》の旦那の妾《めかけ》となり、楊弓の店を出させてもらっている。「チビ六」だとか「おかめの出来損い」だとか「串団子《くしだんご》」だとか——仲間や師匠からも嘲笑《ちょうしょう》されるし、その方は余り器用ではない曲鞠の芸にも見極めをつけたおろくは、新商売に鞍替《くらが》えをした。

俗に「信心深い男ほど、奥底は……」何とかだと言われることから思いつき、新商売に鞍替えをした。

江戸周辺の神社仏閣を廻り歩き、信心深そうな中年男を引っかけて集めた金は、男にもてなかったウップンをはらすため、若い男を金ずくで誘って湯治場などへしけ込む遊びに使い果していたのだが、此頃《このごろ》では、やっと行先にも提燈《ちょうちん》を向ける気になり、いずれは何処《どこ》かの茶店の権利でも買い取って、女ひとり、のうのうと暮すための軍資金にしているおろくなのだ。

この商売を始めたとき顔に自信のない彼女はビクビクものだったが、やってみると意外に儲《もう》かる。

(へへん。これで私も満更じゃアなかった……)

と、低い鼻を此頃ではうごめかしているのだが、実は、彼女の泥臭《どろくさ》い顔つきや、出来たての串団子のシコシコと温かい歯ざわりを感じさせる肉体を、中年男は却《かえ》って好む。また美人でないところが男にとっては手を出しやすいのである。

何時《いつ》もなら「売り飛ばされた子供」を枷《かせ》に、金を貰えば一時も早く逃げ出すおろくなのだが、

「それがねえ、おでんちゃん。あのひと、まだたんまりと持ってるんだよ。私もね、あのひとがさ、十両をお札場へ寄進して後も見ずに本堂を出て行ったのを見て、ぽんと手をうったもんだが、むさくるしい風体に似合ず、胴巻きは重いんだよ。それにさ、それに……」

「それに何さ?」

「ふふふ……桁外《けたはず》れにあの方も、しつっこいっていうことさ」

「何だ、しつっこいところが気に入ったのかい。いいかげんにおしよ」

今度はどの手で泣き落してやろうかと、指を嚙《か》み嚙み考えながら、おろくは愛宕下のおでんの家を出て、四里半の道を川崎宿へ引き返して来た。

「主人が子供を渡したという男が、どうしても見つからず、仕方がないので、昔から面倒を見て下すった小屋の太夫元《たゆうもと》さんに、お金を預けて、ようく頼んでまいりました」

「そうかい、そうかい。私は、もうお前さんに会えないのじゃないかと思ってなあ。よくよく帰って来てくれたよ、おろくさん――」

灰色に暮れかかる曇り空を窓から眺《なが》めていた金次郎は、飛びつくようにおろくを迎えた。

小田原領内では、すでに二宮先生と呼ばれている彼も、おろくの手管《てくだ》には、すっかり丸め込まれてしまったらしい。

おろくのような女には疎《うと》いが、農事全般には卓抜した見識を持つ金次郎だ。若い頃から他家の飯を食べ、一字も駄目だった論語や大学に齧《かじ》りつき、とうとう自己流に読みこなしてしまったほどの苦労もしている。

五勺《しゃく》の菜種を村の廃地に蒔《ま》き、翌年に七升もの収穫を得たのが、少年の金次郎が初めて手にした財産であった。当時の廃地廃田は貢租の対象とならない。彼はこれに眼《め》をつけ、恐るべき天賦《てんぷ》の精力をふりしぼって荒地を開墾し、徐々に収穫を得た。

村の人びとは「キ印の金さん」とか「ぐるり一辺」とか言って嘲笑したが、金次郎の努力が着々と実を結ぶのを見てからは口をつぐんだ。

「偉いんですねえ、旦那《だんな》さんは……」

女に甘えて語る金次郎半生記に、おろくも肚《はら》の中では（うまい嘘《うそ》をつきやアがる）と思ったが、眼を見張り唇《くちびる》をすぼめては、大げさに金次郎を鑽仰《さんぎょう》して止《や》まない。金次郎、良い気持である。

「でも、そんなに働きなすって、よく病気もせずに、今まで……」

「それがさ。私は生まれつき呆《あき》れ返るほど、精も根もつづくのだよ」

「お情け深いのも、やっぱり生まれつきなのでしょうか。ほんとに神さまです。旦那は……」

「いやあ。神さまはよしておくれ」

「いいえ、ほんと。ほんとなんですものウ」

おろくが、金次郎の首筋に唇を当て、舌でなぶってやると、金次郎の息づかいは、たちまちに荒くなる。

(この男、どれ位お金を持っていやがるのかしら?)

金次郎の濃い体臭に埋まりながら、おろくは、またそれを考えている。

おろくには語らなかったが、現在の金次郎は、金融業者としても小粒ながら着実な歩みを進めてきている。大儲けを狙《ねら》うのではなく、何処までも困っている者を助けるというたてまえだから、利益は少いが投機に誤りがない。

だから金次郎は、まとまった金もある。金がなくては仕事もやれないのだ。

桜町仕法にしても、廃地を復旧させるまでの年月と辛抱を村民に強《し》いるためには裏づけがなくてはならない。

怠け者の腰が、いくらかでも鋤鍬《すきくわ》を動かすようになれば、その保障を与えてやらねばならない。瘦《や》せた人間が肥るのには今日明日というわけにはいかないのである。

金次郎は、小田原藩から貰う年俸《ねんぽう》も全部、桜町仕法へ注込《つぎこ》んできたのだ。馬鹿馬鹿《ばかばか》しいと他人はいうだろうが、自分の金を注込んでやるところに値打ちがあるのだ。

「ろくに金も使わず、よくも復興させたものだ」と殿様は眼を見張るに違いない。従って、金次郎の成功は何倍もの反響をともなって天下にとどろくのである。それが愉快だ。

しかるにである。

保身に汲々《きゆうきゆう》たる小田原藩の重役や藩士のうちには、彼等《かれら》には出来得ない金次郎の働きを、近頃では、殿様がベタ賞《ぼ》めになってきているので、大いに金次郎を妬《ねた》み、隙《すき》あらば赤恥をかかせ、金次郎を葬《ほうむ》ってしまおうと画策する輩《やから》が、かなりいるのだ。

むろん金次郎派の連中もいる。だから小田原でも江戸屋敷でも、金次郎について二派に分れ、これが藩政にまでも微妙に影響してくるといった状態なのである。

江戸家老の吉野図書《よしのずしよ》は、反金次郎派の首魁《しゆかい》であった。

「豊田《とよだ》。おぬし桜町へ行き、金めのやることを何から何まで打ち壊してこい」

吉野家老の密命を受けた藩士の豊田正作も、出世欲が並外れて強いくせに、出来ることといったら、国許《くにもと》の郡奉行《こおりぶぎよう》の下で村々の監督をやっていた頃に培《つちか》われた弱いものいじめと収賄《しゆうわい》位なもので、まことに陰険極まりない奴だ。

吉野家老は巧みに工作し、豊田正作を組頭格の名目で、桜町陣屋の主席として派遣した。

分家の宇津家では、もう一切口は出せない。金次郎が年々送る二千俵の米を貰っては、本家にペコペコしているばかりである。

ともかくも豊田正作は、名目上、金次郎の上役として桜町へ着任した。

細君や子供と共に陣屋に起居していた金次郎は、内庭に面した八畳十畳の二間を豊田に譲った。自分達は土間近くの六畳二室を使用し、充分に、豊田へは礼をつくしたつもりであった。

しかし豊田は金次郎の誠意などに全く応《こた》えることなく、早速に煽動《せんどう》工作をやりはじめたのである。


豊田正作について、あの有名な報徳記は、こう記している。

——性ははなはだ剛奸《ごうかん》にして、先生（金次郎）の徳行を忌《い》み、その事業を妨ぐ。先生の処置するところは、ことごとく僻論《へきろん》をもってこれを破り、邑中《ゆうちゅう》に出《いず》れば此件々を二宮命ぜりといえども我は許さず。速やかに之《これ》を止めよ。もし我言に従わずんば必ず汝《なんじ》を罰せん——と、村民を威《おど》しつけたようだ。

そのために——奸民これに諂《へつら》い、共に良法の成らざるをもって愉快とす。のみならず良民を退け佞人《ねいじん》を賞し、三邑を横行し大酒を飲み、口を極めて先生を嘲《あざけ》る——ということになってきた。

豊田と結びついた無頼漢どもにより再び激化した暴力や博打《ばくち》の横行に、折角金次郎が栢山《かやま》村その他から招《よ》んで入百姓にした者達《たち》も、堪えかねて逃げ出す始末だ。

金次郎は豊田を詰問《きつもん》した。

豊田は尖《とが》った鼻を指で撫《な》でながら、青黒く腫《むく》んだ顔の表情ひとつ動かさず、押し殺したような無気味な声で、

「おぬし、武士に対してあらぬ言いがかりをつけた罪は勿論《もちろん》覚悟の前なのだろうな」

「なれども、あなた様は——」

「おれが何をした？　何の証拠がある？　え？　え？　おい。言ってみなさい」

そう突込まれると確固たる実証を握ったわけでもない。

豊田は、貢租の取り立てや、それを逃れんとする村民からの賄賂《わいろ》の中を泳ぎ廻《まわ》って来たしたたか者だ。中々尻尾《しっぽ》を摑《つか》ませないし、下手をすれば逆ねじを喰《く》わされ、今までの苦心も水の泡《あわ》となるばかりか、吉野一派の奸策によって公吏侮辱罪のごときものを押しつけられかねない。

陣屋に詰めている藩士達も豊田正作の睨《にら》みに恐れ、または百姓上りの金次郎に従うことはないという下らぬ見得から、いっせいに金次郎の施策に難色を見せはじめた。

豊田は、こやつ等と語らい、小田原藩庁へも金次郎排斥の願書を数回にわたって出した模様である。

今までは、金次郎に仕法を頼む人は、金次郎の指導に背いたことはない。いや背くものは金次郎一流の親切な説得指導によって、必ず勤労精神の復活を与えることが出来たものだ。

それだけに、豊田の喉笛《のどぶえ》に嚙みついてやりたいほどの憤怒《ふんぬ》を、卒倒する思いにこらえつつ、金次郎は、ついに決意した。思い余った揚句にである。

即《すなわ》ち酒花の饗応《きようおう》によって、豊田を懐柔せんというわけだ。

金次郎は陣屋の一室に酒肴《しゆこう》をととのえ、女をはべらせ、屈辱を内蔵した硬張《こわば》った愛想笑《あいそわら》いを浮べ、懸命に豊田をもてなしたのである。

「ふむ、左様か、折角の志ゆえ、よし、有難《ありがた》く頂戴《ちようだい》しよう」

ニコリともせず、たらふく飲み食らい、白粉《おしろい》やけのした女を抱いて……後は知らん顔をして、依然、覆面の煽動と脅迫をつづけ、村民の勤労意欲を抹殺《まつさつ》しようと暗躍する豊田正作なのだ。

饗応の代りに豊田の弱点を押えるなどという狡《ずる》さは、まだこのときの金次郎にはなかった。後に残されたのは、以前に倍加した怒りと、豊田の嘲笑に竦《すく》む劣等感と、後悔の悩乱があるばかりであった。

細君も二人の子供も、陰惨な明け暮れに影響され、顔つき言葉つきまで変ってくる。

「もういっそ辞めさせて頂き、栢山へ帰りましょう。あなたがお厭《いや》なら、私、子供を連れて帰ります!」などと、細君も声を震わせて口走るようになってきた。

「私もずいぶんと我慢をしたものだよ。ここで手を引いたら、今まで手塩にかけた土地も人も、死ぬ。私もまた、この仕事に失敗《しくじ》ったら……世間の笑いものになるばかりか、これから先の自分の仕事に、全く自信が持てなくなるものなあ」

おろくに言ったところで、とてもわかってはもらえまいと思いながらも、つい愚痴をこぼしてしまう金次郎だ。

(何といっても今のおれには、この女が只《ただ》一人の味方なのだものなあ)

金次郎は、おろくの温い乳房の谷間に顔を埋め、甘ったれては、わが苦渋と哀《かな》しみを、めんめんとのべたてる。

(存外ウブだよ、このおじさんは――)

と密《ひそ》かに嘲笑しながらも、おろくは満更ではなかった。分別盛りの大男に頼られているということは、おろくのような女にも格別な味がする。

(おれが行方不明になったら、殿様も家中の人びともきっと驚くに違いない。少しは困らせてやれ)

拗《す》ねた感情と、吉野家老一派への面当《つらあて》が一緒になり、半ば自暴自棄で、金次郎は桜町を出奔してしまったのだ。

（まず弘法大師《こうぼうだいし》様の前で、静かに考えてみよう）と、川崎《かわさき》へやって来たのだが、とてもとても考えがまとまるどころではなかった。

その代りに金次郎は、身心をさいなむ毒虫を、いくらかでも吐き出すゴミ箱を得たともいえる。おろくもゴミ箱にされては、ちょっと可哀相《かわいそう》だが……。

（だがなあ、女房《にょうぼう》や子供は、今頃、何をしているだろう。どんなにおれのことを心配していることか。いかん！　おれも、こんなところで女狂いをしていては……）深沈たる冬の夜の闇《やみ》の中で、金次郎は眠れなくなってきた。

「ねえ、旦那さん。私、また明日、江戸へ行ってみるつもりなんですけど……」

悲しげなおろくの囁《ささや》きである。

「何だ、まだ眠らなかったのかい。ともかく、子供を早く取り戻《もど》すことだなあ、おろくさん」

「はい……」

明日は江戸へ出て、また戻って来るつもりのおろくだ。悪い奴《やつ》の手に子供が移されてしまったので、あと二十両ないと、子供を返して貰《もら》えない――と、金次郎にふっかけてみるつもりなのである。

おろくは先《ま》ず、金次郎の意を迎えようと、

「でもねえ、旦那さん。この六年の間、旦那が面倒を見ておやりなすったお百姓さん達は、今頃、旦那のことを何と思っているんでしょうか」

「え……？」

「いい気味だと思っているのか、心配しながらも、悪人どもに押えつけられ、旦那を探しに行くことが出来ず、困っているのか……」

「ふうむ……」

サッと、金次郎の脳裡《のうり》をよぎっていくものがあった。

「成程、お前さんにそう言われてみると……三カ村百数十軒の百姓達のうち、少く見つもって三分の一は、まだ私の味方だろうよ」

「だったら旦那。その人達が、何とか騒ぎ出したらよかりそうなものじゃありませんか？」

「騒ぎ出す……？」

「旦那のお仕事を邪魔する奴がいたら、何とか手を使って騒ぎ出したらいいじゃありませんか。謀《はか》り事をもって謀り事を討つとか何とか、講釈でも言いますよ」

「ふうむ……」

三分の一の村民が味方なら、まだ打つ手もないわけではないではないか……。

（おれは、この六年間に、自分で蒔いた種のことを、怒りに任せて、すっかり忘れていたわい！）

金次郎は、おろくの乳首を、またなぶりながら、

「騙《だま》すに手なしか……」と、呟《つぶや》いた。

おろくは、ぎょっとした。

金次郎へのお世辞のつもりで、ペラペラとしゃべったことが、とんだ藪蛇《やぶへび》になっては大変である。

おろくは思いきりよく、またも寝巻をかなぐり捨て、金次郎に挑《いど》みかかった。

「ねえ、旦那さん——ねえ……」

「ふむ、ふむ……」

「私、坊やを取り返したら、成田山へおこもりをします。断食《だんじき》のおこもりをね。旦那さんのお仕事が、うまくゆくように……」

「そ、そうかい。よく言っておくれだなあ」

金次郎は落涙した。

彼は、急に、勢い込んで言った。

「よし！　明日は私も江戸へ出よう」

「え……？」

おろくは困った。世話になる太夫元《たゆうもと》へ一両も包まないと、などと言って小遣いをせしめてから出かけるつもりだったのである。

「いいんですよウ、旦那——」

「何、私も用がある。だが、お前さんの方が先だ。一緒に行って、その両国の太夫元さんに会い、私がひとつかけ合ってみよう」

「でも——あの、でも……」

「まあよい！　私に任せておきなさい」

金次郎は断固として言う。何だか急に元気一杯になってきたようだ。声にも威厳のようなものが感じられるし、おろくは今までの金次郎とは別人のような圧迫感をおぼえて、首をすくめた。

（畜生め、余計なことを思いつきやがって——）

夜廻りの拍子木が、雪の夜更《よふ》けの宿場を縫って近づいて来る。

（ちょいとばかり、このおじさんの躰《からだ》には別れにくいところだけれど……）

翌朝——金次郎が眼ざめたとき、おろくはすでに消えていた。

金次郎の蒲団《ふとん》の下の胴巻きから、ごっそり中身を抜いて消えたのである。

それでも胴巻きの底には、五両ほど、おろくの志が残されてあった。

金次郎出現のこと

金次郎が、おろくに逃げられたのは、おそらくこの年の正月下旬であったろうと思われるが――。二月十日の夜更けに、桜町領内の物井村に住む岸右衛門《きしえもん》宅の戸を、そっと叩《たた》くものがあった。

独りものの岸右衛門が戸を開けると、意外、そこには金次郎が立っているではないか。

「先生よう！　お前さまはまあ、一体何処《どこ》に居やんした？」

仰天して、岸右衛門が叫んだ。

「叱《し》ッ――ちょいと入れておくれ」

「へい、へい……」

「あとは戸締りをしておきなさい。よろしいか」

炉には新たに薪《まき》がくべられ、白湯《さゆ》が出る。

悠然《ゆうぜん》と湯を飲み、端座している金次郎を、おろくが見たら何と言うだろう。

かつては桜町領内きっての無法者といわれた岸右衛門がかしこまっているその前に坐《すわ》っている金次郎には、長者の風格、気品さえも漂っているのだ。

この岸右衛門という男は、金次郎が最も手こずった村民の一人である。豊田正作から両刀を引いて癇癪《かんしゃく》を加えたような乱暴者で、これを感化するのに、金次郎は五年もかかった。

金次郎が、黙々と自ら鍬《くわ》をとり、岸右衛門の瀕死《ひんし》に直面した瘦地《やせち》を耕すこと一年余――。ようやく岸右衛門は、金次郎の前に詫《わ》びた。

三十八歳になる岸右衛門も大男だ。左の眉《まゆ》から頰《ほお》、唇《くちびる》にかけて刀疵《かたなきず》がある。

「先生はまあ、どうして仕法をおやめなさったのだね、おら達を捨ててよウ……」

「私が辞めたと言うのは、豊田正作か？」

「へえ。実はおら達、先生が消えてしまったもんで、いろいろと相談ぶってよウ」

良民達が、豊田一派の監視の眼《め》を逃れつつ協議すること数回。正月二十日には、東沼村の七郎次と藤蔵《とうぞう》が代表として、ひそかに江戸へ向い、小田原藩邸へ訴え出たというのだ。

二人は口を揃《そろ》えて――二宮先生なくしては村々が立ち行かない。このままでは、六年も先生と共に苦しみ働いて来た良民達の努力は水泡《すいほう》に帰してしまう。どうか、先生を探し出して頂きたい――と訴えたが、これが運悪く居合せた家老の吉野図書の耳に、いち早く入ってしまった。

「二宮のことは我らが処置をする。村民の口さしはさむところでない。早々に立ち去れ！」

呆気《あつけ》なく追い返されてしまった。

青くなって桜町へ帰って来ると、村役人一同と共に陣屋へ呼びつけられ、豊田正作から大眼玉を喰った。

「二宮は仕法行詰りを解決出来ぬ為《ため》、みずから辞任を申し出ておるのだ。この上、きさま達が騒ぎたてると、入牢《じゆろう》申しつけるぞ！」

百姓達は青くなった。

金次郎の細君お波も、子供を抱え陣屋の片隅《かたすみ》にちぢこまって、こっそりと暮しているばかりである。

「いっそのこと、あの豊田の寝込みをやっつけ、先ず眼の玉をくり抜いてくれべえと考えてたのだ」

岸右衛門も凄《すご》い眼つきになって、こう言う。

やりかねない男だし、やたらに豊田を恐れて決定的な腹が決まらぬ村民達に、彼は業《ごう》を煮やしていたのだ。

それにしても先生は、一体、これから先、おら達のことを捨ててしまうつもりなのか――岸右衛門は涙を流し、唾《つば》を飛ばして叫び出した。

「黙っていたのじゃわからねえ。はっきりと、先生の気持を聞かせて下せえ！」

「私はな、死ぬつもりだよ」

「げえッ」

「もうあきらめた」

「いけねえ。死んじゃアいけねえ」

「私は一人ぼっちだ。味方がない」

「何言ってなさるだ。おら達のことを忘れたわけじゃなかっぺ」

「お前方は、がやがや騒いどるだけで、結局は、豊田を恐れて手も出ないではないか」

「だから、おらが一人で罪をかぶり、あの野郎を叩ッ殺すつもりだと言ってるじゃねえか」

「駄目《だめ》だ。豊田一人なら私でもやれる。しかし、このことは小田原藩全体が、私の言うことを聞いてくれなくては、とてもとても領内の村々を救い出すことは出来ぬのだよ。しかるにだ、かんじんの村人達が、いたずらに首をすくめて木ッ葉役人の言うがままになっているのなら、私一人が、いくら気張ってみたところで無駄だ」

「だからよウ、おらは、おら達は……」

「いや、もうよい。本当にお前達がだ、私に戻って貰いたいのなら、もっと、もっと死物狂いになってくれる筈《はず》だからのう」

考え込んでしまった。

「死物狂い……？」

岸右衛門は腕を組み、けだものじみた光を両眼にみなぎらせ、考え込んでしまった。

金次郎は、静かに言った。

「この村々に、私は精魂打ち込んできた。名残りはつきない。だから一目、村の姿を見てと思い、こうして忍んで来たのだが——お前の家の前を通りかかって、つい、お前の顔が見たくなってなあ」

「先生！　うわ、もうたまらねえだ」

岸右衛門は号泣した。

このとき、金次郎は、サッと立ち上り土間へ降りた。

「先生！　ど、ど、何処へ行きなさる」

「もう会うこともあるまいよ」

金次郎の姿が闇に呑《の》まれた。

すぐに躍り出た岸右衛門が、狼狽《ろうばい》してあたりを探し廻《まわ》ったが、ついに見つけることは出来ない。

そして、金次郎の去った後には——村のために使ってくれ——と、金二十両の包みが残されていたのである。

翌日、岸右衛門宅で、秘密緊急会議が開かれた。聞けば、金次郎は細君子供にも会ってはいないという。となると、どうも二宮先生は只ならぬ決心をされているに相違ない。

今更ながら一同は殺気立ち、色めき立ってきた。

藩邸騒擾《そうじよう》のこと

二月十五日――再び、岸右衛門や横田村の忠左衛門《ちゆうざえもん》を先頭に同勢十五名が、小田原藩江戸屋敷へ押しかけた。

桜町から江戸への行程約二十七里である。旅費には金次郎が置き残した二十両を充《あ》て、一同の意気は天をつくものがある。皆、必死だ。

これを追って、豊田正作の命を受けた無頼漢、鬼神の清七が率いる八名が桜町を発し、江戸への道中筋で、請願隊一行に追いつくと、威《おど》したりすかしたりして連れ戻そうとかかった。

「こいつら！　邪魔をしやがると片っぱしから首根っこを叩ッ斬《き》るぞ」

岸右衛門が腰にぶち込んだ長脇差《ながどす》を引き抜き振り回した。昔とった杵柄《きねづか》で、こうなると岸右衛門の面目、まさに潑剌《はつらつ》たるものがある。

結局、無頼漢どもは岸右衛門に説得されてしまい、共に江戸へ向うということになった。

小田原藩邸は、芝の北新網町にあって、増上寺の表参道に沿った一角にある。

同勢は二十四名。今度は首を斬られても動かぬと坐り込んだ。

「どうしてもお聞き届けがならねえのなら――へえ、へえ。私どもは御公儀へ訴え出る決心でおりまするので……」

表玄関で、岸右衛門は喚《わめ》いた。

ようやく度胸も据《すわ》ってきているだけに、腰抜け侍などの威嚇《いかく》よりも迫力がある。

さすがは以前、桜町一帯の博徒どもと喧嘩《けんか》して、一歩も退《ひ》けをとらなかった岸右衛門である。

今度は藩邸でも大騒ぎになった。

金次郎派と反金次郎派が、騒然と争いはじめる。

殿様の耳へも入らざるを得ない。

しかも殿様の大久保《おおくぼ》侯は、現在、幕府老中の席に連なっているのだ。

迂闊《うかつ》に追い返して、今度は町奉行所へでも訴え出られたら大事になる。殿様の面目は丸つぶれとなるわけだ。

「これほどの大事を、そのほうは何故《なにゆえ》、わしに告げざったぞ。この大たわけめ！」

殿様に叱《しか》りつけられ、吉野家老は這々《ほうほう》の態《てい》で引き下った。

かくて重役協議の結果、とりあえず岸右衛門他《ほか》二名を代表として藩邸にとどめ、小田原へも急使が飛ぶ。

金次郎の故郷、栢山《かやま》村一帯へも捜索の手を伸ばしたが、行方は全く知れない。

「おら達《たち》は今まで、昔からの習慣でよ。あんまり侍というものを怖がりすぎていたのだぜ。どうだい。やれば、おら達にもやれるでねえか」

と、岸右衛門等は邸内の動揺ぶりを見て意気軒昂《けんこう》たるものだ。その反面には、

「先生に万一のことがねえように。見つけ出すまで間違いがねえように……」

彼等は与えられた一室で、終日、大声に、

「なむあみだぶつ」

をとなえるのだ。

藩邸内は、異常な昂奮に巻き込まれはじめた。

(うむ。これなら大丈夫――)

と、金次郎は、ますます闘志が燃え上るのをおぼえた。

金次郎は、藩邸付近の盛り場や、茶店飯屋などから、こうした情報を集めていた。

大名屋敷の内のことなどは、洩《も》れそうになくて案外洩れやすい。屋敷内の仲間《ちゅうげん》や出入りの商人達の口から、他愛もなく外へひろまるものなのである。

同時にまた、金次郎は桜町まで二十七里余の道を十日の間に二往復して、桜町領内の情報を集めることもした。おどろくべきエネルギーだと言わざるを得ない。その間

を縫って彼はまた、これからの働きのための資金調達に、小田原、箱根と、ひそかに駆け廻っているのだ。その辺の宿屋、商店などに金次郎は大分投資をしてある。

金を持ち逃げしたおろくのことについては、もう考える暇《ひま》もない。金次郎の五体には精気と闘志が湯気をたてている。

帰村した代表を迎え、全村民も、ようやく団結して、二宮先生一本槍《いっぽんやり》で行こうという気配が濃厚となってきた。

金次郎は雀躍《こおど》りした。

今や何時《いつ》でも、桜町へ帰ってよいのだ。形勢の見通しは明るい。

(だが、待てよ——おれほどの男が、おろくのような女の手玉にさえ乗ってしまったのだ。こっちが落着いて見ておれば、あわてふためいている人間の隙《すき》へ、どうにでも喰い込めるものなのだからなあ)

四千石の領地ともなると、農民だけが相手ではない。武家階級の、しかも封建制度の腐臭ふんぷんたる政治の網の目が、ひしひしと彼の仕事を取り巻いている。

(これからは至誠一筋でもいくまいなあ)

状況が好転しそうだからといって、何もせかせかと嬉《うれ》しそうな顔を見せるには及ぶまい。

おろくは、あくまでも金次郎を騙《だま》した。

(だが俺《おれ》は、真実を嘘《うそ》の皮でくるんでみせてやろう)それにはどうしたらよいものか……。

江戸の町の片隅にある一膳飯屋《いちぜんめしや》で、汁《しる》と飯を頬張《ほおば》りながら、作戦にふける金次郎の頭に、ひょいと浮んだのは、最後の夜に川崎宿の旅籠《はたご》の二階で、

「私、坊やを取り返したら、成田へ断食のおこもりをします。旦那《だんな》の仕事がうまくゆくように……」

と、おろくが言った心にもないお世辞の言葉だった。

断食参籠《だんじきさんろう》のこと

下総国《しもうさのくに》、成田山新勝寺は、朱雀《すざく》天皇の天慶《てんぎょう》二年に草創されたもので、本尊は不動明王。堂塔伽藍《がらん》三十三棟《むね》を数える有名な古刹《こさつ》である。

二宮金次郎が、門前の旅籠、小川屋の門口に立ったのは三月十三日の夕暮れであった。

大伽藍の彼方《かなた》、ゆるやかにひろがる薄紫の丘陵が、夕映えの空の下で、けむるような春の匂《にお》いを漂わせている。

「心願あって断食祈誓のため、当山へまいったものだが、泊めて頂きたい」

ぬーっと土間へ入って来た金次郎を見て、亭主《ていしゅ》の豊蔵《とよぞう》は、いささか異様の感を抱いた。

垢《あか》くさいツギハギだらけの着物に破れ笠《がさ》をかぶった巨漢なのである。

鋭く光る双眸《そうぼう》も尋常でないし、長く肥えた鼻から下は髭《ひげ》に埋まっている。それに耳の大きく長いことといったら、唇《くちびる》の後から顎《あご》のあたりにまで垂れ下っているのだ。

「へえ、へえ。そりゃもう、お泊めはいたしまするが……」

金次郎の風格に気押されながら、亭主は、しきりに彼方の番頭へ眼配《めくば》せをする。番頭は首を振る。女中頭は手を振って眉をしかめる。

金次郎はニヤリと胴巻きの中から、切餅《きりもち》二つ五十両を出し、ポンと置いた。これがまた、主人の不安を増大させることおびただしいものがあった。

「折角でございますが、丁度その、どの部屋も、ふさがっておりますので……」

「黙れ！」と、大喝《たいかつ》である。

今や行方不明の彼を探し出すために、藩庁も血眼になっている。噂《うわさ》も江戸市中にひろまりつつあるし、公儀の耳へ入ったら御家の一大事である。金次郎は着々と勝利の頂点にさしかかっているのだ。

今や、おろくの乳首をなめてよろこんでいた金次郎とはわけが違う。闘志は自信を生み、自信は余裕を生む。余裕は人間に威容を与える。

「御亭主は、一たん承知なすったではないか。私は心願の筋あってまいったものだ。お前さん方は私の何を疑うのだな」

出した五十両には見向きもせず草鞋《わらじ》を脱ぎにかかり、金次郎は悠然《ゆうぜん》と言った。

「私はな、大久保侯家来、二宮金次郎と申す。よろしいかな」

その翌朝——亭主豊蔵みずから、あたふたと江戸へ向ったらしいことを知り、金次郎は、ほくそ笑んだ。小田原藩十一万三千石の家来が本当ならともかく、もしや大盗賊の首領なんどではあるまいか。そうならば旅亭の主人として大変な手落ちになる。そうかと言って、むやみにお上《かみ》へ届け出て、もしも小田原藩士が本当だとなれば、これまた容易ならぬ責任を引きかぶらねばならない。

成田から江戸まで約十三里。乗物を使って急げば丸一日で行ける。

いっそのこと、小田原藩江戸屋敷へ急報して、事の正否を確かめるが無難だと、亭主は決心したものらしい。

その日の夕刻に、金次郎は山門を潜《くぐ》り、ときの成田山第八世の貫首、照胤上人《しょういんしょうにん》に面会して事情をつぶさに語った上、翌十五日から参籠堂へ入り、二十一日の断食を開始した。

江戸藩邸では、引っくり返るような騒ぎになった。

「二宮は当家の重臣である。丁重に取扱うてくれ」と亭主を帰す一方、またもや殿様を中心に重役会議だ。その結果として、藩士永山千馬他二名が、急遽《きゆうきよ》、成田へ飛ぶ。

永山千馬は成田へ着くと、直ちに金次郎へ面会を求めたが、金次郎は断然これを承知しない。何度頼んでも駄目だ。

「二宮氏が戻《もど》らねば、当藩すこぶる困惑いたす。何とぞ御上人よりおとりなし願いたい。お願いつかまつる、お願い……」

千馬は照胤上人に低頭して泣きついた。

上人は、のこのこと参籠堂へ出かけ、やがて戻ってくると紙に書いたものを千馬に渡し、

「そりゃな、金どのの条件じゃそうな」

「はッ――」

読んでみると――桜町帰任の条件として「今後は一切、藩庁からは自分の仕事に口さしはさませぬこと」と「陣屋へ出張の役人は、自分の選択に任せること」と、この二件を殿様の名をもって書類にして持って来いというのである。

もしも駄目ならば自分は幕府奉行所へ一切の事情を訴え出た後、自決する決心だとある。千馬は青くなった。

「さ、急ぎなされ、急ぎなされ」

上人に尻《しり》を叩《たた》かれ、永山千馬は、あたふたと江戸へ引き返す。

七日ほどたつと、今度は桜町から岸右衛門《きしえもん》以下五名が成田へ来て、帰任を嘆願する。

これも追い返した。

これからは一切、金次郎の指揮に従うという村民一同の連署をとってこいというのだ。

岸右衛門達が引き返して行くと、入れ違いにまたもや永山千馬である。殿様自筆の誓約書を持って来たのだ。

金次郎の出した条件は、文句なしに容《い》れられたのである。

「あのな、金どのがな……」

「は――まだこの上に？」

「この紙に何か書いてあるそうな――」

「げッ」

千馬は蒼白《そうはく》となって紙面に眼を走らせる。

陣屋に於《おい》て金次郎を助けて働く役人は、かねて金次郎と仲のよい温良誠実な横山周平以下、足軽仲間《あしがるちゆうげん》に至るまで人選され、すぐさま豊田一派を一掃し、この人びとを桜町へ派遣せよ、とある。

（いかに何でも、足許《あしもと》を見すぎるわい）

千馬は、武士たるものが〔百姓上りの金次〕にこき使われる悲哀を味わいつつも、殿様から、「二宮を引き戻す重大な使命は、そのほうの首にかかっておるのだぞ」と威《おど》かされてきている。どうにもならない。

「ほい、急ぎなされ、急ぎなされ」

「はッ――」

汗みずくの千馬は、またも江戸へ駆け戻る。

数日すると、村民代表の連署をたずさえ、岸右衛門が成田へ到着した。

「金どのはな、満願の日に、ただちに帰るそうじゃよ」

照胤上人の言葉を聞き、岸右衛門は泣き伏した。実際ここで金次郎に放《ほう》り出されたら善良な村民達は、どうにもならなくなる。

岸右衛門は天にも上るような気持で桜町へ帰って行く。

二日後に永山千馬が報告に馳《は》せつけて来た。言いつけ通り選抜した人員は、間違いなく桜町へ出発し、豊田正作以下は小田原へ左遷されたというのである。

「明日一杯にて、金どのの断食行は満願となる。ただちに桜町へ戻られるそうじゃよ」

「はッ。有難《ありがと》うござった。いや、これにて手前も……」

「宮仕えも楽ではありませぬのう」

「は――？　いや、その……」

「おつとめ大儀、あは、は、は……」

四月七日の朝――金次郎は、厚く照胤上人をはじめ、小川屋の主人にまで礼をのべ、桜町へ向った。

若葉は燦々《さんさん》と陽《ひ》に輝き、空は底抜けに青い。

二十一日の間というものは、一日二椀《わん》の水だけですごした金次郎である。今朝ようやく、重湯《おもゆ》一椀、大根おろし少々を摂《と》っただけだが、青白い顔貌《がんぼう》には勝利への歓喜と仕事への意欲が、すさまじい生気となって躍動している。躰《からだ》が空へ浮き上るようで、おぼつかない足どりだったが、彼は、一歩一歩と街道の土を踏みしめていった。

その一歩一歩は――徹底的な実践主義をもって疲弊する町村を救うこと六百余件。偉大なる二宮尊徳へ、彼が成長する途《みち》に通じていた。

（みんな待っておれよ。すぐにおれは帰るのだからなあ）

金次郎が成田を去って四日目の夕暮れどきに、まだ三十にはならぬ小柄《こがら》な女が、門前町の旅宿を金次郎の名を告げて尋ね歩き、そのうちに町でも評判の金次郎の噂を耳にすると、間もなく、しょんぼりと夕闇《ゆうやみ》の中に姿を消したという。

（「講談倶楽部《クラブ》」昭和三十五年十一月号）

恥

一

寛延二年（一七四九年）七月十八日の夜——五ツ時（午後八時）少し前のころであったが……。

信州松代《まつしろ》十万石の藩主・真田伊豆守信安《さなだいずのかみのぶやす》の愛妾《あいしょう》、お登喜《とき》の方が、児嶋右平次《こじまうへいじ》というものに襲撃をされた。

この日の朝から、真田信安は軽い下痢をおこし、城内本丸の居館に静養をしていたが、お登喜の方は、夜の涼気をたのしむため、花の丸の庭園へおもむいた。

花の丸というのは、城の三の丸西側にある宏大《こうだい》な庭園であり、濠《ほり》ばたに近い小高いところに〔信玄茶屋《しんげんちゃや》〕とよばれる亭《ちん》があった。

この亭は、いま真田家の居城となっている海津城をはじめてきずいた武田《たけだ》信玄を記念して建てたものだ。武田の紋を壁にすきこみ、長押《なげし》は大竹の二ツ割。釘《くぎ》かくしは松笠《まつかさ》。垂木《たるき》は松の皮つきという古雅なものである。

「殿さまが、おみえあそばさぬので、今宵《こよい》は、ほんにさみしいこと……」

などともらしつつ、お登喜の方は、藩の執政として今をときめいている原八郎五郎を相手に、茶道の大沢晏全《おおさわあんぜん》が点ずる茶を賞味した。

雪洞《ぼんぼり》が、いくつも運ばれてきて、夏の夜の庭園の情趣に、お登喜の方はひたりきっていた。

原八郎五郎は、お登喜の方が御殿へ戻《もど》る前に、急用あって退出をした。

児嶋右平次が花の丸に潜入したのは、この直後であった。

右平次は、城をかこむ濠の闇《やみ》の中に小舟をあやつり、千曲川《ちくまがわ》の方向から、花の丸の濠ぎわまで舟を入れ、そこから花の丸へ忍び込んだ。

右平次の目的は、お登喜の方よりも原八郎五郎を斬《き》ることであったのだが、信玄茶屋の近くで、警護の成瀬某という侍に発見され、斬合いとなった。

右平次は、たちまち成瀬に傷を負わせ、猛然と信玄茶屋へ殺到したのだが、目ざす原家老が居なかったので、もう仕方がなく、

「奸婦《かんぷ》め、死ねい!!」

わめいて、お登喜の方へ襲いかかった。

右平次の一刀は、お登喜の方の肩先を傷つけたが、二の太刀は送れなかった。警護の藩士たち八人に囲まれて闘ううちに、お登喜の方は悲鳴をあげつつ、侍女や家来にまもられ、城内へ逃げ込んでしまったのである。

児嶋右平次は歯がみしつつ奮闘し、囲みを切り破って濠の水へ飛び込んだ。

たちまちに、しずかな夏の夜の松代城下が火のついたようになった。

児嶋右平次を探索すること四日にわたったが、ついに、右平次の姿を城下の内外に発見することが出来なかった。

松代藩では、領内へ探索の人数をくり出すと共に、十余名の藩士を選抜し、諸方の街道筋へ討手として、さしむけることになった。

「憎いやつ、憎いやつ。憎いやつじゃぞよ、右平次めは——」

溺愛《できあい》するお登喜の方へ刃《やいば》をあてた児嶋右平次への激怒で、真田信安は顔貌《がんぼう》をゆがめ、畳を踏みならし「右平次めは、釜《かま》ゆでにしてもあきたらぬやつじゃ」と叫んだ。

三十六歳になる十万石の大名としては、いささか幼稚な怒りの表現である。

二

「早まったことをしたものだな、右平次も——」

森武兵衛《もりぶへえ》が、城から帰宅した息子の万之助《まんのすけ》に言った。

「はあ……」と答えたが、万之助は気が重くなった。

「実は……」

「何だ?」

「私、上意討ちの人数に加えられまして——」

「右平次を追うのか?」

「当然でしょう、藩としては――」

「そりゃ、そうだが……だが、困ったな、それは――」

「はあ」

森万之助と児嶋右平次は、城下の青山大学の道場で一刀流をまなび、技倆《ぎりょう》も伯仲している。

家も同じ有楽《うらく》町だし、ともに徒士組《かちぐみ》に属してい、俸禄《ほうろく》は十石二人扶持《ぶち》といったところで、下級藩士であった。

万之助は三十一になるが、右平次は四つ下の二十七歳。母ひとり子ひとりの家である。

この右平次の母が、息子が城下を逃げた晩に、自殺をした。息子のしたことを知っての上の覚悟の自決である。

(おれだったら、どうしたろう。父へ、事前に原襲撃のことをうちあけたろうか……?)

右平次のかわりに、自分が花の丸へ忍びこむことになっていたかも知れないのだ。

それは、梅雨期に入ったばかりのことであったが、ふだんは道場で顔を合せるだけで、あまり深い交際もなかった児嶋右平次が、

「明日の夕暮れに、奇妙山ふもとの地蔵堂へ来てくれぬか。待っている、待っている

ぞ」

その日、万之助が城を退出して、大手前の道を紺屋町の通りに出たとき、うしろから万之助を追いぬいて行きながら、右平次がささやいた。

「……？」

答える間もなく、右平次は駆けるようにして遠去かって行った。

翌日は、非番であった。

どんよりとした曇り日だったが、万之助は傘《かさ》をぶらさげて、少し早目に家を出た。

右平次が指示した場所へ行き、しばらく待っていると、やがて、

「待たせたらしいな」

児嶋右平次があらわれ、万之助を地蔵堂うしろの山林の中へさそった。

「何だ？」

「うむ……」

右平次は、するどい眼《め》で、万之助がうんざりするほど永い間、黙ったままこちらを見つめていたものだが、

「実は……」と、きり出してきた。

つまり、一緒に原八郎五郎を襲撃しようというのである。

「おれ一人でもよいのだが、万一しくじると、取返しがつかぬ。そうなると原も油断

をしなくなるだろうし、ともかくやるからには、ぜひとも仕とめてしまわねばならぬ。

おぬしが力を貸してくれると百人力だ」

「なぜ、おれを見込んだのだ」

「まず、人柄《ひとがら》だ。次に、おぬしの剣だ」

「それにしても……」

「望月主米《もちづきしゆめ》様から、おぬしが、お為派《ためは》の一人であることを聞いておる」

「そうか……」

お為派というのは〔正義派〕ともいうべきもので、藩政を牛耳《ぎゆうじ》る原八郎五郎一派の勢力を倒し、真田十万石を安泰にみちびこうとする一派であった。

望月主米は、家老の一人である望月治部左衛門《じぶざえもん》の嫡子《ちやくし》で、お為派の指導者でもある。

今のところ、お為派の動きは、ごく目立たぬものであるし、同志の数も少ない。原派でも〔お為派〕に対する警戒の目を光らせているから、うかつに動くこともならないのだ。

森万之助は、父にも妻のみのにも内密で、望月主米と志を通じ合っていた。この春ごろからである。

(このままでは、今にどうにもならなくなる)

と、万之助は思っていた。

（それにしても、何とか血を流さずに、藩政をあらためるようにしたいものだ……）

三

原八郎五郎は、百五十石の御納戸《おなんど》見習から主君の真田信安に取入り、千曲川の治水工事に卓抜した功績をあらわし、疲弊した藩の経済をたて直すことにも大手柄をたて、次第に信安の寵愛《ちょうあい》をふかめた。

そして、ついに家老職へ加えられ、千二百石の執政となり上った。

いまの真田家は、原八郎五郎の威勢になびかぬものなしといったところだ。

ここまではよかったのだが、原は権力を得ると同時に堕落をしはじめた。

参勤で出府をした殿様の信安と共に、新吉原《しんよしわら》での遊びに我を忘れ、玉屋の桜木という遊女を身うけして、これを信安の愛妾にさせ、松代へ連れてきたのも、原が万事はからったことである。

この遊女あがりの側室が、すなわちお登喜の方なのだ。

それればかりではない。御殿は新築する、遊芸を氾濫《はんらん》させる、女、酒への耽溺《たんでき》はむろんのことで、数年の間に、藩財政は、がたがたになってきてしまっている。

この時代の経済というものは、米の収穫を基盤にして成りたっているのだから、収支の関係が、単純かつ明快なものであり、だから、どこの大名の家でも、少し支出がかさむと、その影響は、たちまちに具体化してしまう。

濫費のしわよせは、みんな領民と家来へ向けられる。

領民の租税に重味がかかり、藩士の俸給は〔半知御借り〕ということで、半分も殿様に借りられてしまうのだ。

この半面に、原一派のものたちは、城下の豪商とむすびついたり、租税の取立をどうにかしてしまったり、殿様と原八郎五郎に尻尾《しっぽ》をふっては、悪いことばかりするようになる。

こういうところへ、お登喜の方が懐妊をした。生れる子が男か女か、まだわからぬが、男だったら大変なことになると〔お為派〕は眉《まゆ》をひそめている。

殿様には、すでに豊松《とよまつ》といって十歳になる男子が江戸藩邸にいるのだ。けれども、お登喜の方におぼれきっている殿様だから、もしも愛妾、男子をもうけるときは、その女狐《めぎつね》の口先ひとつで、どういう風に風向きが変るか知れたものではない。お登喜の方の子が真田十万石をつぐということになれば、原八郎五郎の権勢は不動のものとなろう。

それに、こんなうわさもある。

お登喜の方がみごもっている子は、殿様の子ではなく、原八郎五郎の子だというのである。

殿様が江戸にいる留守中、原は、しばしば、お登喜の方の部屋をおとずれ、談笑にふけって、はばかることがない。今や二人の密通は間違いなしと断言するお為派の者も、かなり多い。

それなのに、人のよい殿様は、

「そちの生む余の子の顔が早う見たい。男かの、女かの……」などと、お登喜の方へ、とろけるような眼を向けては、家臣の前もかまわず悦に入っているということだ。

「これは、おれ一人の考えでやることだ」

と、児嶋右平次は言った。

「早ければ、早いほどよい」

それはそうだと、森万之助も考えている。

現代と違って、封建時代の大名の家の政治機構は、米を中心とした経済機構と同じように単純なのである。

今のうちなら、原八郎五郎さえ殺してしまえば、原派の勢力は、かなり動揺すると見てよい。

このまま放っておくと、原を殺しただけではすまなくなるおそれがある。

原派の勢力が固まり、お登喜の方が男子でも生むようなことになってからでは、めんどうになるばかりであった。

（おれと右平次とで力を合せれば、やってやれぬこともあるまい）

このところ、毎夜々々、信安は、お登喜の方と原八郎五郎をしたがえて、花の丸庭園に涼をとることがわかっている。

その殿様の眼前で、奸臣の原を斬ってしまおうと右平次は言うのだ。

幸いに、御船蔵の足軽《あしがる》で内川小六という者がお為派の一人だし、これが、ひそかに小舟を出しておいてくれるという。

「どうだ？　万之助殿。やってくれるか」

と、児嶋右平次は万之助に迫った。

「おぬしもおれも、まだ、お為派の一人だと思われてはおらぬ。原へ近づくなら今だ。いずれは、おれたちも原一派から睨《にら》まれるときがくる。そうなっては手も足も出なくなろう」

「それは、そうだな」

「やってくれるか？」

「待て」

「何!!」

「どうも、血を流すのはなあ……」

「何を言うか。御家のためにすることだぞ」

「わかっている」

「原を斬らねば、どうにもなるものではない。むろん、殿はお怒りになって、われわれも死罪となるだろうが、それでもよい。きっと、お為派の人々が乗出してくれよう。恩田《おんだ》様も黙ってはおるまい。殿を説きふせ、御家たて直しが、たやすくなることは必《ひつ》定《じょう》だ」

恩田民親《たみちか》は、お為派の信望をになっている真田家重代の家老の一人であり、原八郎五郎も恩田家老にだけは一目をおいているほどの人物なのである。

「おぬしを見込んで、この大事をうちあけたのだ。何事も御家のため、命を捨ててくれい」

熱誠を面《おもて》にあらわし、児《こ》嶋《じま》右平次《うへいじ》は、万之助に尚《なお》も迫った。

「だが、右平次。血を流すことは……」

「まだ、それを言うのか!!」

「うむ……」

右平次は、白い眼をむき出し、万之助を睨んだ。殺気が彼の体から発散しはじめた。

「おれを斬る気か――」

しばらく沈黙があって、

「意気地なしめ」

右平次が吐いて捨てるように言った。

「ともかく、もう少し待て。よく考えて見よう、二人して——な、右平次。それからでも遅くない」

「うるさい」

「おれは、決して他言はせぬ。信じてもらってよい。どうだ、もう少し……」

「もうよい」

児嶋右平次は、草の上へ唾《つば》を吐きつけ、濃い夕闇《ゆうやみ》の中へ消えて行った。

森万之助は、奇妙山ふもとの林の中に立ちつくしたまま、いつまでも動かなかった。

(右平次は勇気のある男だ。よくも思い切って、そこまで決心をしたものだ)

同感なのである。

斬る相手が原八郎五郎でなければ、万之助はよろこんで右平次と共に命を捨てる気になったろう。

けれども、万之助には、どうしても原八郎五郎という男を憎めないものがあった。

(原にしても、殿にしても、もともとは決しておろかな人々ではないのだ。血を流さずに、何とかならぬものか……またそうするのが、お為派のつとめではないのか……)

どうしても、自分の都合のよい考え方になってしまうのだ。

万之助が、原八郎五郎に敵意を抱けぬ理由は、次のようなものであった。

四

四、五年前のことになるが、森万之助《まんのすけ》は、参勤で江戸へ上る殿様のお供を、二度ほどつづけてつとめたことがある。

真田家では、六月に松代《まつしろ》を出て、翌年の六月までが参勤であって、一年おきに、藩主が江戸へ行く。いわゆる参勤交代だ。

徳川将軍が諸国大名を江戸へよびつけるこの制度は、大名たちを監視すると同時に、領国における大名の反乱をふせぐための意味もふくまれている。

それはさておき、国もとにいて、一生、江戸へ行けぬ藩士もいるが、殿様の行列に加わり江戸という日本一の大都会を見ることは、若い藩士たちにとって、胸がおどるような興奮にそそられるものである。

何しろ、約一年も江戸藩邸で暮すことが出来るのだ。

つとめの暇《ひま》をぬすみ、江戸市中を見物するだけでは、どうしてもすまなくなる。

江戸藩邸の侍たちの手引きで、国侍も遊び方をおぼえるようになる——と言っても、森万之助のような下級藩士では、せいぜい私娼《ししょう》となじむのがよいところで、それには、深川の岡場所《おかばしょ》なぞは格好のところであった。

そのころは深川も新開地といってよいほどだったし、遊びどころにも活気がみなぎっていたものだ。土橋の娼家は、深川八幡《はちまん》の二の鳥居前を東へすぎたところに密集していて、後年になると、かなり高等な岡場所となったようだが、万之助が通い出したころには、まだまだ気やすく遊べたものである。

女と泊ると十匁《もんめ》ほどだが、夜を明かすわけにはいかない。江戸屋敷へつとめる身であるから、主として昼遊びをやるのだが、これだと六、七匁で遊べる。

当時は、銀六十匁が一両である。十両あれば一年の貧乏暮しに事を欠かぬというわけだから、たとえ一度出かけても、下級藩士には手痛い出費なのだ。

大方は、藩邸の人々に借金をこしらえて国もとへ帰ることになるのだが、万之助の場合は、はじめての出府のときに、

「江戸を見てこい」

父親の武兵衛《ぶへえ》が、金五両をぽんとくれた。

(ど、どこに、こんな金が……)と、目をまるくしていると、

「わしも若いころ、お前の祖父《じい》さまから、こうしてもらったことがある。始末してためておいたものだが、いずれは、お前にくれてやるつもりだったわ」

「はあ……」

「遊んで来い。だが、その金が無くなったら、ぴたりとやめるのだ。いずれは女房《にょうぼう》を

もらい、子をうみ、十石二人扶持の微禄者として、お前も一生を終る。とてもとても、女遊びをすることなど出来ようわけがないものな……若いときは二度とない。金は少ないが、うまくつかえ。は、は、は……」

口やかましく、物堅い親父《おやじ》だとばかり思っていたのに、こんなことをしてくれるとは……万之助は感激した。

戦国の世が遠く去ってからの武家社会には、こうした家庭教育？もかなり行われていたようである。

さて……。

森万之助が土橋の子供屋とよばれる娼家の中で〔住吉屋《すみよしや》〕というのへ入り、はじめて呼んだのが、おみのであった。

土橋の娼家は〔呼出し〕というので、女は外に暮していて、客が来ると呼び出されるのだ。

おみのは、当時、十八か十九というところで、体も心も荒れていず、万之助を夢中にさせた。

おみのは、決して身の上を語らなかったが、（武家の出だ）と、万之助はにらんでいた。

戦争がなくなると武士もひどいもので、幕府は容赦なく大名の家を改易にしたり、取りつぶしにしたりする。そのたびに浪人があふれる。浪人の娘が暮しに困って娼婦になることなど、もう珍しいことではなくなってきている。

だが、娼婦は娼婦だ。こうした女を、いかに微禄者だとはいえ、真田十万石の藩士の嫁にすることは出来ない。

万之助は、一年して殿様と共に松代へ帰って来たが、どうもいけない。おみののことが忘れ切れないのだ。

「万之助。後を引くなと申してあった筈《はず》だ。そんなに、いい女だったのか？」

父親の武兵衛に訊《き》かれて、

「妻に迎えたいほどです」と、万之助が答えた。

「馬鹿《ばか》も休み休み言え」

武兵衛も、あきれ返った。

ところが、万之助は、見事、おみのを妻にしてしまったのである。

これには、江戸藩邸で代々留守居役をつとめている駒井理右衛門《こまいりえもん》が一役買ってくれた。

留守居役というのは、江戸における外交官のようなもので、金まわりもよく羽振りもよい。それだけに重要な役目だし、森万之助のような下士が近づきになれるものではない。

ところが、駒井理右衛門は、万之助の父・森武兵衛を非常に目にかけてくれていた。武兵衛は中年のころ、六年にわたって江戸詰めを命ぜられ〔勘定方下役〕をつとめたことがある。

駒井理右衛門も当時はまだ若く、家督したばかりであったが、

(森武兵衛は、見どころがある)

と目をつけた。

勘定方というのは、たとえ下役でも日常の経理を扱うものだから、どうしても、おこぼれにありつこうとするし、出入りの商人などともなれ合ったりするものだが、武兵衛は、悠々《ゆうゆう》として、大目に見られてもよいおこぼれも拾おうとはしない。

十石という俸禄《ほうろく》に、二人扶持《ぶち》の加増があったのも、駒井理右衛門が、武兵衛の誠実な奉公ぶりをみとめ、藩の重役たちへ運動をしてくれたからであった。

このとき、武兵衛は同僚たちの羨望《せんぼう》と嫉妬《しっと》にかこまれて、弱りぬいたものだ。

こういうわけで、今でも、武兵衛は季節の変り目に折目正しい挨拶状《あいさつじょう》を江戸藩邸の駒井へ送っているし、駒井もまた、よく手紙をくれたり、江戸の菓子なぞを送りとどけてくれたりするのだ。

「おやじからの手紙を見たぞ。ふつつかな息子だが、よろしゅうたのむと書いてあった」

万之助が、はじめて出府したとき、駒井理右衛門は、わざわざ藩邸内の自室へ呼ん

でくれ、

「御城下では、おぬしの剣術が評判じゃそうな……」

「いえ——めっそうもないことで」

「居合の名手だと聞いておるぞ」

「とても、そのような……」

「見せぬか、抜いて見せぬか」

「は——」

ほかならぬ駒井の言葉である。

「では……」

万之助は、大刀を取りよせてもらい、部屋の隅《すみ》にあった将棋盤の上から、歩《ふ》の駒を二つつまみあげ、これを駒井にしめしながら、しずかに片膝《かたひざ》を折った。

八畳じきの部屋の中央でである。

駒井は目をみはっていた。

万之助は、つまんだ小さな歩の駒を、ひょいと天井へ向けて放《ほう》り上げた。

同時に「む!!」と、万之助はうめくような気合を発した。

万之助の手から光芒《こうぼう》が走ったかと思うと、たちまちに鞘《さや》へ吸いこまれた。

畳に落ちた二つの歩駒は、四つになっていた。

投げた駒が畳へ落ちるまでに、万之助の刀は、これをそれぞれに両断して鞘へおさまったというわけだ。

「ふーむ……こりゃ、おどろいたわ」

駒井が唸《うな》るように言うと、

「御他言下さいませぬよう……」

万之助は、つつましく頭を下げた。

以来、駒井が万之助を可愛《かわい》がることなみなみではなくなった。

「江戸へ来ることも仲々にあるまい。たのしんでこい」

駒井が、金十両をくれた。大金である。

「いえ。父からも……」と、父親がくれた金五両のことを話すと、駒井は破顔して、

「ほう。武兵衛も見かけによらぬ大した男じゃ。見直したぞ」と言った。

十両は、そのまま万之助にくれた。

藩邸での勤務をおこたることなく、余暇をぬすんで、おみのとの交情を思うままに深めることが出来たのも、その十両があればこそだったと言えよう。

一年おいて二度目の出府がきまったとき、万之助は何となくおみのと自分の運命がきまったような気がした。

(だが、おみのは、まだ深川にいるだろうか?)

いた。非番の日を待ちかねて深川へ駆けつけた万之助は、おみのと再会することが出来た。

駒井理右衛門は、万之助から相談をうけたとき、さすがに、

「いいかげんにせよ。田舎侍が岡場所の女に迷うて、これを妻にするなどとは、話にもならぬ」

きびしく叱《しか》りつけた。

「駒井様にそう申されては、仕方ありませぬ。あきらめます」

万之助は、がっくりと首をたれて、しかし思いきりよく言った。事実、どうにもならないからだ。

哀《かな》しかったが、それを顔や態度にはあらわさず、万之助は、黙々とつとめにはげんだ。

十日後になって、駒井が万之助を呼びつけた。

「万。あの女を、そっと見てきたぞ」

「は……?」

「あの女ならよい。お前が見込んだ気持もわかる。感心しかねるが、どうしてもとお前が言うなら、うまくはからってやろう」

「駒井様……」

「嬉《うれ》しがるな、馬鹿――」

おみのは〔住吉屋〕に、それほどの借金も残してはいなかった。もう少しで足がぬけるところだったという。あのような商売に身をしずめたのは、病父のためであり、その父親も去年死んでしまったので、おみのは天涯《てんがい》孤独の身となっていたのだ。

駒井は、親交のある旗本・下山伝八郎にたのみ、おみのを下山の養女ということにして、森家への縁組をとりはからってくれた。

さすがに、おみのは何度も辞退をしたが、いざとなると「では、よろしゅう……」と、臆《おく》する様子もなかった。

万之助の思った通り、おみのは、陸奥《むつ》・一ノ関三万石、田村家浪人の娘だった。

駒井理右衛門の若党がおみのを連れ、一足先に帰国した万之助の後を追うようにして、松代へやって来た。

森武兵衛としても、駒井が仲へ入ってくれた嫁であるから、否《いな》やはなかった。

「万之助。くれぐれも気をつけよ。このことが知れたら、只《ただ》ではすまなくなるぞ」

売女あがりの妻をもっているなどということは、真田《さなだ》家中にも、かつて聞いたことはない。

ところが、それから三年たった現在では、万之助のほかに、もう一人、同じような侍があらわれた。

原八郎五郎であった。

威勢ならぶものなき執政の原八郎五郎の妻は、殿様の愛妾《あいしょう》と同じ、新吉原《しんよしわら》の遊女あがりだ。つとめに出ていたころの名を〔浜川〕という。

原は、お登喜《とき》の方と一緒に、浜川をも身うけして、病死した前妻のあとにすえ、正式の妻にしたのだ。

しかも、堂々とやってのけた。お為派《ためは》からは嘲笑《ちょうしょう》されたし、原派のものもあきれ返ったが、

「言いたいやつには言わせておけ。好きな女を妻にするが、なぜわるい」

原は、平然たるものであった。

万之助と違って、原のすることだから、それが通ったのだが、それにしても、

(原様のまねは、一寸《ちょっと》出来ぬことだ)

万之助は感服をした。

そのころは、まだお為派などというものもなかったし、原も、幕府から命じられそうになった長野・善光寺修築の課役を、たくみに他《ほか》の大名へまわしてしまい、外交手腕の冴《さ》えを見せたりして、藩内の人気をあつめていたものだ。

原は、この遊女あがりの妻をいたく愛し、この春には岩尾という男子をもうけた。

原の妻も、おだやかで親切な人柄《ひとがら》らしく、当時は事々に軽蔑《けいべつ》の目を向けていた原家

の家来や女中たちまでもが、今では、すっかり〔奥さま〕に手なずけられてしまっているそうだ。

（原が、お登喜の方と密通をしたという噂《うわさ》なぞ、根も葉もないことだ）と、万之助は考えている。

自分の場合をふりかえってみても、原のしたことが痛いほど胸にしみてくるのだ。

（原八郎五郎という人は、女というもののよさを、しっかりとつかみとっているらしい）

原への共感は愛情に変ってきた。

その原を自分が斬《き》るなぞということは、思っただけでも厭《いや》であった。

お為派は「何という情ないことだ。真田十万石の家老職が遊女あがりを妻にするとは……」と、怒り嘆いたものだが、おみのを妻としている森万之助から見ると話は別になってくる。

これが人間の情というものだ。

政治家としての原八郎五郎は大きらいだが、人間としての原は好きだということになる。

感情というものは、すべての規律や権威を乗りこえてしまうものであり、規律や権威に感情が迷いこむと、その力は、たちまちに弱くなってしまう……ということを、万之助は、つくづくと感じないわけには行かなかった。

五

児嶋《こじま》右平次《うへいじ》が、お登喜の方を斬りそこねて逃亡してから七日目に、十二人の討手が松代《まつしろ》城下を出発した。

その中に、森万之助がふくまれていたのは皮肉である。

これは、原一派が万之助をお為派の一人だと思っていないということになるわけだ。

「父をたのむぞ」

出発の前夜、万之助がおみのに言った。

「はい。なるべくは、あなたが児嶋右平次さまと出合わぬよう、みのは祈っております」

「おれも、それを祈っているよ」

おみのは、単に斬合の危険を避けてもらいたいからそう言ったのだが、万之助の場合は別の意味からであるのは言うまでもない。

討手は四手に別れて、右平次探索の旅に出ることになっているのだ。

「早いものだ。お前が松代へ来てから、もう三年になるな」

「はい」

そのころは、細くて、しなやかな肢体《したい》をしていたおみのが、今では、むくむくと肥《ふと》り出してしまい、

「こう肥るのは、子が生れぬ体なのでしょうか——」と、おみのは不安そうである。

「そんなことはない、わしも万之助《まんのすけ》をもうけたのは、四年もたってからだったものな」と、却《かえ》って舅《しゅうと》の武兵衛がなぐさめている。

おみのが松代へ来たとき、武兵衛は、

「ときに嫁女、おぬしは、万之助のどこが気に入ってくれたのじゃ」と訊《き》いたことがある。

「はい。はじめてお目にかかりましたとき、万之助さまは、わたくしという女を、金で買《こ》うた女だという眼《め》で、ごらんになりませぬでしたもので、それが嬉しく……」

うなじを、まっ赤にして、ふるえながらも、はっきりと言ったものである。

娼婦《しょうふ》とは金で買うものだから玩弄《がんろう》するものだという観念があるかぎり、娼婦の愛をうけることは出来ない。

森万之助が、はじめて女を知ったのは、松代城下・長国寺門前にある娼家においてである。

相手の女は越後《えちご》・塩沢の生れで、せんといった。この女から、万之助は真情のこもったもてなしをうけたものである。とても金で買った女とは思えなかった。まごころ

のこもった女体をはじめて知った男の幸福というものは、それが良家の子女であれ、娼家の女であれ、本質的には少しも変りがないのである。

女にとっても男にとっても、はじめての相手いかんによって一生の異性観というものが無意識に決定される。万之助にとって、せんという女を知ったことが、とりも直さず、おみのとの交情へつながっているのだ。

森万之助は、虫倉六郎・中州《なかす》才蔵《さいぞう》という二名の藩士と共に、中仙道《なかせんどう》へ向かうことになった。

お為派の人々は、どういう眼で、児嶋右平次を討ちに行く万之助を見送ったことだろう。

二カ月後のことである。

その日も、雨であった。

雨ごとに秋の冷気が身にしむ季節で、万之助たち三人は、中仙道を京までのぼってみて、それから引返し、前夜は関ヶ原泊りで、しとしとと降りけむる雨の中を垂井《たるい》、赤坂、美江寺《みえじ》とすぎ、ぼんでん村の外れにある〔いつぬき川〕を渡り、合渡《ごうど》へ出ようとしていた。

その日は合渡泊りで、明日は、みなと町から岐阜《ぎふ》へ出る予定であったのだ。

〔いつぬき川〕は徒歩渡《かちわた》りである。

三人とも袴《はかま》はつけず、裾《すそ》を高々とからげた着物の上に合羽《かっぱ》をつけ、笠《かさ》をかぶっていた。

「早く来いよ」

中州才蔵が、先に川へ入り、さっさと渡って行くうしろから、やや遅れて万之助が虫倉六郎と共に川へ踏み込んだ。

そのとたんである。

「早く、早く!!」

霧のようにけむる雨の幕につつまれ、ぼんやりと見える中州才蔵が叫ぶと同時に、黒い影が中州へ躍りかかるのが見えた。

「わあっ……」

岸へのぼりかけた中州が、悲鳴をあげて川水へ落ちこむのを、万之助も虫倉も、はっきりと見た。

「児嶋だ！　右平次だぞ」

抜刀した虫倉が、左手で笠をはねのけ、川水をもどかしくはねあげながら突進した。

児嶋右平次は、川の向う岸で、ばったりと中州才蔵に出合ったらしい。雨の幕にさまたげられ、互いに気づかなかったものだ。

「おのれ――」

右平次は逃げようともせず、川へ飛び込んで来て虫倉六郎を迎え撃った。

あっという間もなかった。

絶叫をあげて、虫倉は川水の中へ倒れ伏している。

「森万之助か――」

児嶋右平次が刀をかまえながら、

「きさまも、原の飼犬になって尾をふりはじめたのか」

「違う」

「来い!!」

「待て」

「ふン。二人斬られて、きさま黙っているのか」

「右平次。いかに上意とは言え、おれは、おぬしを斬れぬ」

「ふン。斬れるつもりでいるのか」

「逃げろ。早く、逃げてくれ」

「ふン。それでもお為派か。原の言いつけをきいて、のこのことおれの首をとるため国もとを出て来たのに、いざとなると手も出せぬ。おい、森万之助。きさまは、つかみどころのない奴《やつ》だ。意気地なしだ。いや、国もとにおるお為派なぞ、みんな意気地なしばかりだ。誰《だれ》ひとり、おれの後につづこうとはせぬ。畜生!」

忿懣《ふんまん》の叫びをあげ、児嶋右平次は身をひるがえし、向う岸にたちこめる雨の中へ駆け去ってしまった。

森万之助は、笠をかぶって川の中に立ちつくしたまま、身じろぎもしない。

そのうちに万之助は、がっくりと、首をたれてしまった。

沛然《はいぜん》と、雨が叩《たた》いてきた。

六

森万之助は、中州・虫倉両人の死体を合渡の宿へ運び込み、その始末をしてから、そのまま行方不明となった。

赤坂・南部坂の真田家江戸屋敷へ、万之助の手紙がとどいたのは、その年も暮れようとする或日《あるひ》であった。駒井理右衛門《こまいりえもん》宛《あて》の手紙なのである。

万之助は、およそ次のように言ってきていた。

……もはや、すべての事情も判明したことと存じます。殿の御上意をうけつつも、児嶋右平次を斬れなんだ私であり、同じように、原様をも斬れなんだ私であります。右平次の正義に共鳴しつつも、奸臣《かんしん》の原八郎五郎を誅《ちゅう》することの出来ませなんだわけは……。

と、万之助は自分の妻と原の妻を通じて、原に抱いている好感の理由を率直に記してきている。

……同僚二人を眼前に斬られつつも、尚《なお》、殿の命にそむいた私であります。そして、命にそむいたことを正しいと今も信じている私であります。願わくば、血を見ずして御家安泰の日の早からんことを祈りつつ……俸禄《ほうろく》を食《は》む資格のない私は、二度とふたたび、松代の地を踏むまいと心にきめております……。

駒井理右衛門は、万之助の手紙を一読してむずかしい顔つきになった。

国もとの老父や妻に対して、万之助は一言もふれてはいなかった。

もちろん、使命を放《ほう》り捨てて脱藩をしたわけであるから、森家のものは、すべて〔押しこめ〕というかたちになっている。

門の扉《とびら》は釘《くぎ》づけにされ、見張りの足軽《あしがる》が三名ずつ交替で森家に詰めている。もしも万之助が立戻《たちもど》ることとあれば、捕縛の上、しかるべく処刑されるわけだ。

ところで、駒井理右衛門は、万之助が旅の空の下で書いてよこしたあの手紙を、そのまま、江戸から松代へ……すなわち原八郎五郎へあてて送りつけたものである。

駒井も豪胆《ごうたん》なことをしたものだが、原は、この万之助の手紙を読むと、すぐに、森《もり》武兵衛《ぶへえ》と嫁のおみのの釈放を命じた。

真田家で言う〔追い放ち〕である。

これで万之助の罪は消えたわけだが、同時に、森家は浪々の家となったことになる。

武兵衛が、おみのを連れて松代城下を立退《たちの》こうという前夜に、原八郎五郎からの使いのものが、ひそかに森家をおとずれ、

「原様よりの餞別《せんべつ》でござる」

金包みをおいて行った。あけて見ると金三十両が入っている。

「もろうておけい」

森武兵衛は淡々として、この金をふところへ入れ、嫁と共に、先《ま》ず江戸へ出た。

駒井理右衛門は、江戸へ出て来た二人を迎え、ねんごろに世話をやいてくれた。

「武兵衛。おぬしは大変な息子をもったものだな」

「おそれ入ります」

「それにしても、原殿が、ようも……」

「そのことでござる。あまりにも寛大なる処置をうけ、実は、おどろいております」

「ふむ……」

万之助の手紙一件について、駒井は武兵衛に何も語らなかったが、

「あれで、原殿は、根っからの悪人ではないのだ」

「私も左様思いまする」

「ただ、原八郎五郎はな、あまりにも殿の御寵愛《ごちょうあい》がふかく、そのために、ついつい、殿を自分の友達のように……それも幼いころからの親しい友達のように思い込んでし

もうているのだ。それが、そもそもの間違いなのだが、おそらく原は、自分で、そのことに気づいてはおるまい」

「このままにて、すみましょうや」

「いや。すむものではない。ま、見ておれ」

駒井理右衛門の言ったように、一年後の宝暦元年十二月一日——原八郎五郎は藩主・真田信安《のぶやす》の怒りにふれ、解職と同時に知行召上げとなって、実兄の原郷左衛門《ごうざえもん》へ〔御預け〕ときまった。

これは、原とお登喜《とき》の方の姦通《かんつう》の事実が判明したからであった。

お登喜の方は、すでに流産をしていたが、罪状判明すると共に江戸へ送られ、その身柄《みがら》は町方へ〔追い放ち〕となった。

お為派《ためは》は、この証拠をつかむまでに、三人も犠牲者を出したという。

(このことを万之助が知ったら、何と思うであろう……)

駒井理右衛門は憮然《ぶぜん》としたものだ。

藩政も乱れに乱れ、領内では百姓一揆《いっき》が起るし、俸給の未払いに耐えかねた藩の足軽たちが結束してストライキをはじめるなど、みにくい藩内情をさらけ出した事件が頻発《ひんぱつ》した。

こんなことを幕府に知られたら(知られずにはすまなかったが……)一大事である。

藩政不行届きという名目で、真田十万石が取りつぶしにあうかも知れないのだ。

駒井理右衛門は、家老の恩田《おんだ》民親《たみちか》と力を合せ、幕府閣僚にも運動をし、合せて藩政の改革を押しすすめた。

真田信安も、すっかり目がさめたかたちだが、そのときすでに遅く重患の床につき、間もなく歿《ぼっ》した。宝暦二年四月二十九日である。

宝暦四年の秋になると、嫡子《ちゃくし》の豊松《とよまつ》がめでたく家督をつぎ、伊豆守《いずのかみ》に任ぜられ、幸《ゆき》弘《ひろ》と名乗って、名実ともに真田の当主となった。ときに十六歳である。

執政の座には恩田民親がつき、かの〔日暮硯《ひぐらしすずり》〕で有名な事績を残すことになる。

児嶋右平次は、堂々と帰参をした。

「永い間、苦労であった」

と、新藩主・幸弘からもねぎらわれて、役目にもつき、のちには昇進して郡奉行《こおりぶぎょう》をもつとめたという。

森武兵衛は、おみのと共に、浅草諏訪《すわ》町・伊勢屋儀兵衛《いせやぎへえ》という紙問屋の裏の長屋に、ひっそりと暮しつづけ、宝暦四年の師走《しわす》七日に病歿をした。

こののち、おみのは伊勢屋方へ住込み、女中働きをはじめた。

宝暦五年三月――。

森万之助が、ひょっくりと真田の江戸藩邸へ、駒井理右衛門をたずねて来た。

六年ぶりのことである。

「あらわれたな。いくつになった？」

駒井が訊《き》くと、

「三十七歳になりました」

見ると、こざっぱりとした紬《つむぎ》の着物・袴をつけ、みじんも浪人暮しの垢《あか》がついていない。

「何をしておった？　今まで……」

「お聞き下されますな。恥を申しあげねばなりませぬ」

「ふむ……原八郎五郎のこと、聞いたか？」

「御家も、めでたく……」

「いや、そのことではない。お登喜の方との密通の一件のことだ」

「いえ……ま、まことにござりましたか？」

「おう。まことであった」

はあーっ……と嘆息をもらし、森万之助は青ざめて口もきけなかった。

「落胆いたしたようだな」

「はあ……」

「まあ、よいわさ」

「私というやつは、まことに、まことにもって、おろかなものにござりました」

「いや、そうでない」

　駒井理右衛門は膝《ひざ》をすすめ、

「おぬしに、あれほどの心をかけられながら、それを裏切った原八郎五郎の方が、おろかものなのだ。なれど万之助……おぬしののぞみ通り、血を見ずして事は成ったぞ」

　くわしく、駒井は万之助に、あれからの出来事を語ってきかせ、

「さて……おぬし、親父《おやじ》どのと女房《にょうぼう》どののことは何も訊かぬではないか？」

「恥ずかしながら、そのことをうかがいたく、あらわれました」

「さもあろう」

「父は？」

「少々遅かった」

「やはり……」

「なれど、女房どのは待ってござるぞ」

「は……」

「万之助。おぬしの眼に狂いはなかったようだな」

今となっては、万之助が帰参をするのに何のはばかることもなかったし、恩田家老も、駒井理右衛門も、しきりにすすめてくれたのだが、

「おのれがおのれにあたえた恥は、今さら消えるわけのものではございませぬ」

森万之助は、頑《がん》として応じなかった。

（「別冊小説新潮」昭和三十八年一月）

へそ五郎騒動

一

　そのころもまだ、家中の次・三男をよぶのに〔へそ者〕の名称をもってすることが当然となっていたものだ。

　つまり、あってもなくてもよいもの、という意味で、母胎にあるときにはしかるべき機能をもち使命も果した、この人体の一部も、やがて漠然《ばくぜん》と腹部に出産の痕跡《こんせき》をとどめているにすぎなくなる。

　家をつぐのは長男にきまっているし、弟たちはひたすらに養子の口のかかるのを待つか、長兄が急死でもしてくれぬかぎり、さむらいとして世に出るわけには行かない。

　藩士の次・三男が〔へそ〕呼ばわりされるようになったのは、先代藩主の信弘《のぶひろ》のころからで、当時は藩財政の窮乏がもっともひどく、御殿で殿さまがつかう灯明油《とうみようゆ》さえ倹約していたほどだし、殿さま自身、昼飯をぬいたこともあるそうだ。

「わしがところには大めしくらいのへそが五人もおる。つくづく、きゃつらの顔をながめて見ては、ようも生んでくれたものだと女房《にようぼう》どのがうらめしゅうなるわい」

　などと、そのころは上級藩士でさえこぼしぬいたほどであるから、下士の家の次・三男がどのようにわびしい生い立ちをしたか、およそ知れようというものである。

〔へそ〕という名称について、たとえば平太郎という次・三男なら、これをどこそこの〔へそ太郎〕とよび、勘定方に属して三十石二人扶持《ぶち》・平野弥兵衛《ひらのやへえ》の次男に生まれた小五郎はだから、平左衛門《へいざえもん》なら〔へそ左衛門〕とよばれる。

〔へそ五郎〕ということになる。

しかし、平野小五郎は二十七歳の春に、めでたくこの呼び名を返上することができた。御納戸《おなんど》方の下役で二十五石余という下級藩士・山崎源右衛門《やまざきげんえもん》の養子に迎えられたからである。

「平野のへそ五郎め、うまいことをしたものだ」

若い藩士たちの間で、このことは非常な評判になった。

それも山崎家の一人娘の恵津《えつ》が城下屈指の美女であったからで、彼女が洗いざらしの貧しげな衣服を細い体にまとい、道を行くのを見かけた某重役の次男が一度にのぼせあがり、父親にせがみ持参金つきの聟入《むこい》りをのぞんだこともある。

また、城下の豪商で藩の用達《ようたし》をつとめる八田嘉助《はったかすけ》が百両の大金をつみ、恵津を息子の嫁にとのぞんだこともある。

それほどの美女の聟にと、これは山崎家の方から小五郎をのぞんできたのだ。

平野家では前年に老父が病没し、当主は小五郎の兄・弥一郎であったが、むろん一も二もなく承諾をした。

「これで肩の荷が下りたわい。おれの弟ながら小五郎が、二十七にもなった大きな図《ずう》体《たい》をこのせまい家の中に置きどころもない様子で、むっつりと押し黙っているのを見ると、おれはもう気の毒やら腹立たしいやら……いや、よかった、めでたい、安心だ、何よりのことだ」

得体の知れぬ涙をほろほろこぼしながら大よろこびをした兄は、

「それにしても山崎の老人は、小五郎のどこを見込んだものかな」

妻をかえり見て、ふむと膝《ひざ》をうち、

「なるほど、おとなしいが取柄《とりえ》の小五郎なれば、わが家の養子もきっとつとまろうと思うたに違いない」

うなずいたのへ、妻のよしが、

「美しい恵津どのを妻にするかわりに、小五郎どのは、昼餉《ひるげ》が食べられぬことになりましたなあ」

眉《まゆ》をひそめた。

山崎源右衛門の昼食ぬきは誰《だれ》知らぬものはない。お城へ出ても弁当を持って来ない。小さな骨張った肩をいからせ、白髪頭《しらがあたま》を微動もさせずに、黙念として他《ほか》の藩士が弁当をつかうのをながめているのである。

これは、先代殿さまが身をもってしめした倹約ぶりを、そのままわが家風としているのだという。

「結構なことだが、なれど現在《いま》の我藩は昔日《せきじつ》のそれではない。食が足らぬで家族に病人でも出ねばよいが……かというて、これをとがめるわけにも行かぬしの」

藩政を一手に切りまわしている家老の原《はら》八郎五郎正盛《まさもり》が評判をきいて苦笑をもらした。

原正盛は、二百石の御側役《おそばやく》から昇進を重ね、現藩主・信安《のぶやす》のただならぬ愛寵《あいちょう》を受け、いまでは禄高《ろくだか》も七百石にのぼり家老職につき権勢をほしいままにしていた。原が、四年前に領国が大洪水《だいこうずい》に見舞われた折に、それでなくとも首がまわりかねていた藩財政をたて直し、大規模な治水工事をやってのけた手腕は、彼の位置を不動のものにした。

どこから金を引出したものか、それはさておき、現在では〔原内閣〕の治政の下、殿さまも家来も一種ふしぎな享楽《きょうらく》の風潮につつまれているようだ。

そのかわりに、城下の富商たちが藩士の書いた借用証文を何枚も手にするようになっているし、ひどいことには、上級藩士が城下の路上で商人にへらへらと頭を下げ愛《あい》想笑《そわら》いをうかべるといった風景がめずらしくないようになった。

さらにひどいことは、下級の士への皺寄《しわよ》せである。藩の足軽《あしがる》千余人は年に三両から五両というわずかな給金もろくに支払って貰《もら》えぬという有様になってきている。

それでいて、家中の侍どもは太鼓や笛を習いはじめたり、めくり加留多《かるた》の賭事《かけごと》などに熱中しはじめているのだ。

殿さまは、去年に参勤で江戸へ上って今年六月に帰国したとき、江戸・新吉原《しんよしわら》の玉屋という店の遊女で桜木というのを身受けし、これを側室として連れてきた。原正盛もまた、これも同じ玉屋の遊女・浜川という女を身受けし、これは何と正式の妻にしている。

上がこれなら下も……というわけで、平野小五郎あらため山崎小五郎が養父の跡目を相続し、二の丸外の御蔵屋敷内にある用部屋へ出勤した第一日に、

「小五郎め、弁当はどうだ？」

「これは見ものだぞ」

同僚たちが、ひそひそと語り合い、武士たるものにあるまじき好奇の目で、黙念と書類を作成している小五郎を見まもるうちに、ど一んと昼の太鼓が鳴った。

一同、弁当をひろげる。

小五郎は筆をおき机の前に正座し、そのまま空間の一点を凝視した。

「うへ……やはり持参しておらぬ」

「気の毒にのう」

「空《す》き腹で美女を抱いても……う、ふふふ……」

小五郎の耳へはとどかぬが、聞くに耐えぬささやきが飛び交い、意地の悪い視線が小五郎へ集中した。

小五郎の妻の恵津が、あれほどの美女でなかったら、この度合もいくらかは軽かったろう。

だが、山崎小五郎はいささかも動ずることなく、昼の休みがすぎると、また落ちついて墨をすり筆をうごかしはじめた。

二

年が明けて、延享《えんきよう》四年となった。

すでに、小五郎が山崎家の養嗣子《ようし》となってから半歳を経過している。

この間、依然として弁当ぬきの小五郎に対し、先輩・同僚たちの視線が、唇《くちびる》のうごきが、どのような侮辱をあたえつづけたか、それをのべるにもおよぶまい。

一月二十三日の昼食時にも、例によって例のごとく、弁当ぬきで端座している山崎小五郎に向けて一同の軽侮のささやきと視線が集中された。よくも飽きぬものであった。

太鼓が鳴り、執務が再開された。

納戸役というのは、殿さま身辺の物品管理と会計をあつかう小納戸と藩家全体のそ、れをあつかう大納戸に別れてい、小五郎が属するのは後者である。

別に非常時でも戦時でもない正月のことだし、蔵屋敷内の用部屋には執務中も下らぬ雑談がおこなわれていた。

小五郎は書類を見ている。

彼は、まったく孤立していた。

それでいて平気なのである。くり返し書類を見つめていて飽きることを知らない。

「小五郎め、何を考えとるのかな、いま……」

「たきたてのにぎりめしの匂《にお》いでも思い出しておるのだろうよ」

などと、ひそひそ話をやるものもいる。

そこへ、関口喜兵衛《せきぐちきへえ》が、ぶらりと入って来た。

喜兵衛は、執政・原正盛の親類にあたる男で、御側御納戸役に任じ、殿さまの身辺に奉仕してなかなか羽振りもよい。禄高も去年の夏に二百五十石と昇進をし、小五郎なぞにとってはろくに口もきいてもらえぬほどの上役といってよい。

関口喜兵衛は恰幅《かっぷく》のよい五十男で、原の手びきと殿さまの愛寵によって年毎《としごと》に立身して来たよろこびと得意さが顔貌《がんぼう》にも身のこなしにも露骨であった。

その日、喜兵衛は用部屋の杉坂力蔵《すぎさかりきぞう》に所用があってあらわれ、一同が頭を下げるのへ「ふむ、ふむ」と、うなずき返しつつ、杉坂の前へ行き何か話しはじめた。

ごく短い間のことで、話し終えると関口喜兵衛が、

「では、たのむ」

杉坂へこういって、腰を上げたそのときである。

喜兵衛の視線が何気なく向うの山崎小五郎をとらえた。

そのとき、小五郎は書類から目を放し、ぼんやりと空間を見つめていた。

小五郎の目と唇のあたりに、かすかな微笑がうかんでいた。

「おい……」

と、関口喜兵衛が杉坂力蔵の袖《そで》をひき、小五郎をあごで指した。

杉坂も、にやりとして何かささやいた。どうせ、ろくなことではなかったろう。

喜兵衛は、ゆっくりと出口へ歩をうつしながら、

「これ、小五郎」

と、よんだ。

「は……？」

はっとした小五郎へ、喜兵衛が、

「御役目中に、つまらぬことなぞ考えぬほうがよい」

「は……？」

「あまりに女房どののことを思いつめては空き腹に毒じゃぞ」

用部屋中にひびくように笑い、独言のように、しかも誰の耳へも通った声で、もう一度、

「空き腹で……」

といい、さらにもっとも鄙猥《ひわい》な一語を加えた後に、

「……子も生めまい」

いい捨てて、喜兵衛は用部屋を出て行った。

後は、こらえかねた一同の笑いが用部屋の中にどよめいた。

山崎小五郎の双眸《め》が、きらりと光ったようであった。しかし、それも一瞬のことで、小五郎はふたたび静かに書類へ目を落した。

小五郎が思わず放心して微笑したのは、そのとき、今朝、玄関へ送って出た新妻の恵津から、はじめて彼女が懐妊《かいにん》したことを知らされたことを思いうかべたからである。

「そうか……よかったな、恵津。父上には帰ってからおれが申しあげよう」

こういって出仕した小五郎なのだが、まさかこの日が、自分にとっておそるべき一日になることなど、思ってもみなかった。

関口喜兵衛は喜兵衛で、

(少し、いいすぎたかな……わしも昔のわしではない。下のものへ対して、あのように野卑なことをいうべきではなかった)

と思いもしたが、

(それにしても、山崎小五郎というやつ。飼いならした猫《ねこ》のようなやつじゃ。わしをにらむこともようせなんだわい。どうも家中のへそ者にはああいう放曠散漫《ほうこうさんまん》なるやつらが多い。こりゃ、何とかせねばならぬな)

すぐに忘れた。

その夜、帰宅し夕飯をすませてから、小五郎が養父・源右衛門の居間へ来た。

「申しあげておきたいことができまして……」

小五郎は、今日の出来事をあますことなく養父につたえ、

「下々のものが申したのではなく、これは殿さま御側におつかえし、藩中でも名の通ったものが私一人《いちにん》のみにではなく、藩士多勢のものの前にてはっきりと申したことでござる」

「ふむ……それで?」

「ゆえに放ってはおけませぬ」

「ふむ……」

小五郎のいい分は次のようなものであった。

昼飯をぬくことについては、養父の強制をうけてしていることではない。養父は「わし一人の信条をもってしてきたことを聟のおぬしに押しつけるつもりはない」と

いい、小五郎出仕のときは必ず弁当を持たせるように恵津へ命じた筈《はず》である。だから弁当ぬきは、小五郎自身の信念によって実行しつづけてきたことなのであった。

現代でも日本の農業政策は米を主体にしたものだが、封建時代には米が日本経済すべての主体となっていたのであるから、たとえ一家の経済であれ、一国の財政であれ、これが貧しいときは倹約の実行が第一となる。

いまの藩内の風潮は、ただもう借金の土台の上に成り立っている享楽、濫費《らんぴ》なのであり、藩自体が幕府から年賦《ねんぷ》返済で借りている金も莫大《ばくだい》なものだ。

借金をして財政をささえているのも原正盛の外交手腕だといえばそれまでだが、借りは必ず返さねばならない。

これは藩庁のみのことではなく、藩士たちも借金だらけになりながら贅沢《ぜいたく》の味におぼれこみ、賭事の流行も、彼等《かれら》が博戯《ばくぎ》の利によって借金を返そうとするさもしい心がうごいているからであった。

だが、山崎《やまざき》家には寸毫《すんごう》の借銭もない。

昼飯をぬいたので健康に差しつかえるなどというのは、源右衛門や小五郎にとって、

「戦さもない世にあって、武士がこれほどのことを忍ぶに何の苦労があるのだ」

と、いうことになる。

藩財政の行きづまりは目に見えているのだ。いやその前に、もっと苛烈《かれつ》な惨事が起

るような直感さえしている。

近ごろは、領内の百姓・町民たちへも無理無体な年貢《ねんぐ》や租税を強要し、藩士たちの俸給《ほうきゅう》すら半知御借りということで、つまり殿さまが家来の俸給を前借りし、それで吉原の遊女なぞを身受けしたりしているではないか。

まさにこれは一国の非常事態なのであって、山崎家のみではなく、藩士のすべてが昼飯ぬきで当然なのである。

山崎小五郎が関口喜兵衛を討つ、と決意したのも単なる恨みからではない。喜兵衛から受けた侮辱なぞは、毎日のように味わいつくしてきた小五郎であった。

一国の藩主の側近くつかえる武士の口から出たことだから捨てておけないのだ。

すべてをきき終えてから養父がいった。

「思うままに、やれい」

その声には感嘆のひびきがあった。

去年の正月に、山崎源右衛門《げんえもん》は城下・大信寺の住職で、懇意に願っている成聞和尚《せいぶんおしょう》に、むすめの縁組について相談をしたとき、和尚は言下に、

「そりゃあな、わしならば一も二もなく平野のへそ者を推輓《すいばん》したい」

と、こたえたものだ。平野家の墓所はこの寺にあり、和尚は小五郎の幼時からよく知っている間柄《あいだがら》であった。

「ははあ、平野殿の……?」

「うむ。小五郎なれば、おぬしのところの家風に合おうよ」

「左様で……」

「その理由《わけ》をきかれても困るがな、ただあやつなれば、おぬしにも合おうし、むすめごにも合う男と見たまでじゃ」

いえば和尚の人格を信じ、だからその見るところを信じて小五郎を聟《むこ》に迎えた源右衛門なのだが、この夜ほど、聟の意外な一面を見ておどろいたことはない。

いつもおだやかで無口だし、源右衛門が隠居をした半歳の間に、この聟は苦もなく山崎家の体臭をわがものとしてしまった。

けれども、ここまで小五郎が明確な判断力と実行力をそなえた男だとは思ってもみなかったのである。

「なれど、おぬし、ようもそこまで心を決めたものだな」

源右衛門がいうと、

「自分ではようわかりませぬ。瞬間に決意いたしました」

聟は、素直にこたえた。

養父は、手文庫から金の包みを取り出し、

「さむらいの死金、二十三両ほどある。持って行けい」

「要りませぬ。私は関口喜兵衛殿を討ってから、逃れるつもりはありませぬ」

「何——」

「関口殿には一子・市太郎がおります。私は敵持ちになりたくありませぬし、市太郎に敵討ちの苦痛を味わわせるつもりもありませぬ」

「ほう……」

「人を殺せば死罪が当然。私は、その場で腹を切ります」

これをきいて養父の両眼《りょうめ》が感動にかがやいた。

「さてさて……まことの武士の心得を事もあろうにわが聟どのがそなえていたとは思いもよらなんだわい。わしは、おぬしをわが家に迎えたことを誇りに思う」

「父上。その前に私を離縁していただきとうござる」

「いうな。おぬしは山崎……いや、わしの代りに関口喜兵衛を討つも同然じゃ」

「父上。まだ一つ、申しあげたきことがござる」

「え……?」

「恵津が、身ごもりました」

三

小五郎は山崎家から離縁され、浪人となり、城下から姿を消した。

離縁の理由は「小五郎事家風になじみがたく……」というものだが、藩庁はこれを受理した。

「あれだけのことをいわれ、関口喜兵衛をにらみつけることもよう出来なんだ聟に、源右衛門も、つくづくと愛想をつかしたものであろう」

新年早々、城下は小五郎一件で持ちきりであった。

その朝、というのは延享四年二月七日のことであるが、明け方からふり出した粉雪が城下に淡くつもった。

勤務の藩士が登城するのは辰《たつ》ノ刻（午前八時から九時）の間ときまっていて、関口喜兵衛が殿町の屋敷を出たのは御城の太鼓が鳴り終えて間もなくのことである。

喜兵衛の屋敷の前通りを北へ少し行くと前面に藩の馬屋があり、ここを左へ曲ると御蔵屋敷で、この裏手を濠《ほり》に沿って進めば、すぐに大御門前へ出る。

仲間《ちゆうげん》と足軽《あしがる》を一名ずつ供にしたがえた喜兵衛が裃《かみしも》姿に高下駄《たかげた》をはき、信濃《しなの》傘《がさ》とよばれる白張りの傘をさして馬屋の裏土塀《どべい》を曲ったとき、

「関口様」

声をかけ、これも登城の杉坂力蔵が近寄って来た。

杉坂は一人である。

道の向うにも登城の士の姿が二、三見えた。

「おう」

関口喜兵衛が、杉坂の挨拶《あいさつ》へゆっくりとうなずき返したときであった。

馬屋と評定所《ひょうじょうしょ》の間にある幅半間ほどの小道からあらわれた仲間風の男が、つつと二人の前へ寄って来た。

喜兵衛たちが男の走り出た小道のすぐ傍《そば》に立ち止ったところへ、呼吸を合せたように雪の幕を割って出た男が、いきなり笠《かさ》をはねのけ、

「関口喜兵衛殿、まいる」

叫ぶや、雨合羽《あまがっぱ》をかなぐり捨てた。

「ああっ……」

喜兵衛は絶叫をあげると同時に、そのまま空間へ貼《は》りついたような顔色となった。

その喜兵衛の頸部《けいぶ》へ、

「えい」

あまり剣術に精を出したこともない山崎……いや平野小五郎が抜き打ちに斬《き》った。

何とも、すさまじい早業である。

尻餅《しりもち》をつくように、喜兵衛が倒れた。

供の仲間は腰をぬかし、足軽の井村国七が、それでも脇差《わきざし》を抜き、

「お、おのれ……」

と声をかけたのへ、

「寄るな」

叱《しか》りつけておいて、小五郎は倒れた関口喜兵衛へのしかかるように、とどめを刺した。

この間、すぐ傍にいた杉坂力蔵は傘を落し、評定所の土塀へ寄りかかったまま眼球をむき出し、喘《あえ》ぐのみで刀の柄《つか》にさえ手をかけてはいない。

とどめを刺した小五郎が身を起しかけるのを見て、

「うわあ……」

足軽の国七が、それでも感心に、夢中で刀を突っかけてきた。

飛びのいたはずみに小五郎が振った刀が国七の膝頭《ひざがしら》を浅く割りつけた。

「ああ、うう……」

こうなると悲鳴をあげるばかりになった国七は主人・喜兵衛の足もとにへたり込んだままとなった。

登城の侍たちが道の両側から駆け寄って来たのは、このときである。

飛びのいて、おのれの腹へ刃を突き立てようとした平野小五郎の脳裏に思いもかけぬことが電光のように過《よ》ぎった。

(どうせ死ぬなら、原正盛を斬ってからにしよう)

このことである。

殿さまを籠絡《ろうらく》し、藩政を乱している張本人は執政・原正盛にほかならぬ、と小五郎は思いこんでいたし、事実、その通りだといってよい。

それにしてもこのときまで、小五郎は原を斬るつもりなぞ毛頭なかった。

後年になり、同藩士の小山六之進《ろくのしん》にもらした小五郎の言葉に、このようなものがある。

「私はへ、そ者生まれにて幼少のころから何の望みもこれなく、大信寺へ入りびたり、和尚様にお目にかけられたるをよいことに、ひまさえござれば大信寺の和尚様のお貸し下さるる書物を読み、手習いをいたし……それも紙を用うることはめったになく、手本を見、指をもって宙に手習いをいたすこと、まことにおもしろく……」

また、いわく、

「あのとき御用部屋にて関口喜兵衛殿に面罵《めんば》を受けるまでは、よもやこのような天運に遇《あ》おうとは夢にも存じ申さず……その後、私めが行いたる所業についても、われながらようもやってのけたるものと思うばかりで……」

もとへ戻《もど》る。

関口喜兵衛を斬殺《ざんさつ》した小五郎は評定所の小道を一散に逃げ、千曲川《ちくまがわ》へ通ずる濠水へ飛び込んだ。

城下は大騒ぎとなったが、ついに平野小五郎を捕えることは出来なかった。

信州・松代《まつしろ》十万石、真田伊豆守信安《さなだいずのかみのぶやす》の城下に於《お》けるこの事件が、いわゆる〔延享《えんきょう》四年の騒動〕とよばれるものだ。

松代藩では、その朝のうちに藩士、小者をふくめた一隊をもって平野小五郎の探索をおこなった。

二日、三日とたつうちには隊士も増加され、領内はもとより街道筋の各所にまで追跡の手がのびたが、依然として小五郎は行方不明である。

その一方、この事件に関連あるものたちへの調べがすすめられた。

「憎いやつじゃ、小五郎めは——」

と、殿さまの信安は激怒ただならぬものがあり、

「山崎、平野両家へも屹《きっ》と処断を申しつけよ」

原正盛へ命じたが、

「小五郎めは離縁になりたるものゆえ、山崎源右衛門を咎《とが》めることもなりますまい。かと申して何事もあずかり知らぬ実家の平野弥一郎《やいちろう》を咎むるも大人気なきこと——」

原は微笑さえふくんでおり、

「このたびの事につきましては、関口喜兵衛にも落度がございます」

「なれど、喜兵衛はそちの縁類ではないか」

「いかにも――」

「原。そちは冷たい男じゃの」

「いえ……喜兵衛が小五郎めにあたえたる一言、なるほど武士として我慢がなりかねたろうと存じまする」

「ふうむ……」

「これは、城下の町人どもさえ評判しきりなることにて……」

「喜兵衛が悪いとか？」

「はい」

気に入りの原がいうことには、殿さまもさからわぬ。

原正盛の裁断により、小五郎の実家は御咎め無し。養家の山崎源右衛門は、

「離縁ありたりといえども、小五郎儀刃傷《にんじょう》におよびし段不届につき、謹慎おおせつくる」

ということになった。

養子の監督が不充分であった、というわけだ。どちらにしても軽い処分である。

たとえ殺された関口喜兵衛が今を時めく執政の親類でなかったとしても、これはもっときびしい処分がなされた筈である。

家中のものは、みな、

「さすがに原様だ。度量がひろいわい」

却《かえ》って、原の人望があがる始末であった。

原正盛には、どうもこういうところがある。

藩財政のたて直しに挺身《ていしん》をした昔を忘れ、現在は殿さまと一緒に享楽三昧《きょうらくざんまい》に耽溺《たんでき》してはいても、血なまぐさい事は大きらいだし、憎悪《ぞうお》の念のごくうすい性格なのである。

原はこのとき三十八歳で、ゆったりとした色白の豊頬《ほうきょう》には微笑の絶えたことがない。

(それにしても……喜兵衛の伜《せがれ》めには敵討ちに出てもらわねばなるまい)

原正盛は半月後になって、それまで小五郎捜索隊に加わっていた喜兵衛の長男・市太郎を呼び出した。

「市よ。小五郎めは、もはやこの近辺には潜みおらぬと思う」

関口市太郎は二十四歳の若々しい面《おもて》をうつ向けたまま、

「私めも左様に思いまする」

「うむ……で、敵討ちの……」

「はい。ただちに発足いたしまする」

「浮かぬ顔じゃな」

「いえ……」

「仕方もあるまい。これが武家の掟《おきて》じゃ。しかも先年、天野源助が森口庄五郎《しょうごろう》を討ち、見事父の恨みをはらしたこともある」

それは四年前のことであって、真田家における敵討ち事件は知れているだけでも五件ほどあるが、そのうちの二つが、天野源助と関口市太郎のもので、いずれも父の敵討ちということになる。

「市よ。助太刀《すけだち》は要らぬか？」

「私一人にて——」

「うむ。おぬしの腕はたしかだ。小五郎に負くることもあるまい」

原は、多額の送別金を市太郎にやり、

「わしから江戸屋敷へもようたのみおく。困ることあれば江戸屋敷へ行き助力をたのめ」

「はい……」

「浮かぬ顔じゃな、どうも……」

という原を、市太郎はじろりと見て、

「私、父が討たれたのは当然と存じます」

はっきりといい放った。

「何——」

「私が小五郎であったら、やはり討ちます」

原は苦笑をした。

「もう申すな」

「なれど……」

「だからというて、父の敵を討たぬわけにも行くまい。小五郎の首をはねてこぬかぎり、家をつぐわけには行かぬぞ」

「承知しております。なればこそ発足いたします」

立って出て行きかけ、関口市太郎は、また何かいいたそうにしたが、思いとどまり、一礼をして、しばらく考えた後に、

「小父《おじ》様。殿への御忠勤をいのりあげます」

一気にいうや、廊下へ出て行った。

四

この年の十月四日に、山崎源右衛門《やまざきげんえもん》のむすめ、恵津《えつ》が男子を生みおとした。

いうまでもなく、これは小五郎の子であって、助太郎と名づけられた。

まだ源右衛門の謹慎は解けず、関口市太郎が平野小五郎を討ち果した知らせもない。

殿さまの伊豆守信安は六月に出府し、九月に原正盛が江戸へ向かった。

例によって殿さまと共に、原は江戸での歓楽を思うさま味わい、同時に江戸屋敷に

おける自分の声望をたかめ、幕府要人たちとも交際をふかめ、存分に賄賂《まいない》もふりまき、寛保《かんぽう》二年の水害の折に幕府から借りた金の返済引きのばしについてもうまく話をつけ、今や得意の絶頂にあった。

だが、翌寛延《かんえん》元年の春に、原正盛が殿さまの帰国にさきがけて松代へ戻ったときには、原の身辺が厳重な警備によってかためられた。

江戸で雇いあげた井上半蔵という大神流《おおがりゅう》の剣客をはじめ三人の浪人者を連れて来て、絶えず自分のまわりを守らせている。

どこからともなく、うわさが飛んだ。

江戸で、原正盛が平野小五郎からつけ狙《ねら》われること再三ではなかったというものである。

六月には殿さまも帰国し、この年も何事もなく暮れたが、翌寛延二年になると藩の中にもそろそろ騒乱のきざしが見えはじめた。

寛延二年九月晦日《みそか》の午後のことだが、藩の足軽千人余の代表として七十五人が、普請《しん》奉行の役宅へ押しかけた。

数年にわたって減給されつづけてきた俸給《ほうきゅう》も、この一年ほどは全く支給されぬも同然という不平不満を訴え出たのである。

奉行の彦坂《ひこさか》は原一味のものであるから叱り飛ばして追い返したが、足軽たちはすぐに、家老の一人、恩田民親《おんだたみちか》の屋敷へ押しかけて行った。

この騒ぎは、恩田家老が何とか取り静めたが、それでおさまるものとは思えぬ殺伐な空気が下から盛り上ってきつつある。

関口市太郎が、平野小五郎にめぐり合ったのは、この騒ぎが松代城下で起って間もなくのことであった。

場所は、中仙道《なかせんどう》が信州・小田井へ入る少し手前の前田原の芒《すすき》の群れの中でだ。

市太郎は、江戸藩邸のものの口から、小五郎が原正盛を狙っていることを知り、原が帰国しているのだから、小五郎も信州へ戻っていると考えたのであろう。

秋の夕陽《ゆうひ》が落ちかかる芒の原を、市太郎は小田井の宿場に向かって急いでいたが、

「あ……」

前方約十間のところに、茫然《ぼうぜん》と山脈へ落ちかかる夕陽をながめている平野小五郎を発見した。

市太郎は抜刀し、音もなく近寄った。

小五郎が振り向いた。

「おう……」

微笑し、小五郎が頭を下げ、

「市太郎殿か、久しぶり」

といった。

「うむ……」

うなずいて市太郎が、

「くどくはいうまい、おぬしも刀を抜け」

「はあ……」

「気おくれしたか」

「いや。私は貴公に討たるること本望に存ずる」

「何……」

「なれど、いましばらく待っていただけぬか」

「ふむ……」

「原正盛殿を討つまでのことだ」

「やはり、そうか……」

「私が原殿をつけ狙うていること、江戸屋敷にても国もとにても知れてある筈《はず》。というのはなあ、江戸で原殿を狙う私の姿を再三ならず、原殿にも気づかれ、藩邸の人びとにもさとられておるので――」

「むウ……」

「市太郎殿は、わが真田十万石が、このままでいてよいと思われますまい。いや、思われぬ筈だ。私は、それを知っております」

このとき、関口市太郎は小五郎と力を合せ、親類ながら原の小父《おじ》を討ちたいと思ったほどである。

立ちつくしたまま、市太郎は抜いた刀を振りかぶる気力が消えてしまっていた。

「ここに誓約いたす。明年七月一日、江戸日本橋南の橋詰、高札場の下にて貴公を待ち、そのときこそ、この小五郎が首を討たれたい」

小五郎が誠意を顔いっぱいにあらわしていい、大小の刀の鐔《つば》を打ち合せた。

金打《きんちょう》は武士の誓約のしるしであった。市太郎は刀を鞘《さや》におさめ、

「間違いはあるまいな」

念をおした。

つまり、親類であり庇護者《ひごしゃ》である原正盛を小五郎が討つことを黙認したのだ。

小五郎は、しっかりとうなずき、

「では……」

一礼を残し、着流しの裾《すそ》を端折《はしょ》り、素足に草鞋《わらじ》がけという身なりの背を向け、芒の中へ姿を没した。

「忘るるなよ、小五郎――」

関口市太郎が、もう一度叫んだ。

五

寛延三年七月一日となった。

誓約の日である。

この日、関口市太郎は日本橋南の橋詰に朝から夜ふけまで立ち通したが、ついに平野小五郎はあらわれなかった。

(何というやつだ。あれだけの事を仕とげた男ゆえ信頼をかけたのだが……見事に裏切られた……)

市太郎は、それまで小五郎に抱いていた好意を一度に厭悪《えんお》と激怒に乗り換えてしまった。

自分との約束を破棄したばかりではない。

小五郎は、ついに原正盛を襲うことも出来なかったのだ。

(もう、ぐずぐずしてはおられぬぞ、おれも――)

市太郎は、あせっていた。

(御家の大事に居合わさず何の奉公も出来ぬとは……)

なのである。

そのためには一日も早く小五郎を討ち、松代藩士として復帰せねばならぬ。

また、この三年の間に事態は急激な変化を見せてきていた。

今年の正月にも第二次の足軽《あしがる》騒動が国元と江戸屋敷で起ったたし、何よりも藩財政の逼迫《ひっぱく》が急を告げ、同時に、原正盛が例の遊女あがりの殿さまの側室と姦通《かんつう》をした事実が、あかるみに浮いてきたものである。

今度は殿さまの信安が、原を憎みはじめた。

殿さまは、この年の正月から江戸屋敷にいたので、原が領国にいるのをさいわい、みずから采配《さいはい》をふるい、田村半右衛門《はんえもん》という理財家を三百石で召抱えてしまったものだ。

田村半右衛門という老人は一説に赤穂《あこう》浪人・大野九郎兵衛《くろべえ》だと噂《うわさ》された人物だが、判然としない。

だが、松代藩と赤穂藩の交際が、かなり深く、かの四十七士が吉良《きら》邸へ討ち入った後、諸大名へ御預けとなった際にも、松代藩では義士に種々の贈物をとどけたりしていることから見て、大野九郎兵衛ではないといい切れぬものがある。

ともかく、原正盛がいい気になってやりすぎ、殿さまの自覚によって旗色が悪くなりつつあることはたしかであった。

自分の藩が、このような非常時なのに、意義もない父の仇《あだ》を討つことなぞしてはいられぬ、というのが関口市太郎の本心である。

それよりも藩へ帰り、力のかぎり御家の（ということは一国のである）建直しにはたらきたかった。

けれども父の敵討ちということは、武士の法であり掟であるから、これを果さねば戻《もど》るわけには行かぬ。市太郎が約束の日をじりじりと待ちこがれていたのも当然であった。

市太郎は口惜《くや》しがって、翌二日の朝になると南部坂の藩邸へ出かけて行った。

それとなく小五郎の行方について聞きこみでもありはしないかと思ったからだ。

「おう、市太郎ではないか」

ちょうど、国元から望月主米《もちづきしゅめ》が出て来た。

主米は、恩田民親などと共に忠義派の家老の一人である治部左衛門《じぶざえもん》の嗣子《しし》である。

年齢は市太郎より少し上だが、幼少のころから学問も武道も共にはげんできた親友であるし、この主米から、市太郎は大いに啓蒙《けいもう》され、父や小父の所業を冷静に見つめることができたものだ。

「主米殿か。国元も大変だそうですな」

「うむ。この機会に何としても原一派を押しのけて新しい治政を行わぬと命取りになる。御公儀でもうすうす知っているらしいし……ぐずぐずしていると取潰《とりつぶ》しにも会いかねぬと思う」

「私も早く帰って、主米殿と共に……」

「うむ。それにしても小五郎はどうだ?」

「それが、実は……」

市太郎がすべてを語ると、

「そうか……」

主米は、しばらく沈思していたが、

「これからは、ときどき顔を見せろ。おれは江戸詰になったからな」

といい、顔をひそめて、

「近いうちに、原は失脚するぞ。田村半右衛門が殿さま直き直きの御下命によって勝《かっ》手掛《てがかり》をおおせつけられるらしい」

勝手掛というのは大蔵大臣のようなもので、今までは原が家老職兼任でこれをつとめていたのである。

「その田村というのは?」

「狸爺《たぬきじじい》だ。どうせうまく行かぬとおれは見ているが……それでよいのだ。今は原を失脚させることが第一。おぬしの縁類で気の毒だが……」

「何、かまわぬ。私が斬《き》ってやりたいほどですよ」

二人は話に熱中した。

そのころ、平野小五郎は江戸にいた。

だから小五郎は、それと知りつつ武士の誓約を破ったということになる。

のちにわかったことだが、小五郎は江戸で看板書きを職としていた。

この職業が普遍したのは、もっと後年のことになるが、小五郎は筆紙、墨、糊《のり》などを木箱に入れ、江戸市中から郊外まで廻《まわ》って、商家や飲食店の障子や掛行燈《かけあんどん》などに屋号・記号を書いていたらしい。

彼は、下谷《したや》坂本裏町の長屋に住み、女と暮していた。

この女の素姓について、松代《まつしろ》の儒者・鎌原桐山《かんばらとうざん》は、

「女は盲瞽女《めくらごぜ》とやらにて身性卑賤《みじょうひせん》のもの……」

と、きめつけているけれども、

「いや、それがどうもね……私が維新生き残りの古老にきいたところによると、小諸《こもろ》の三度やとやらいう旅籠《はたご》の女房《にょうぼう》の姉だったといいますがね」

筆者にこう語ったのは、松代の郷土史家で先年亡《な》くなられた大平喜間太氏である。

どちらでもよいと思う。

そのときの平野小五郎が一人の女性と家庭をもち、その女と暮すために看板書きをしていたことは、たしかなのである。

ということは、小五郎が常人の生活に入ったことを意味する。

原正盛を討つことも、関口市太郎に討たれることも忘れ果て、そして尚《なお》、

「人を殺せば死罪が当然――」

と、養父にいい切った小五郎の信念は、ここに至って、どうも危ういものとなってきたようだ。

六

宝暦五年、というと平野小五郎が関口喜兵衛《きへえ》を斬殺《ざんさつ》してから八年目のことになるが、この年の六月十日に、松代藩士・小山六之進《ろくのしん》というものが、小五郎に出会った。

その日、小山六之進は深川の下屋敷へ公用があり、朝のうちから南部坂藩邸を出て用事をすませ、帰途についたのは七ツ(午後四時)ごろであった。

梅雨もあけたようなよい天気で、まだ町中に陽《ひ》の輝きがみなぎっている。

六之進が永代橋を渡り切ろうとしたときであった。

「もし……」

背後から声がかかった。

「や……おぬし、小五郎ではないか」

洗いざらしの単衣《ひとえ》の裾を端折り、手ぬぐいで頭を包んだ小五郎が一抱えほどの木箱を背に負い、そこに立っていた。

小五郎は、刀も帯びていなかった。

「どうした、おぬし……」

こういうなり、六之進は深い同情をこめて、窶《やつ》れ果てた小五郎を見やった。

六之進は五十をこえていたろう。小五郎の実家とはむかしから親しくしていたし、小五郎が赤子のころは、よく遊びに来た六之進に抱かれてあやしてもらったりしたそうな。

こういう間柄《あいだがら》だけに、

「お見かけしたのをよいことに、思いきって声をかけたのです」

と、小五郎がいったのもうなずけよう。

「ま……ここでは話もなるまい」

先へ立つ小山六之進へ、

「御家も、このたびはめでたく……」

小五郎が低くいった。

「知っておったか？」

「国もとより知らせがまいりました」

「ほう……」

「またこのたびは、助太郎めが御取立をたまわり……」

といいかけ、小五郎が声をのんだ。

このほど、恵津《えつ》との間に生まれた助太郎へ家督相続がゆるされ、合せて養父・源《げん》右衛門《えもん》の謹慎が解けたことを、恵津が手紙で知らせて来たのは数日前のことである。

ちなみにいうと、松代藩もようやく行手に光を見出《みいだ》すところまでこぎつけている。

小五郎が関口市太郎との誓約を破ったときから五年の歳月が流れているが、その間に、殿さまの信安《のぶやす》は病死し、原正盛は罪状明白となって押しこめられ、藩政は何度もつまずきながら、ようやくこのほど、家老の一人、恩田民親《おんだたみちか》が執政の座についた。

同時に、信安の遺子・幸弘《ゆきひろ》も何とか無事に真田《さなだ》家十万石を相続することを幕府からゆるされる見込みがついたらしい。

それにはむろん、藩を脱走した平野小五郎にはうかがい知れぬ真田家中の苦悩があり闘いがくり返されたにちがいなかった。

小山六之進は、永代橋を引返して佐賀町へ入り、中ノ橋際《ぎわ》の船宿の前まで来て、

「ここでよいな」

入りかけると、小五郎が店先の掛行燈に〔きくや〕と書いてあるのを指し、

「私が書きましたもので……」

と、いった。

「そうか……」

さすがに六之進は、暗然となって、

「苦労をしたようだな」

「いえ……」

二階の小部屋へ入り、六之進が酒を注文した。

「さて……」

盃《さかずき》をふくんだ六之進が、

「小五郎。おぬしが申すこと、きこう」

「おきき下されますか」

「おぬし、関口市太郎が藩へ呼び戻され、亡父の跡目をつぎ目付役に任じたること存じおろうな」

「はい……」

「仇討ちも果さぬ市太郎が呼び戻されたは、ひとえに、かれの力量が御家にとって必要なるものとなったからだ。原正盛の悪政は絶え、若き新藩主をもりたてて、これからは家中一同が必死にはたらかねばならぬ。どこを向いても借金ばかりの十万石を建直すためには若き人材を惜しむことなく投入し、旧態を一掃せしむることになった」

「まことに、ありがたきことにて……」

「と共に、御家老・恩田様は、真田家中から憎しみと恨みを一切追放せよといわれた」

「は……」

「ゆえにこそ、おぬしの養家……であった山崎《やまざき》家も安泰。仇を討てぬ関口市太郎も無事に家をついだのじゃ」

「そのことにござります」

小五郎が火のような眼《め》で六之進を見て、

「見苦しき恥をさらし生きてまいりましたが、小五郎の命もこれまでにござる」

「原を討つまでと、市太郎に申したというが……」

「誓約を破りました」

「なぜか？」

「思いがけなきことにて……」

小五郎は、顔を伏せ、

「行きずりの女と共に家を持ちました」

「何……」

「なれど当初のうちは、市太郎殿に討たるることいささかも苦しゅうはござりませなんだが……おそろしいものでござる。女のつくる一椀《わん》の汁《しる》、飯のあたたかさになれるにしたがい、小五郎はくされ果てました」

「ふうむ……」

「国もとより、先日、ひそかに恵津がよこしました書状を見、さらにいま、あなたさまをお見かけしたるとき、われながらこの五年の間の恥を思い知りましてござる」

「で、どうするな？」

「憎しみも恨みも残さぬ新しき治政……という恩田さまのありがたきお言葉。この小五郎も我子、我家の存続をゆるされましたからには、もはや思い残すことはございませぬ」

「死ぬるか……」

「憎しみも恨みも山崎、関口の両家に残さぬためには――」

「うむ」

うなずいて六之進が、

「わしに介錯《かいしゃく》せよと申すのだな？」

「はっ」

「いまか？」

「はい」

「家へ戻り、その……その女とやらに別れを告げずともよいのか」

小五郎は顔面蒼白《そうはく》となり、両膝《りょうひざ》で畳叩《たた》きつつ、

「この場で、この場で……」

と、いった。

「よし。まあ落ちつけ、小五郎。別れの盃をあげてからでもよいわ。案ずるな、わしがついておる。わしがついていてやる」

とっぷりと暮れてから、二人は船宿を出た。

中ノ橋を北へ渡り、上ノ橋をぬけると松平陸奥守《まつだいらむつのかみ》の蔵屋敷がある。

道をへだてて大川であった。

そこの石切場の陰まで来て、小山六之進があたりを見まわし、

「ここでよかろう」

月はなかった。

人影もない。

平野小五郎はそこへ正座し、六之進から借りた脇差《わきざし》をぬき、

「では……」

いきなり、腹に突きたて、きりきりと引きまわし、

「御家万々歳……」

と、うめくようにいった。

「見事じゃ」

六之進が抜刀し、

「後に残った女のことは、わしが引きうけた」

小五郎が、さもうれしげに笑った。

小山六之進が、平野小五郎の首を抱えて藩邸へ戻ったのは、それから間もなくのことであった。


この〔真田騒動〕といわれる松代藩の御家騒動は、執政・恩田木工《もく》民親の治績を記した〔日暮硯《ひぐらしすずり》〕によって世に知られている。

恩田民親は、かの原正盛をもゆるして捨扶持《すてぶち》をあたえ、その子・岩尾も、やがて藩士の列に加えるほどの寛容さをしめした。このことは封建時代にあって希有《けう》のことである。

若き藩主・真田伊豆守幸弘も父の信安とはちがい、名君の名をほしいままにした。

それはさておき――。

平野小五郎の遺子・山崎助太郎が五十八歳となった文化元年に、助太郎の子の源一郎に、関口市太郎の三女・みのが嫁入った。

このとき、松代の城下のだれやらがよんだ句に、次のようなものがある。

へ、そ、ご、ろ、の顔も忘れし夫婦雛《めおとびな》

（「小説新潮」昭和四十年二月号）

舞台うらの男

一

服部小平次《はっとりこへいじ》の父は、宇内信重《うないのぶしげ》といい、播州《ばんしゅう》・赤穂《あこう》五万三千石、浅野家につかえ、ながらく京都屋敷につとめていた。

だから、小平次は京都で生まれ、育ったわけである。

のちに、江戸屋敷へうつることになったときには、

「ああ、いやらし」

と、小平次は町人ことばをまる出しにし、夫の転勤をいやがる現代の新妻のように身をもんで、

「京をはなれて、さわがしい江戸へ行くほどなら、わし、腹を切って死んだほうがましや」

などと、大いになげいたものだった。

むりもない。

殿さまの御城がある赤穂の国もとや、藩邸とはちがい、京都屋敷は、まことにのんびりとしたものである。

国もとが浅野家の本社なら、江戸、大坂、京都などの藩邸は支社ということになる

だろうが、社長である殿さまは、めったに京都へは来ることもない。

そのかわり、天下泰平の世の中に、家来として腕をふるうチャンスもないし、したがって、出世の階段へ足をかけるきっかけもつかめぬというものだ。

「わし、そないなことは、どうでもええのや」

と、小平次は、ただもう、ひたすらに京の町と人から、はなれたくなかったのである。

もともと、小平次は家を継げる身ではなかった。

平太夫《へいだゆう》という兄が、いたからである。

この兄は、少年のころから学問も剣術もよくでき、藩の重役から見こまれ、早くから親の手もとをはなれて国もとの赤穂の城へ出仕し、殿さまの小姓をつとめたほどのしっかり者だった。

こういう長男がいると、父母も、

(わが家には立派な後つぎができた)

何か安心してしまい、末っ子の小平次に対しては、どうしても甘い育てかたをするようになる。

「じゃが、小平次もさむらいの家の子ゆえ、あまりに町家の子どもたちとまじわるのは、いかがなものかな」

「はい。よう申しきかせてあるのでございますけれど……」

と、これは父母の声である。

浅野家の京屋敷は〔仏光寺《ぶっこうじ》通り東洞院《ひがしのとういん》東入ル〕ところにある。

付近には町家が多い。

屋敷内には、家来の子弟もいるわけだが、小平次の遊び友だちといえば町家の子供ばかりといってよい。

おさだまりの学問、剣術のけいこから帰りみち、小平次は町家の友だちの家へ立ちよっては遊んできた。

小平次は、生まれつき器用だったらしく、十歳のころに、

「これ、母さまがおつかい下さい」

ま新しい有明行燈《ありあけあんどん》を外から持って帰った。

「何かえ?」

見ると、その行燈は、朱ぬり丸型のもので、台には引出しまでついており、把手《とって》の一隅《いちぐう》には精巧極まる木彫りの蜻蛉《とんぼ》が一つ、とまっているではないか。

「ま、みごとな細工ですこと」

「さようですか、うれしいな」

「このようなものを、どこで、お前は……?」

母の喜佐が問うや、

「へへン……」

小平次が、ひくい鼻をうごめかし、何やら得意げだった。

「どうしました、小平次」

「その行燈は、わたくしがこしらえました」

「え……？ まさか……」

「ほんとうです」

「冗談をいうものではない。細工といい塗りといい、こりゃもう立派な職人の手になるものではありませぬか」

「つくるのに一月もかかってしまいました」

それぞれの家業をもつ遊び友だちの家で道具を借り、材料をもらって製作したのだと、小平次はいいはる。

不審におもった母が、翌日になって、藩邸近くの〔よろずや勘助〕という塗師《ぬし》をたずねると、

「いつもいつもうちのせがれめが坊《ぼ》ンさまのお遊び相手をさせてもろて……へい、もったいないことでございまする」

あるじの勘助は、恐縮しながらも、

「なんとも、坊ンさまのお手さきの器用さには、びっくりいたしております。へえ、そりゃもう、坊ンさまがおひとりで、あの行燈のうるしをお塗りになりましたんどす」

と、こたえた。

おどろきながらも母親はいくらかの礼をわたし、次に、烏丸《からすま》五条の彫物師を訪問すると、

「せがれのところへお見えになりましたとき、坊ンさまは、わたくしどもの仕事を、じいっと見ておいでになりましたんどすな。そのうちに、鑿《のみ》のつかいかたを教えろ、かように申されまして……」

あるじは、身分ちがいにて恐れ入るが、もしも小平次が町家の子だったら内弟子にもらいうけたいほどだとほめそやした。

以来、十数年の間に、こうした例はいくらもあり、書いていたらキリがない。

さらに小平次は、古道具屋や刀鍛冶《かたなかじ》、表具師などの家へ入りびたって少しも倦《う》むことを知らぬ青春を送ったらしい。

「もはや、匙《さじ》を投げました」

と、母がいえば、

「どうせ、家督も出来ぬ身のかわいそうなやつじゃ。好きなようにさせておけ」

父が、こたえた。

二

小平次、二十歳《はたち》をすぎると、いろいろの工芸品や刀剣の鑑定もやるようになった。

人形や、種々の細工物をみずからこしらえ、

「へえ、こりゃまた美事《みごと》なモンどすな。わたくしの店で引きとらせてはいただけませぬか」

「よいとも」

というので、これがよく売れるようになった。

だが、そうした製作は幼友だちがいる、〔よろずや〕方の一室を借りておこなうのだから、別に藩邸へめいわくをかけない。

とにかく、冷めし喰《く》いの次男坊にしては、小づかいも充分というわけで、女あそびもさかんなものだった。

鼻はひくいが色白で、すらりとした体つきの服部小平次は愛嬌《あいきよう》たっぷりな双眸《め》をかがやかせつつ、よく昼あそびに伏見へ出かけたものだ。

伏見・撞木《しゆもく》町の廓《くるわ》は、慶長のころにもうけられたもので、京の島原のような上級のものではなく、格も、遊女の質も一段二段と下った遊廓《ゆうかく》だった。

それだけに、

(気もおけぬし、京の市中《まちなか》から三里もはなれているところが何より、何より)

と、小平次はここへ来て、ゆるりと昼あそびをやり、夕暮れまでにはきちんと藩邸へもどる。

したがって、

(御物奉行のせがれどのは、変り物だ)

という評判はあっても、彼が遊蕩《ゆうとう》することを知るものはいない。

それは、貞享《じようきよう》二年夏のある日のことだったが……。

(少し暑いが、ひと汗かくかな)

久しぶりで、小平次は撞木町へ出かけて行った。

行きつけの〔しまや〕という妓楼《ぎろう》は廓内のはずれにあり、二階から田圃《たんぼ》が見わたせる。

「もう十日もお顔を見なんだえ。ええ、もうつれない小平次さま……今日は夜まで帰しゃせぬわえ」

なじみの小徳《ことく》という遊女が金ばなれのよい小平次のくびへもろ腕を巻きつけ、他《ほか》の客にはゆるさぬくちびるをおしつけてくる。

「小徳。汗ぬぐいの手ぬぐいを三つ四つ、冷たくしぼってこいよ」

小平次は、女としたたかにたわむれ〔しまや〕を出たのが八ツ半（午後三時）すぎだったろうか。

（まだ、匂《にお》うな）

出るとき、ふろ場で水をあびてきたのだが、着ている帷子《かたびら》のふところから、小徳のつけていた白粉《おしろい》の香がただよい出て、小平次の鼻腔《びこう》をくすぐる。

（今日は小徳め、あられもなく、みだれおったな）

にやにやしながら編笠《あみがさ》をかぶり、通りを曲ったとき、小平次は向こうからきた男の足の甲を踏みつけてしまった。

「何さらす」

三人の仲間をしたがえ、どなった男を見ると、これは淀川《よどがわ》下りの船頭たちの中でも〔暗物船頭《くらものせんど》〕とよばれる、荒くれ男ばかりの性質《たち》のよくないやつどもである。

「やい、さむらい、足ふんで、だまって通る気イか」

「や、これはかんにん」

小平次は腕に自信がないから、にっこりと頭を下げ、いくらかの銭をやって切りぬけようとしたが、

「ふン、これでもさむらいかえ」

「ひとつぶちのめしてやれ」

「そりゃ、ええな」

なぐりつけておいて財布ごと強奪しようというつもりになったらしい。

「やい!!」

いきなり、一人が小平次の胸ぐらをつかんでふりまわしかけたが、

「げえッ……」

急に、そやつはがくりとひざを折り、へなへなと倒れ伏してしまった。

なぐられるつもりで、閉じた眼《め》をひらいた小平次の前に、これも編笠をかぶった武士が背を見せて、

「去《い》ね」

ものしずかに船頭どもへ声をかけた。

「畜生め!!」

と、だまっているような彼らではない。

三人が、どっと殺到して来るのへ、その武士は我から進み、

「や!!」

みじかい気合を発したとき、

「きゃあ……」

「う、うう……」

どこをどうされたものか、船頭ふたりが、たちまちに転倒し、残るひとりが何か刃物をふところから出して、わめきながら突っこんで来たかと思うと、

「わあっ……」

そやつは、大きく宙に舞って投げ飛ばされ、いやというほど地面へ叩《たた》きつけられてしまった。

「去ね」

と、武士がいう。

何ともすさまじい早わざを見せておいて、呼吸のみだれが少しもない。

〔暗物船頭〕たちは、当身をくらって気絶をした二人を、別の二人が引きずるようにして、こそこそと逃げ去った。

「これは、これは、危うきところをお助け下さいまして……」

人だかりもしているが逃げ出すわけにもゆかず、小平次は笠をとって礼をいい出した。

すると、編笠の武士が、

「何だ、服部小平次ではないか」

「え？　あなたさまは……」

いきなり、武士が小平次の腕をつかみ歩き出した。

裏道へ来てから、

「わしじゃ」

その武士が笠をとり、微笑をうかべている顔を見せた。

「あっ……ご、御家老さま」

さすがの小平次《こへいじ》も青くなった。

厄介者《やっかいもの》の次男坊が昼あそびをしていることさえけしからぬのに、さむらいの身で船頭ふぜいの手ごめにあおうとしたのである。

（こりゃ、ただごとではすまぬ。おれはともかく、父の身にもしものことがあっては……）

青くなるのも、むりはなかった。

相手は大石内蔵助《おおいしくらのすけ》といって、浅野家の国家老をつとめ、赤穂の国もとにいるが、年に一度は京へ出て来る。

これは公用のためばかりでなく、内蔵助の生母の熊子《くまこ》が京都に住んでいて、このきげんをうかがいに来るのだ。

このとき、大石内蔵助は二十七歳で、服部《はっとり》小平次より四つの年長だった。

大石家老が昨日、京都屋敷へついたことを知らぬ小平次ではないが、まさかに、このような場所へあらわれようとは思いもかけぬことだったし、あのような手練のもちぬしだとは考えてみたこともない。

「ここへは、なじみか?」

と、内蔵助がいう。

「はっ……いえ、その……」

内蔵助の年齢にふさわしくない、ぽってりとした小柄《こがら》な肥体が近よって来て、

「なじみか、ときいておるのだ」

「ひらに、おゆるしのほどを……」

「ふン……」

と、内蔵助が鼻で笑った。

ふっくりとした顔つきは若々しく、鳩《はと》のように、まるみをおびた可愛《かわい》らしい眼つきをしている。

おそるおそる、小平次が、

「御家老さまは、ここへ……」

「ここへ来る用事は、きまっておるさ」

「な、なれど、このように低俗なる場所へ……」

「女を抱くには、気のおけぬ所ほどよろしい」

ぽかんと口をあけたままになっている服部小平次の肩を扇でたたき、内蔵助が、さ

らにおどろくべきことをいった。

「この近くの墨染寺《すみぞめでら》門前にも、近ごろ遊所ができたそうだな」

「は……」

「行って見たか?」

「いえ、もう、あそこは、ここより低俗にて……」

「それもおもしろい。よし、これから墨染へ行ってみよう。おぬしも来いよ」

「な、なれど、それは……もはや御屋敷へもどりませぬと……」

「わしがうけ合う。案ずるな」

内蔵助は四日ほど、京の藩邸に滞在し、小平次を供にしては遊びまわった。

翌年の春にも来て、

「小平次。どこぞ、めずらしいところを見つけておいたか?」

といえば、もう小平次は欣然《きんぜん》として、

「おまかせ下さい」

胸を張った。

国もとでの、大石内蔵助の評判は、

〔昼あんどん〕

と、うわさをされるほどで、城へ出て来てもひまさえあれば居眠りばかりしており、政務は他の重臣たちのするにまかせているらしい。

それでいて、別に失敗を見せぬので、

「人物が大きいのじゃ」

などと、小平次の父・服部宇内や、宇内の上役の小野寺十内などは、しきりに内蔵助をほめている。

小平次は、それほどえらい人物と考えてもみなかったが、内蔵助の供をして廓あそびをするうちに、別の意味で、

「大したお人だ」

舌をまいた。

下等な遊所の中の、低俗なる遊所の中から、内蔵助は「これは——」と、目をみはるような女を見つけ出して遊ぶのがうまい。

また、そうした女たちは二人を見くらべると、手もなく小平次を振って、内蔵助へ寄りそってしまう。

「御家老にはかないませぬな」

くやしがるどころか、小平次はうれしくてならない。

口数は少ないが、女たちに取巻かれた内蔵助が、にこにこと酒をのんでいると、座敷いっぱいに春の陽光がみなぎりわたるような雰囲気《ふんいき》になってしまうのだ。

遊び好きの小平次には、それが、たまらなくたのしかったのである。

「人に知れるとうるさいゆえ、ふたりの遊びはふたりだけの遊びにしておこうな。もっとも念を入れるにもおよぶまいが……」

と、内蔵助は小平次にいった。

この年の秋——。

小平次の兄・平太夫《へいだゆう》が赤穂《あこう》で死んだ。

疫病《えきびょう》にかかり、あっけないほどの急死だった。

さらに、年があらたまった貞享四年正月に、今度は父の宇内が死んだ。いままでいう心臓麻痺《まひ》である。

こうなると、いやでも小平次は服部の家をつがねばならぬことになった。

三

小平次は服部家の当主となり、名を亡父の宇内をついだのだが、このものがたりでは前名のままで、はなしをすすめたい。

家をついだとたんに、

「江戸屋敷詰めを申しつける」

と、殿さまからの命が下った。

江戸へ転勤となったわけだ。

「ああ、いやらし」

と、小平次がなげいたのは、このときである。

するど、赤穂から大石内蔵助が急便をよこした。

その手紙には、

「……自分に考えがあって、おぬしを江戸へやるようにはからったのだ。少しの間、辛抱をして奉公にはげむように」

と、したためてある。

内蔵助が小平次について何を考えていたものか、はっきりはせぬが……。

どちらにしても家をついだからには、京の藩邸にいて希望もないかわり不足もないという一生をすごすよりも、まず、江戸藩邸へ送って小平次のはたらきをためしてみよう、というようなつもりであったのだろう。

こうなれば、転勤が厭《いや》だといっても通る武家の世界ではない。

主家の命令は絶対のものだ。

服部小平次は、いやいやながら、母をともない、江戸屋敷へ向かった。

江戸藩邸で、小平次は〔江戸番頭《ばんがしら》〕の支配下へ入った。

江戸と京都とのちがいはあるにせよ、これは亡《な》き父の役目より低い。

母は、なげいたようだが、

(こりゃ、このほうが気らくだな)

むしろ、小平次はよろこんだ。

あまり責任がない役目だったからである。

そして……。

江戸の水になれれば、これもまた、おもしろかった。

優雅な京の都にくらべ、はじめは雑駁《ざっぱく》きわまると見ていた江戸市中の活気にみちみちた繁栄ぶりも、

(さすがは、将軍おひざもとだな)

次第に、小平次の眼が生き生きと光りはじめた。

小平次は藩邸内の長屋(四間)の一室に、京でつかっていた細工物の道具をおき、非番の日はここにこもりきりで、まず自分がつかう机や見台《けんだい》を製作しはじめた。

そのうちに、市中の細工師や、工匠や古道具屋などに知り合いが出来ると、京都でのように、やがて小平次のふところに内職の金も入るようになる。百五十石どりのれっきとした藩士で、若党、小者、下女などを合せ六人の主人である服部小平次なのだが、好きにつかえる小づかいが入れば、それだけ、たのしみもふえる。

決してこれをためこもうとするのではなく、入れば入るだけ、きれいにつかい果す

のである。

京におとらず、江戸の遊所もさかんなものである。

自分の遊びが勤務のさしつかえにならぬように、小平次は藩邸の足軽《あしがる》や中間《ちゆうげん》にまでも要領よくたちまわり、同僚との交際にも気前よく、つかうものをつかう。

たちまちに、一年がすぎた。

元禄《げんろく》元年の夏——。

突然に、大石内蔵助が江戸へあらわれた。

「どうだな、御奉公は?」

「はあ、はげみおります」

「ところで、小平次」

「はあ?」

「どこか、おもしろいところを見つけたかな」

「おまかせ下さい」

「わしも六年ぶりの江戸だ。それにな、小平次。国家老でありながら、何かと用事にかこつけ、京や江戸へ出て来るので、実は、殿さまのごきげんを損じてしもうた。これが江戸の見おさめのつもりなのだ」

「それは、それは……」

「なれど、おぬしには、いずれ赤穂へ来てもらうつもりでおる。もっとも国もとには、おもしろいところはないが……」

出府して二日後に、大石内蔵助は服部小平次の案内で、谷中《やなか》の〔いろは茶屋〕へ昼あそびに出かけた。

ここは、現在の上野公園の裏の、天王寺門前にあって茶屋は二十七軒。ひらかれて年も浅い遊所であるし、茶汲女《ちゃくみおんな》が色を売るところは、ちょっと京でのそれに似てもいる。

「ところがら、坊主《ぼうず》の客が多いそうで……なれど、女はよろしゅうござる」

小平次のいう通りだった。

内蔵助はむきたての玉子のような若い女《め》を見つけ出し、大いに堪能《たんのう》したらしく、夕暮れとなって藩邸へ戻《もど》る道にも、

「あれはよい。フム、あそこはよろしい」

の連発なのである。

「明後日も共にまいろうな、小平次」

「こころえました」

ところが当日となり、非番の小平次は、朝から内蔵助の呼び出しを待っていたが、何の沙汰《さた》もない。

（急な御用でも出来《しゆつたい》いたしたのかな？）

いらいらしていると、夕刻になって、

「大石様がお呼びでございます」

と長屋へ声がかかった。

場所は、藩邸内の用部屋である。

いそいそと出かけた。

内蔵助は、用部屋の中に一人きりで、しかも紋服・裃《かみしも》の礼装をつけ、厳然として、

「これへ」

白扇をもって小平次をさしまねく。

「はっ」

いままでに見たこともない大石内蔵助の威容だった。鳩のような両眼が三倍ほども大きく見え、ひきむすんだ口もとのきびしさに、小平次は圧倒された。

（いったい、何ごとなのか……？）

おどろきつつ、頭を下げるのへ、内蔵助が、おごそかにいった。

「小平次、ようきけ」

「はっ」

「人のうわさ、世のうわさというものが、うわさされている本人の耳へとどくまでは、

かなりの間がある。わがうわさをきいたときには、もはや取り返しのつかぬことがあるものだが……いまから、わしが申すことを、おぬしはまだ知るまい」

「は……?」

「おぬし、この春ごろに、無地赤銅《むじしやくどう》に竜《りゆう》を彫ったる小柄《こづか》を手に入れ、これを、みずからの手にて細工をほどこし、後藤祐乗《ごとうゆうじよう》の作と称し、金五十両にて売ったそうだな」

小平次は声も出なかった。

その通りなのだ。

後藤祐乗は、むかし足利《あしかが》将軍につかえたほどの彫金家である。

小平次が、その赤銅の小柄を市ケ谷の道具屋で見つけたとき、

(たしかに、これは祐乗の作だ)

と、見きわめをつけ、

「いくらだ?」

きくと、道具屋の主人は、まさかに祐乗作とは思わぬので、

「三両でございます」

「よし、買おう」

しかし、小平次には確信があった。

彼は二カ月もかかり、この小柄に細工をほどこし、日本橋室町の刀屋〔岩付屋重兵《いわつきやじゆうべ》

衛《え》）方へ持ちこんだのである。

ゆらい、祐乗の作には銘がない。

「何と見るな？」

すでに懇意となっていた岩付屋重兵衛へ出して見せると、ややあって、

「たしかに祐乗作でございますな」

一も二もなく、五十両で買いとってくれたのだ。

つまり小平次は、道具屋の眼から見て祐乗作と思えるような細工をほどこしたわけであるが、

（まさに祐乗作なのだから、わるいことをしたわけではない）

と、考えていた。

だが、このことを、だれが知ったものか……。

それをたしかめる間もなく、

「ふとどき者め!!」

いきなり、大石内蔵助《くらのすけ》に叱《しか》りつけられた。

「は……なれど、たしかに祐乗作でございます」

「たしかなれば、なぜに細工を加えた？」

「ちょっと衣裳《いしょう》を着せましたまでのこと……」

「よし。そこまで申すなら、おぬしの目利《めきき》をよろこぼう。なれど、武士には士法あり。主君につかえて禄を食《は》む身じゃ。きさま、百五十石を食んで諸人の上に立つ身でありながら、そのような利益を得て、さだめし、おもしろかろう」

「………」

小平次《こへいじ》は不服である。

大石だって千五百石の家老職でありながら、そっと安い娼婦《しょうふ》を買いあさり、色事にうつつをぬかしているではないか。

内蔵助は、ゆるさなかった。

「今後、細工などの手なぐさみは一切無用である。もしも、がまんがならぬときは退《たい》身《しん》をして道具屋となれ!!」

ぴしりと、きめつけられた。

昨日までの、あの親しさを全く忘れたかのような、内蔵助の苛烈《かれつ》な態度に、小平次も逆上してしまった。

思わず、

「よろしゅうござる。それがし退身つかまつる」

と、叫び返してしまった。

するると、打てばひびくように、

「よろしい、たしかにきいたぞ、これより殿さまに申しあぐる」

あっという間もなかった。

大石内蔵助は、さっと座を立ち、たちまちに奥へ消えた。

服部小平次は、有無をいわさず辞職させせられてしまったわけだ。

（か、勝手にしろ）

小平次も怒り、ふてくされ気味で長屋へ帰り、母に報告をした。

むろん母親はなげき悲しんだが、どうにもなるものではない。武士に二言《にごん》はないのである。

こうして小平次は浅野家を退身し、やがて、池《いけ》の端《はた》仲町に道具屋の店をひらき、名も〔鍔屋《つばや》家伴《いえとも》〕とあらためた。

いよいよ、天下晴れて、細工や鑑定が出来る。何しろ腕も目も抜群の彼であるから、三年もたつと商売の間口をひろげ、十人もの奉公人をつかうほどになった。

「母上。私が両刀を捨てて、かえってようございましたろう」

「ほんにな。町家ぐらしが、このように気らくなものとは思うてもみなかったことじゃ」

と、母の喜佐も、よき嫁と孫たちにめぐまれ、まんぞくしている。

母は、元禄十四年正月六日に、五十八歳の生涯《しょうがい》を終えた。

この年の二月四日——。

小平次の旧主人・浅野内匠頭《たくみのかみ》が、江戸城中・松の廊下において吉良上野介《きらこうずけのすけ》へ刃傷《にんじょう》におよび、江戸市中は、このうわさでわき返ったが、

（内蔵助め、とんだことになって、さぞ頭が痛いことだろう。よかった、あのとき武士をやめていて……）

小平次は別だんの感慨もなかった。

四

浅野家がほろびて後の、いわゆる〔赤穂《あこう》浪士〕については、くだくだしくのべるまでもあるまい。

小平次は、この事件に関心をもっていたわけではないが、商売がら諸方の大名や旗本の屋敷へ出入りすることが多く、いやでも、赤穂浪人のことが耳に入ってくる。

さいわいに、江戸へ来て間もなく武士をやめた小平次だけに、彼が、もと浅野の家臣であったことは、ごく少数の人々にしか知られていない。

うわさをきいても、だまっていればすむことだった。

その年の夏になると、大石内蔵助が旧藩の残務を終え、一個の浪人となり、妻子と共に京の山科《やましな》へ隠宅をかまえたことを小平次は知った。

さらに——。

内蔵助が、故内匠頭の弟・浅野大学をもって主家の再興を幕府へ願い出ていることもきいた。

幕府にしても〔喧嘩両成敗《けんかりょうせいばい》〕の掟《おきて》を無視して吉良上野介の肩をもったのだから、

(それ位のことはしてやってもよいのだが……)

と、小平次は思っていたし、

(なるほど、内蔵助のねらいも、そこにあるのだな)

と、なっとくがいった。

秋になった。

小平次は商用のため、急に京都へ出向くことになった。

けれども、ついでに山科へ大石内蔵助をたずねてみようなどとは考えてもみなかった。

あのとき、用部屋へ呼びつけられ、高びしゃに叱りつけられ、強引に退身させられたときのくやしさが、まだ胸の底によどんでいる。

京都へ着いた日の翌日だった。

三条・加茂川《かもがわ》べりの宿屋で、おそい朝飯をすますと、まず商用よりも、

(むかし、暮していたところは、どうなっているかな？　幼友だちも、みな大人にな

って、どのような面《つら》つきになっているかな）

小平次は宿を出るや、ふらふらと旧浅野藩邸へ足が向いた。

十五年ぶりなのである。

いまは人気《ひとけ》も絶えた旧藩邸門前に立ったとき、

（町の様子も、屋敷の門も塀《へい》も少しも変っていないな。おれが父母と共に苦労した長屋もそのままだろうか……中へ入ってみたいものだが……）

さすがに、懐旧の情にかられ、かなりの間を、門前から塀をめぐり、また門前へ戻ったりして、立ち去りかねた。

と……。

小平次の肩に人の手がふれた。

振りむいて小平次が、

「や、御家老……」

「久しぶりだの」

大石内蔵助だった。

「京へ来ているのか？」

「はあ……」

「ふと、ここを通りかかって、おぬしに逢《あ》えた。どうやら元気そうな……」

「…………」

「ふ、ふふ……おぬし、まだ怒っているのか、あのときのことを」

おもしろくもなさそうな顔をしている小平次を見やった内蔵助は着流しの姿で、編笠《あみがさ》を手にしている。

小平次へ向けられた内蔵助の眼《め》のいろは、むかし、撞木町《しゅもく》の廓《くるわ》で見せたときの親しみをこめたものだった。

「どうじゃな、小平次」

「何がで？」

「やはり、あのとき、武士の世界から足をぬいておいてよかったであろう」

この、やさしげな内蔵助の声をきいた一瞬に、小平次の脳裡《のうり》を電光のようによぎったものがある。

（そ、そうだったのか……）

五

後に、赤穂浪士の一人、横川勘平から小平次がきいてわかったのだが、あのときの藩邸内の評判は、小平次が祐乗作の小柄を売った一件を頂点として、あやうく殿さまの耳へも入りかねないところだったらしい。

知らぬは小平次ばかりで、内職の小づかい稼《かせ》ぎを内密《ないしょ》にしていたつもりでも、京都とちがって江戸では人の口もかるく、現代でいえば、

「あいつは、月給のほかに、うまい内職をしている」

とうらやまれ、ねたまれるのと同様のことだ。

このことを耳にしたら、物がたかった殿さまのことだから、

「武士にあるまじきけしからぬやつ。切腹を申しつけよ」

などということになったやも知れぬ。

江戸へついた早々に、この小平次のうわさをきいた内蔵助が、

(やはり、小平次は好きな道へ進ませたほうがよいな)

と、心をきめ、むしろ強引に、小平次の口から身を退くといわせるように仕向けたのであろう。

「足をぬいておいてよかったであろう」

と、いわれたとき、そうした事の経過が形ではなく、瞬時のひらめきとなって、小平次をなっとくさせたのだった。

「さ、左様でございましたのか……」

うめくようにいい、小平次は内蔵助の前へ頭をたれた。

それだけで二人の間には通じ合うものがあった。

「町人姿が、ぴたりと身についておるぞ」

「おそれいりました」

「ま、少し歩こうか」

「はい」

「母ごは、お元気か？」

「去年に亡《な》くなりました。それはともかく、このたびの事件《こと》では、さぞ御心痛のことでございましょう。お察し申しあげます」

わだかまりが解けてしまえば、小平次も元は浅野の家来だし、何だか急に他人事《ひとごと》ではないような気もちがしてきたのもふしぎだった。

「世の中には、いや人の一生には、いろいろのことがあるものでな」

「御家再興の儀は、いかがなりましょうか」

「さあて……」

「もしも再興ならぬときは？」

(仇討《あだう》ちを決行するつもりなのだろうか？)

と、小平次はさぐるような視線を内蔵助へ向けたが、

「そのときはそのとき。先ざきのことは何も考えぬことにしているのじゃ」

「なるほど」

「それよりも小平次《こへいじ》。久しぶりに撞木町へ出かけようではないか。わしも、このごろはとんとひまが出来たゆえ、撞木町ではだいぶ、よい顔になったぞ。は、はは……」

この夜、二人は十六年ぶりに伏見・撞木町に遊んだ。

いまの大石内蔵助は、伏見の廓で〔うきさま〕とよばれるほどの遊蕩《ゆうとう》ぶりで、世評もうるさいのだが、小平次にしてみれば、むかしと少しも変らぬ内蔵助を見たまでのことだ。

二人は、もう今度の事件について一言も語り合わず、およそ十日ほども京都に滞在した小平次は、毎夜のように内蔵助の供をして伏見へ出かけたものである。

六

幕府は大石内蔵助が願い出た浅野家再興の嘆願をにぎりつぶした。

内蔵助が、

「やむをえぬ」

と、天下政道への抗議のため、吉良上野介を討つべく江戸へ入ったのは、翌年の十一月である。

その前から小平次は鍔屋家伴として、本所の吉良屋敷へ出入りをするようになっていた。

如才《じょさい》はないし、道具屋としても名の通った小平次だけに、

「家伴よ。たびたび遊びにまいれ」

上野介も大変に気に入って、茶事の相手もさせられるようになった。

こうして小平次が近づいて見ると、吉良上野介という人物は、家来たちにもまことに親愛の情がこまやかだし、三州・吉良の領地に対する治政も、至ってこまごまとゆきとどいているらしい。

(うわさにきくような人物ではないようにも見えるな)

吉良が、権欲や利欲に執念がふかく、傲慢《ごうまん》なふるまいが多かったことは、小平次のみか、大名、旗本たちの間にも知れわたっていることだった。

つまり、外に威を張り、内に愛をこめるという吉良の性格が、はっきりと小平次にものみこめてきたのである。

服部《はっとり》小平次が、赤穂浪士をふくめて、大石内蔵助のために隠密《おんみつ》のはたらきをした事実は、他《ほか》の協力者たちの名と共に、知るものは知っている。

あの十二月十四日の茶会に、吉良が本所屋敷に在邸のよしを内蔵助に知らせたのは、大高源五だ。

大高は、これも吉良家出入りの茶人で、四方庵宗遍《しほうあんそうへん》に弟子入りをし、四方庵の口から茶会のことをきいた。

しかし内蔵助は、

「念には念を入れよ」

尚《なお》も、慎重な態度をけっして、くずそうとはしない。

このごろの吉良上野介は、実子の上杉綱憲《うえすぎつなのり》（米沢十五万石の領主）の屋敷へ出かけて泊りこむことが多い。

死をかけた吉良邸討入りは二度と出来ぬ。内蔵助にしては慎重が上にも慎重にならざるを得なかったのだ。

ところが、十四日の朝になって、服部小平次の報告が、浪士・横川勘平のもとへ入った。

「本日の茶会に吉良どのが出られることは、まちがいなし」

というのである。

これで二つの報告が一致した。

「よし」

内蔵助がうなずいた。

これで茶会の果てた十五日の午前二時前後に吉良へ討入ることが決定した。

これより先、小平次は吉良邸絵図面を二枚、これも横川を通じて内蔵助のもとへとどけている。

なぜ、小平次は赤穂浪士たちのためにはたらいたのか……。

「ただ一人の、好きな遊び友だちのために、義理をしたまでさ」

すべてが終ったとき、彼は、妻女のよねのみにこうもらした。

けれども、いざ吉良上野介が討ちとられたとなると、小平次は妙にさびしかった。

吉良邸へ行くたびに、

「家伴、これも妻と子たちへ……」

と、上野介は必ず、みやげの菓子や品物をもたせてよこしたものである。

そのときの上野介の温顔が、小平次の胸にやきついている。

それに、上野介には並たいていではない金もうけをさせてもらっていた。

(ああ、どうも寝ざめがわるいな)

眠れぬ日がつづいた。

小平次は、それまで丈夫だった胃腸を病み、しつこい下痢になやまされたりした。

赤穂浪士に対する世間の評判は熱狂的なもので、いわゆる〔忠臣義士〕のほまれは、以来、数百年を経ても消えることのないほどのものとなってしまった。

翌元禄十六年二月――。

諸家へ御預けとなっていた赤穂浪士たちに、切腹の命が下った。

彼らへの讃美《さんび》の声は、日本国中を風靡《ふうび》し、それに反して、生きのこった上野介の子・吉良左兵衛《さひょうえ》は、領地没収の上、諏訪《すわ》へ流される始末だった。

赤穂浪士の栄誉がたかまるにつれ、小平次の胸も高鳴りはじめた。

(あの人びとのはたらきのかげで、このわしも一役買ったのだからな)

と、例の寝ざめの悪さなど忘れたように、ひそかに低い鼻をうごめかしているのも、わるくない気もちなのである。

妻も、

「よいことをなされましたね。お見あげ申しましたよ」

などと、ほめてくれる。

いつの間にか、小平次の胸底から吉良上野介の温顔が消えてしまっていた。

下痢もやみ、日毎《ひごと》に、彼は健康を取りもどし、今度は見る見る肉がついて、腹が張り出してきた。

二年たち三年たっても、浪士たちの評判は絶えぬ。

五年たっても、

「赤穂の方々が討入りをなさった前の夜は、ひどい雪でしたなあ」

十二月になると江戸の人びとは、赤穂浪士のうわさでもちきりとなるのだ。

そのころになると、服部小平次も、ごく親しい人たちには、

「いや私もな。これで、むかしは浅野様には少々御縁がございましてな。左様で、あ

の大石内蔵助さまのお若いころには、格別のおひきたてにあずかりましたもので……」

などとしたり顔で、いいはじめるようになった。

小平次は、もう全く吉良上野介の顔をおぼえていない。

鍔屋《つばや》家伴《いえとも》としての〔家業〕はいよいよ繁盛をした。

（「推理ストーリー」昭和四十一年十二月号）

かたきうち

一

鬼塚重兵衛《おにづかじゆうべえ》は、森山平太郎の命をねらっていた。

〔敵討ち〕というものが、二人の間にはあったのだ。

といっても、重兵衛は敵を討つ方ではなく、討たれる方なのだった。〔敵討ち〕というものは、必ずしも、敵を討つ方が、敵を追いかけているとばかりはいえない。重兵衛のように「何時《いつ》でも来い。可哀相《かわいそう》だが返り討ちにしてくれるぞ。いや、こっちの方から平太郎を探し出し、あの、か細い素《そ》ッ首を叩《たた》き落してくれるわい」と、まさにファイト旺盛《おうせい》な敵さえもいるのだ。

松平丹後守《まつだいらたんごのかみ》の家来・鬼塚重兵衛が、同輩の森山平太郎の父・平之進《へいのしん》と喧嘩《けんか》して、これを殺害し、信州・松本の城下を立ち退《の》いたのは、約一年前のことだった。

喧嘩の理由は、下らないことだ。

城下にある娼家《しようか》の女を争ったのがもとで、三十歳の重兵衛と五十五歳の平之進は、犬猿《けんえん》の間がらとなってしまった……というわけなのである。

「そのようなバカバカしいことがもとで、つまらぬ口争いをして、刀を抜き合わせるなぞとは……ああ、父上も、まったくバカなことをしてくれたものだ」

森山平太郎は、大いになげいた。

しかし、敵討ちの旅へのぼらぬわけにはいかない。敵を討って帰らなければ、武士の体面上、どうしても失業しなくてはならないことは、いうまでもない。

武士の世界の、これが〔規則〕であり〔法〕なのである。

「とても、おれは重兵衛には勝てぬ」

出るものは、ため息ばかりだった。

平太郎も、ひと通りの剣術はやってきたが、重兵衛には、とても及ばない。鬼塚という苗字《みょうじ》そのまま、重兵衛の剣は松平藩随一の評判をとっていたし、事実、その通りなのだ。そのしょうこに、平太郎の親類たちも「しっかりやって来い」というだけで、誰《だれ》ひとり助太刀を買って出るものがいなかった。

殿さまも家老たちも、喧嘩の理由が下らぬことだけに死んだ平太郎の父へも同情せず、これも「一日も早く敵の首を討って戻《もど》るよう」と、かたちだけのはげましをあたえただけだった。

さて……。

むし暑い夏のその夜のことである。

東海道・吉原《よしわら》の宿の旅籠《はたご》〔扇屋〕へ泊っていた鬼塚重兵衛は、その夜も、

(平太郎め、どこをうろついておるのか。早く出て来い。何時でも叩き斬《き》ってやる

ぞ)

こう思いながら、酒を飲み、いい気持で眠った。

夜更《よふ》け——といっても明け方近くに、重兵衛の部屋へ忍び込んだものがある。

平太郎ではない。いわゆる〔ゴマのハエ〕という奴《やつ》だ。重兵衛の財布が重いことを見ぬいた〔ぬれ闇《やみ》の六助〕という奴だった。

重兵衛の家は倹約家の父親がのこした金が大分あり、その金を逃げるときに持ち出してきたものだから、まだ重兵衛のふところには三十両あまりの金があったのだ。

ずるずる……と、ぬれ闇の六助が、重兵衛の枕《まくら》の下から財布を引きぬいたとたん、

「ええい!」

大いびきで寝込んでいたと思われた重兵衛が飛び起き、脇差《わきざし》をつかんで抜きうちに斬りつけた。さすが敵もつ身だけに油断はなかった。

「わあっ……」

悲鳴をあげて、ぬれ闇の六助は廊下へ逃げ、血をふり落しながら二階の物干し場から路上へ飛び降り、姿をかくした。

〔扇屋〕の中は、大騒ぎになった。

「命みょうがな奴め」と、鬼塚重兵衛はうそぶいた。

財布をつかんだままの六助の右腕が、重兵衛の部屋に、ばったりと斬り落されてあ

った。

二

また一年たった。

やはり、夏のことである。

上州と越後《えちご》をむすぶ三国《みくに》街道が、国境の峠へ近づいているあたりの村外れに、鬼塚重兵衛がいた。

一方は切りたった崖《がけ》で、一方は赤間川の急流が、夏の陽《ひ》にきらめいていた。

「平太郎も、今日かぎりの命だわい」

重兵衛はつぶやき、そっと大刀の柄《つか》をなでて、自分を敵とつけねらっているだろう森山平太郎の来るのを待ちかまえていた。

さっき、重兵衛は、街道の小さな村を通りすぎたとき、その農家の庭で、昼の弁当をつかっている平太郎と若党の弥市《やいち》の姿を、街道からチラリと見たのだ。

(あいつだ!)

さいわい、平太郎主従には気づかれていない。

重兵衛は、にやりと笑い、村外れの街道まで来て、後から来る平太郎を返り討ちにすることにきめた。

（あいつを片づけてしまえば、おれも気が楽に眠れるからな）

いくら腕に自信のある重兵衛でも、つけねらわれるのは気持のいいものではない。どんな不意うちをかけられるか知れたものではないからだ。

（これで、おれもサッパリするわい）

夏の日ざかりなのだが、旅びとの姿もなかった。

（もう間もなく、やって来るだろう。来たら、下の河原へ連れて行き、首をはねてくれよう）

重兵衛は、ゆっくりと立ち上り、刀の下緒《さげお》をとってタスキをかけた。

その瞬間だった。

崖の上から、何の予告もなしに落ちて来た風船玉ほどの石が、もろに重兵衛の頭にぶち当った。

「うーん……」

ばったりと重兵衛は倒れた。

すると……。

崖の上の木蔭《こかげ》からイナゴみたいに飛び出して来た男が三人うめいている重兵衛に躍りかかり、手にした棍棒《こんぼう》や石をふるって、

「こん畜生メ」

「ざまァみやがれ！」

めちゃめちゃに重兵衛をなぐりつけた。

さすがの重兵衛も、もう駄目《だめ》だった。

重兵衛は白い眼《め》をむき出して死んだ。

「見やがれ。とうとう敵をとったぞ」

叫んだのは、ぬれ闇の六助だった。

「おう、手前たち。ご苦労だったな。この野郎の死ガイは、上の山ン中へ埋めちまえ。

誰にも気がつかれねえようにな――」

左腕に棍棒をつかんだ六助は、仲間と共に、重兵衛の死体を、どこかへ運び去った。

街道の上には、一滴の血もこぼれてはいなかった。

やがて、森山平太郎が若党の弥市と共に、そこへ通りがかった。

「今日も暑いのう」と、平太郎が、うんざりしていった。

「おれたちは、いつになったら国へ帰れるのかなあ」

「若旦那《わかだんな》様。敵を討たねば……」

「討てるかな」

「そんな心細いことを……」

「おれは重兵衛にはとても勝てんなあ」

「それじゃア、どうなるんです。一生、このまま、旅をつづけておいでになるおつもりですか?」

「わからない……困ったなあ……」

弥市も、うんざりして主人の顔をながめた。

三

七年たった。

森山平太郎は、まだ鬼塚重兵衛をさがしつづけていた。さがすというよりも、そのころの平太郎は、重兵衛に出会うことを恐れながら、びくびくと、心細い旅をつづけていたのである。

若党の弥市は、たよりない主人を捨てて、どこかへ逃げてしまっていた。


(「週刊サンケイ別冊」昭和三十七年九月号)

看板

一

〔盗人《ぬすびと》にも三分の理〕という諺《ことわざ》があるけれども、盗賊・夜兎《ようさぎ》の角右衛門《かくえもん》の場合には、

「つまるところ、いま、この世の中で金と力のあるやつどもは、みんな泥棒《どろぼう》と乞食《こじき》の寄り集まりだ」

と、いうことになる。

その金と力のあるやつどもから盗みとるのだから悪いことではない。彼らが盗んだものを盗み返すだけのことで、

「これほどにしなけりゃあ、世の中のつりあいがとれねえものな」

と、これが角右衛門の〔理〕であった。

さらに角右衛門が、自分と、その一味のものへきびしく課した戒律は次のごとくである。

一　盗まれて難儀するものへは、手を出すまじきこと。
一　つとめするとき、人を殺傷せぬこと。
一　女を手ごめにせぬこと。

そして、新たに角右衛門の手下になったものには、角右衛門が三カ条をしたためた紙片を嚥下《えんか》させたという。

第二条の〔つとめ〕するとき、というのは〔盗み〕するときといいかえればよいのだが、犯罪を〔つとめ〕だと自負しているところなぞ、いかにも、当時の盗賊の一典型でもあるし、われから夜兎なぞと洒落《しやれ》のめして名乗る芝居気も同様で、いやしくも〔つとめ〕する気で盗むほどの輩《やから》は、必ず大形《おおぎよう》な名乗りをあげ、盗みに入るときの衣《い》裳《しよう》にまで独創を競い合った。

角右衛門が生きていた、いわゆる江戸時代中期から後期へかかろうとするころは、日本に戦乱が絶え、天下が徳川将軍のものとなってから約百年を経ており、都市を中心に、すさまじいばかりの発展をとげた商業資本と指導階級である武家社会とが狎《な》れ合い、貧富の差と身分の上下が錯綜《さくそう》し、矛盾をはらんだまま、異常な繁栄へ突き進んでいたのである。

あるところにはあり、無いところには無いというこの繁栄は享楽《きようらく》と消費に裏うちをされており、いうまでもなく、農村その他の労働力の上にきずかれたものであるから、絶えず危険をはらんでいた。

幕府も、大名も、これに苦しみつつ、何度も施政の改革をこころみては失敗をかさね、しかも大町人たちの財力は、ふくらむばかりとなる。

役職にあるものの汚行《おこう》や収賄《しゅうわい》が常識となった。

だから、夜兎の角右衛門などが、三分の理をとなえてはばからぬことになる。

角右衛門のように規模がひろい組織をもつ盗賊は、二年か三年に一度、大仕事をやればよいし、それだけに都会を中心に狙《ねら》いをつけるわけだが、当局も、むやみに氾濫《はんらん》する盗賊たちには必死で立ち向かった。

江戸では、奉行所のほかに、一種の特別警察ともいうべき〔火付盗賊改方《ひつけとうぞくあらためかた》〕という役職があって、頭《かしら》には旗本の中でも特に手腕あるものが任じ、盗賊の探索、捕縛には非常なはたらきをしめした。

だが、夜兎の角右衛門は四十になるそれまで、一度も〔お縄《なわ》〕をかけられたことがない。

「おやじも六十年の生涯《しょうがい》を、召し捕られずに隠れぬいたが、どうやら、おれも、おやじにあやかれそうだな」

五年ぶりに、上方から江戸へ戻《もど》って来た角右衛門が、先代からの手下で、他《ほか》のものからは〔隠居〕とよばれる前砂の捨蔵に、こういった。

「のう、捨蔵。これで後は、二度か三度……いや、二度でいい。大仕事をやってのけたら、それでおしめえだ。そうなったら、うんと楽をしてもらうぜ」

角右衛門は捨子であった。

生まれて一年目に、浜松の旅籠《はたご》〔なべや〕三郎兵衛方の軒下へ捨てられていたのである。

捨てられたのは夜ふけで、しばらくは眠っていた赤子が火のつくように泣き出したのに気づき、なべやの女中が拾いあげた。

翌朝、このことをきいた泊り客の一人が、

「その捨子の顔を見せておくれ」といい、一目見て、「私がもらいましょうよ」と、いった。

この泊り客は、江戸・日本橋通り一丁目の足袋股引《ももひき》問屋の主人で亀屋儀八《かめやぎはち》と宿帳にしるし、手代らしい若者を二人つれていた。

なべや方では、小柄《こがら》で色白の、人品のよい亀屋儀八を一も二もなく信用し、

「この年になって一人も子宝にめぐまれないのでね。泊り合せたのが運というものだろうから、私が、よい子に育てましょう。ですが、このことは何分内密にしておいていただきたい。というのは今日只今《ただいま》から、この子は亀屋の後つぎになるのだからねえ」

おだやかにいって、儀八は〔なべや〕へ金五両の祝儀《しゅうぎ》をはずみ、捨子の角右衛門をみずから抱き、浜松を去った。

この儀八が、夜兎の先代で、名を角五郎といった。すなわち、角右衛門が〔おやじ〕とよぶその人である。

先代は、京にも大坂にも家をもっていたが、本拠は江戸で、根津権現社《ねづごんげんしゃ》の門前町にある水茶屋〔すすきや〕を経営し、女房《にょうぼう》のお栄がすべてを切りまわしていた。

角右衛門は不自由なく育てられ、その過程において、先代夫婦のたくみな教育？により、

「おれのうぐいすも、どうやら啼《な》きそうだよ」

と、先代にいわしめた。

例の〔三分の理〕と戒律を叩《たた》きこまれ、角右衛門が先代に従い、初めて仕事《つとめ》をやったのは明和四年十二月のことで、四谷《よつや》御門前の蠟燭《ろうそく》問屋〔伊勢屋《いせや》〕九兵衛方へ押し入り、九百八十二両余を強奪した。

このときは、角五郎、角右衛門以下九名の同勢で押しこみ、盗賊どもは、いずれも揃《そろ》いの紺地に白兎《しろうさぎ》を染めぬいた筒袖《つつそで》の仕事着に紺股引、紺足袋というこいでたちで、黒《くろ》頭巾《ずきん》をすっぽりかぶっていたのだが、主人夫婦から家族、店の者まで縛りあげてしまったあと、三、四歳の女の子供が目をさまして泣き出したのを、

「おお、よしよし。おじさんがおいしいものをあげようねえ」

と、先代が抱きあげ、ふところから、宮永町の菓子舗〔松浦や〕の八千代饅頭《やちよまんじゅう》を出

してあたえると、その子がけらけらと笑い出した。

夜兎の先代は、子供好きで、こうした場面を、角右衛門も数度見ている。

こういうとき、子供をあやす先代の声は別人のもので、

「おれたちは十色ほどの声を持っていなくちゃアいけねえ」

角右衛門もうるさくいわれ、

「道を歩いていても、ぼんやりするなよ。歩いている人間の姿形をよくおぼえておくことだ。いざとなったとき、坊主《ぼうず》にでも乞食にでも、または二本差しの立派な武家にも化けなくちゃアならねえのだから……」

と、先代はいった。

安永三年の夏に、先代・夜兎の角五郎が〔すすきや〕で、女房や角右衛門にみとられながら安らかに死んだ。

角右衛門は、二十五歳に成長していた。

「もう大丈夫だ。心おきなく、お前に二代目をゆずって死んで行けるぜ」

先代は死の床にあって、

「おれが、こうして畳の上で死ねるのも……」

つまり、三カ条の戒律をきびしく守りぬいて来たからで、それが守れぬというのは天道にそむくわけだから、必ず召し捕られてしまうと、いいわたし、

「お前についちゃア安心だし、また、乾分《こぶん》のすることに間違えはねえが、若いものには、くれぐれも気をつけることだ。もしも、乾分どもが掟《おきて》を破ったとき、そいつは、お前一人の肩に背負わにゃならねえ」

「ふむ。わかった。だが後学のためにきいておきてえ。一体、どんな背負い方をしたらいいのだえ？」

「ふん。そうなったら、お前一人、いさぎよく、名乗り出て、お縄につくことだ。それほどの決心がなくて、おつとめが出来るものか」

　事もなげに、先代はいった。

　先代が死んだ八年後に、養母のお栄も死んだが、このときまで、二代目・夜兎の角右衛門は、自分が捨子だったことを全く知らなかったという。

「おれたち夫婦が死んだ後で、角右衛門へきかせてやってくれ」

　という先代の遺言通りに、前砂の捨蔵が、

「実はねえ、二代目……」

　すべてを語ると、角右衛門は意外にさばさばと、

「そいつは知らなかったが……どっちにしても、おれの両親は、あのお二人をおいてほかにはねえ。そうだろうが……その理屈じゃアねえか、とっつぁん」

　こういって、顔色も変えなかった。

先代が死んだときから、角右衛門は、白兎を染めぬいた揃いのコスチュウムを廃止することにした。

このころになると、爛熟《らんじゅく》した世相とは反対に警察組織がととのえられ、芝居気取りで盗みをするわけにも行かなくなったからである。

それだけに、四十一歳の正月を寛政元年に迎えた夜兎の角右衛門のよろこびは大きかった。

「おしん。どうやらおれも、畳の上で往生が出来そうだな」

先代からゆずられた根津権現門前の〔すすきや〕の一間で、角右衛門は、女房のおしん、ひとりむすめで十歳になるおえんと共に、上機嫌《じょうきげん》で屠蘇《とそ》を祝った。

二

この年の二月七日の昼すぎ、角右衛門は、どこかの大店《おおだな》の番頭といった物堅い扮装《ふんそう》で〔すすきや〕を出た。

浅草・鳥越にある松寿院という寺の門前に小さな花やがあり、この店の亭主《ていしゅ》が、夜兎一味の隠居、前砂の捨蔵なのである。

去年の春、上方で一仕事して、角右衛門と共に江戸へ戻った捨蔵は、丁度、売りに出ていた花店の権利を買いとり、一人きりで暮している。

ひょろりと瘦《や》せた体をひどく曲げて、この六十をこえた老盗賊は、毎日、黙念と花を売りつづけてきたのだが、

「とっつぁん。そろそろ手をつけようじゃアねえか」

訪ねて来た角右衛門へ、

「で、いつにおやりなさるのだえ？」

皺《しわ》だらけの面《おもて》に血をのぼせた。

「来年。元日の夜――」

「ふうむ……」

二人が狙っているのは、京橋・大根河岸《がし》の海苔《のり》問屋〔長坂屋〕勘六であった。

長坂屋は、江戸城内をはじめ、紀州・尾州・水戸などの大名屋敷へも海苔、海草類を入れている大問屋で、格も上等なら財産もたっぷりしすぎている。

奉公人も三十人に近いし、ここへ押し込むのは夜兎角右衛門にとっても、かなりの大仕事だ。

しかも、人を殺傷すべからずという例の戒律を損ねずに〔つとめ〕を成功させるためには、一年の準備期間も短すぎるほどであった。

出来れば、先《ま》ず、一味のうち一人か二人を奉公人として長坂屋へ住みこませることが必要であるが、これは、適当な者が、いまの一味にはいない。相手が大店だけに身

もともきちんとさせなくてはならぬし、そのための工作をととのえるには、もっと長い歳月をかけねばなるまい。

すでに、按摩《あんま》くずれの徳の市というものを長坂屋の近くへ住まわせ、徳の市は巧みに取り入り、去年の暮から長坂屋出入りとなって主人夫婦の肩をもみ、ひどく気に入られているそうだ。

いまの江戸には一味の者が合せて五人ほどいるが、諸方へ散っている仲間をあつめ、少しずつ江戸市中に潜伏させるための仕度だけでも、面倒な手間がかかるものなのだ。

「今度は、うっかり気をゆるめてはならねえ。去年、火付盗賊改方の頭領になった長谷《はせ》川平蔵《がわへいぞう》という旗本は、若えころ、本所界隈《かいわい》で鳴らしたごろつきだったそうなが……それが、とっつぁん。家をついで、先手組に入ってからは、大した切れ者になったというぜ」

「へへえ……」

「そのやつが、今度は盗賊改メだ。何しろ、むかし札つきだったころには、こそ泥や博打《ばくち》うちや、くら闇《やみ》の中で息をしている連中とは友達づき合いをしていたというんで、手づるは四方八方に通じていやがる」

「そうだってねえ」

「たった四月の間に、お縄にかけた盗人が大小合せて二十七人というから、おどろくじゃアねえか」

「ねえ、二代目」

「なんだ」

「あんまり事を急ぐのは、こいつあ危ねえ。何、長坂屋が消えてしまうわけじゃアねえのだから、何も来年元日と、日を決めねえでも……」

「いや、そいつはいけねえ。日が決まらねえじゃア仕度が出来ねえ。押しこむ月日に向かって、一日一日と、こっちの意気込みも強くして、体にも気がまえにも、ぴったり一分の隙《すき》もねえようにして行くのが、先代ゆずりの心組みだ。とっつぁん、臆病風《おくびょうかぜ》に吹かれたのか、年だなあ」

「二代目。冗談はよしなせえ。まあ、ようがしょう。やってみましょうよ」

下相談をすまし、角右衛門《かくえもん》が帰途についたのは八ツ半（午後三時）ごろだったろうか……。

鳥越から新堀河岸《しんぼりがし》を菊屋橋へ出て、土《ど》ブ店とも新寺町ともよばれる大通りを、角右衛門は車坂へ向かって歩いた。

両側は寺院ばかりで、強い風にあおられ、大通りが埃《ほこり》にけむっていた。

前方に上野山内の木立が見える広徳寺門前まで来たとき、

「おや……？」

角右衛門は、すぐ前を行く若い男のそぶりに気づいた。

その商家の手代らしい男は、きょろきょろとあたりに目をくばり、目を血走らせ、埃の道を見つめ、ふらふらと歩いている。

「落しものですかえ?」

角右衛門が思わずきくと、

「は、はい……」

手代の顔は、まるで死人であった。

「何を?」

「お店《たな》の、金を、落しました」

「いくら?」

「四十五両ほど……」

「それは大変だ」

手代は、蔵前片町の札差（堺屋《さかいや》）伊《い》兵《へ》衛《え》方のものであった。

「それはどうも、困りましたねえ」

角右衛門も、この手代の相談相手になるつもりはない。

（若いものは仕方がねえもんだ）

苦笑して行きすぎようとしたとき、

「おーい。おーい、もし……」

叫んで、広徳寺の塀際《へいぎわ》にうずくまっていた乞食《こじき》が通りを横切り、駆けて来た。垢《あか》と埃と汗にまみれた襤褸《ぼろ》をまとい、日に灼《や》けた黒い顔、手足が目の前に来たとき、

（これでも女か……）

角右衛門は目をみはって、

（や、右腕がねえ）

若いのか老女なのか、その区別もつかぬ女乞食なのである。

赤茶けた手ぬぐいで頰《ほお》かぶりをしているその下から、それでもたっぷりと束ねた髪の毛が辛うじて、女であることを証明しているのであった。

女乞食は角右衛門に目もくれなかった。

「もし、そこのお人」

「へ……」

きょとんと振り向いた手代へ、

「お前さん、昼ごろに広徳寺の前で、これを落しなさったろう」

一本しかない手で紫の服紗《ふくさ》包《づつ》みを突き出した。

「あっ……」

むしゃぶりつくように、若い手代は包みを引ったくり、女乞食をにらみつけ、

「と、とと、盗《と》ったな」

と、わめいた。

「何をいいなさる。中をあけて、しらべてごらん。中のものを盗るほどなら、この埃の中を二刻《ふたとき》（四時間）も、落し主が戻って来るのを待っているかい」

ぴしりと、鞭《むち》のような声である。

「へ……」

ぶるぶると体をふるわせ、手代は包みの中をひらき、さらに絹の布をもって包んだ小判をあらためて見て、

「あ、ありました、ありました」

今度は、へたりこんで金包みを前においたまま、両手を合せて女乞食を拝み出した。

「ありがとう存じます。かたじけのうございます……」

いうなり、手代はそこにひれ伏し、引きつるような泣声をあげはじめる。

人だかりがしてきた。

「お前さん。早く仕舞わないと、またそのお金が何処《どこ》かへ飛んで行ってしまうよ」

角右衛門が声をかけると、手代は、あわてて、包みをふところへねじこみつつ、

「もし、お乞食さん。お名前をおきかせ下さいまし。もし、もし……」

叫んだとき、女乞食は黄色い埃の幕の中へ消えようとしていた。

「あっ。もし、お乞食さん……」

「これさ」

手代の肩をつかんだ角右衛門が、

「早く、お店へ帰りなさい」

「でも、あなた……」

「とても名乗るようなお人じゃないよ、あのお乞食さんは……何とまあ、大したお人が、この世の中にゃアいるもんだ」

駆け出しながら、

「礼は私がいっておこうよ」

と、角右衛門が手代にいった。

三

間もなく、夜兎《ようさぎ》の角右衛門は女乞食を連れて坂本二丁目にある〔鮒八《ふなはち》〕という料理屋へ入った。

大通りから根岸の方へ入ったところにある藁《わら》ぶき屋根の小さな店だが、鰻《うなぎ》がうまい。

あれから、女乞食を追いかけてつかまえ、この店へ連れこむまでが大変であった。

どうしても厭《いや》だというのを、

「お前さんの気持がたまらなくいいもんで、私ア一緒にめしを食いたくなっただけのことなんだ。ねえ、たのむから、つき合っておくれよ」

ようやく口説きおとし、鮒八ののれんをくぐると、女中が女乞食を見て顔をしかめたけれども、角右衛門は馴《な》じみの上客であるから文句はいえない。

二階の小間へ入って、

「さっきは、うなぎが好きだときいたから、この店へ来てもらったのだが、ここは鯉《こい》もうまく食べさせるのだよ。生簀《いけす》に飼ってあって、そりゃ肉のしまったうまい鯉だ」

「いいえ。うなぎが好きなんじゃアないんです」

女乞食は左手を膝《ひざ》の上へきちんとおき、身を固くしている。

よく見ると、着ているものも襤褸は襤褸だが、よく手入れもしてあるし、異臭もただよってはいない。

骨張った体つきの顔色もよくない女乞食を、角右衛門は五十前後と見た。

「好きじゃないのに、どうして食べる？」

「好きだかきらいだか、まだ生まれてこの方、うなぎを食べたことがないから……」

「ほほう」

「おいしいのだってねえ、うなぎは――」

「そりゃ、うまいさ」

「見たことは何度も見たし、匂《にお》いを嗅《か》いだこともあるし……死ぬまでに一度、どうしても食べてみたい、いえ食べないで死ぬものと思っていたけれど……」

乞食の声は恥ずかしげではあったが、言葉づかいも下卑てはいなかった。

酒がきた。

「のむかえ？」

「いっぱいだけ」

鯉のあらいがきた。女中たちが白い眼《め》で、じろじろと片腕の女乞食を見ては出入りをするのだけれども、女乞食は、この点、気にもとめないようであった。

「お前さんにきくがね」

「へえ？」

「さっきのことさ。あれだけの大金を拾って、平気だったかえ？　私なら返さないな」

と、角右衛門は笑ってみせた。

「でも……」

女乞食は、まだ鯉のあらいには手をつけずに、

「旦那《だんな》。乞食というものは、人のおあまりをいただいて暮しているんですよ」

「うむ……」

「世の中には義理があるのさ」

「だからといって……」

「でもねえ、旦那。御承知じゃアないか知れないけれど、私ばかりじゃなく、乞食というものは、わりと拾いものを返しますよ」

「へえ、そうかね」

「そりゃアねえ……」

「何だね？」

「笑っちゃアいけませんよ、旦那」

「笑うものか、いったい……？」

「人間、落ちるところへ落ちてしまっても、何かこう、この胸の中に、たよるものがほしいのだねえ」

「たよるもの、ねえ……」

「いえば看板みたいなものさ」

「かんばん、かね……？」

「人間、だれしも看板をかけていますアね。旦那のお店にもかけてござんしょう」

「あ、ああ……」

「乞食のかけている看板は、拾いものを返すってことなんですよ」

「ふうん……」

「せめて、その看板の一つもかけていないことには、こんな商売はして行けないものね」

うなぎが来た。

窓の向うは百姓地で、左側に上野山内の森が夕闇に溶けかかっていた。

風は、もう落ちていた。

「さア、おあがり」

すすめると、女乞食は、ふっくらと焼きあがって皿《さら》にもられているうなぎを、目ばたきもせず呼吸をつめ、凝視している。

「どうしたのだい？」

「へえ……」

ぺこりと頭を下げ、女乞食が左手に箸《はし》をとって、うなぎを食べた。

口へ入れて、もぐもぐ噛《か》んで、嚥下《えんか》したとき、女の両眼から泪《なみだ》がふきあがってきた。

角右衛門は、おどろいた。

「ど、どうしたのだ、大丈夫かえ？」

女乞食は首をふった。

「いけなかったか？」

「いいえ……うなぎって、こんなに、おいしいものだったんですかねえ」

「おいしいか、そいつはよかった」

「とうとう、私は、うなぎを食べた、食べましたよ」

泪をぬぐおうともせず、あっという間に食べ終えた女乞食に、

「私のもお食べ」

「いいのかね」

「いいともさ」

今度は、ゆっくりと食べはじめた女乞食に、

「お前さん、いくつになるね？」

「二十六」

「え……？」

「そうは見えない、と、旦那は思っている。五十にも六十にも見えるだろうね」

「いや、そんな……」

「たった七年の間に、私は、こんな顔になってしまった……」

「その右腕は、どうしなすった？」

ぼろの着物の右肩から筒袖《つつそで》がたれ下っているのである。自分のそれへ、ちらりと視線を走らせながら、

「切り落されたんですよ」

と、女乞食はいった。

「切られた、とね……」

「七年前にね」

「どこでだい？」

「駿府《すんぷ》のお城下に、大和屋という大きな紙問屋があって、私は、そこで飯たきをやっていた。七年前の暮の、あれはたしか二十八日だったけれど、泥棒《どろぼう》が七人も押しこんできてねえ」

「ふむ……」

「私はそのとき、便所《おしも》へ行っていて、うまく見つからなかったもんで……それで、何とか外へ逃げ出し、このことを知らせなければと思ってね。庭づたいに、そっとぬけ出して、それでもまあ塀の外へ出たとたんに、見張りの泥棒に見つかってしまい、いきなり……」

「う、腕を切りゃアがったか」

「ええ。背中も少し切られました。そのまま引っくり返って……あとは、もう、おぼえていません。いいあんばいか悪いあんばいか、それでも死ななかった。でも……でもねえ、旦那。片腕しかない飯たき女なんぞ、もうつかっちゃアくれませんでしたよ」

うめくように、角右衛門がいった。

「お前さん、身寄りはないのかえ？」

「そんなものがいたら……いいえ、ほしくはありませんよ、そんなもの……」

いいさして、うなぎを食べ終った女乞食は、ふといためいきを吐き、

「うなぎって、ほんとに、おいしいものなんだねえ」

うっとりと、いった。

夜兎の角右衛門は顔面蒼白《そうはく》となり、うつ向いたまま煙草入《たばこい》れから煙管《きせる》を引き出したが、その煙管は煙草盆の縁《へり》へ、わなわなとあたって、ひどい音をたてた。

四

女乞食のおこうに、角右衛門は持ち合せの一両余をわたし、

「これで、お仲間に酒でもあげておくれ」

というと、おこうもよろこんで受け取った。

おこうと別れてから、角右衛門の体は多忙をきわめたのだが……。

それはさておき、車善七が支配する浅草見附の乞食溜《こじきだま》りへ帰ったおこうは、自分の小屋に親しい仲間をよび、角右衛門からもらった金で酒肴《しゆこう》をととのえ馳走《ちそう》をした。

そのとき、おこうが仲間の乞食たちに、

「ふとした縁で、見ず知らずの、どこかの旦那によばれ、きれいな座敷の客になり、生まれてはじめてのうなぎを食べた。おいしかったの何のって……まるで私ア、極楽浄土とやらで夢を見ているような、いい心もちでねえ……こんな、うれしい、たのしいおもいをしたことは、ほんに生まれてはじめてだ。この心もちのまんまで、このまま、もう私ア、あの世へ行ってしまいたい。どうせ、これから生き残っていても、二度と、あんなおもいは出来まいから……」

しみじみと、しかし満面に笑みをたたえ、うれしげに語ったという。

仲間は、むろん冗談だと思い気にもとめなかったのだが、この夜ふけ、女乞食おこうは、首をくくって自殺してしまったのである。

夜兎の角右衛門《かくえもん》が浅草の乞食溜りへやって来たのは、その翌朝であった。

「首をくくった……」

角右衛門は、乞食たちからすべてをきき、痴呆《ちほう》のような表情になった。

おこうの死顔は安らかなもので、うなぎの味覚に飽満した満足をそのままに、うすい笑みさえ口もとに浮いていた。

しばらくして、角右衛門は金三十両をこの溜りの頭にわたし、

「おこうさんとやらの回向《えこう》をたのみます。あとは、みなさんで何か食べて下さいま

し」

と、いった。

角右衛門は、溜りを出ると、まっすぐに鳥越へ向かった。

松寿院前の花やは固く戸を閉ざしている。

裏口から入った。

老盗賊・前砂の捨蔵は、すでに旅仕度をととのえ、角右衛門を待っていた。

「とっつぁん。昨日の女乞食は亡《な》くなったぜ」

「え……どうしてまた……」

「うなぎを食べさせたのが仇《あだ》になった」

ざっと語ってから、

「とっつぁん。では、たのむ。七年前のあの夜、駿府の大和屋の塀外で見張りをしていたのは名草の綱六だ。おぼえているな」

「へえ。たしかに綱六……」

「い、い、くちなわの平十郎どんからたのまれて、あのときはじめて綱六を手下につかったのだが……やっぱりとっつぁん。あいつはむごいところのあるやつだった」

「綱六は、いま備前の下津井《しもつい》に隠れている筈《はず》だがね、二代目」

「おれは、もう二代目じゃアねえ」

「へえ……」

「昨夜、家へ帰り、女房子には因果をふくめてきた。かきあつめた金は全部で百八十九両二分。このうち五十両は、おしんにやった。残りの……」

いいさして、角右衛門が重い胴巻を捨蔵の前へ置き、

「これを、みんなで分けてくんねえ」

「じゃア、これが、お別れで……」

「いうまでもねえ。先代ゆずりの掟《おきて》を手下が破ったのだ。何のかかわり合いもねえ女の腕を切り落すなんて畜生め……こうなっては、もう、晴れて盗みも出来ゃアしねえ。とっつぁん、夜兎《ようさぎ》の角右衛門は盗人《ぬすっと》の面《つら》よごしになってしまったよ」

「仕方もござんせんねえ」

捨蔵は、さびしく笑ったが、

「で、どうなさいますね？」

「綱六のことか？」

「へえ」

「おめえにたのもう」

「引き受けました。綱六の右腕を叩っ斬《たたき》ってやりましょう」

「いや、腕よりも……いっそ殺《や》ってしまいねえ。あの野郎、生かしておいては何をこ

そするか知れたものではねえ。世の中のためにならねえやつだ」

「まかせておいて下せえ」

捨蔵老人は、血気さかんな名草の綱六を殺しに行くため、江戸を発《た》つのである。

立ち上ると、前砂の捨蔵の腰は、ぴいんと伸びた。

「では、これで――」

「とっつぁん。長生きをしてくんねえ」

捨蔵に別れた後、夜兎の角右衛門は傍目《わきめ》もふらずに本所二ツ目にある火付盗賊改《ひつけとうぞくあらため》方《かた》頭領・長谷川《はせがわ》平蔵《へいぞう》の役宅へ自首して出た。

長谷川平蔵宣以《のぶため》は、このとき、四十四歳。江戸中の盗賊どもが〔鬼の平蔵〕とよんだほどの男だが、

「よく名乗って出た。ほめてやろう」

すべてをきいて、角右衛門に、

「名うての盗賊だけに、思いきりも早かったな」

「一日のばしにしておいては、私も人間でございますゆえ、気後れをしかねませぬ」

「ふうむ。なるほどな、人を殺傷せぬことが、まことの盗賊の掟だとな……」

「はい。その看板を、とうとう倒してしめえました」

「そうさ」

長谷川平蔵は、むずかしい顔つきになり、

「その女乞食の看板と、お前の看板とは、だいぶんに違うのだ」

「へ……」

「お前の看板の中身は、みんな盗人の見栄《みえ》だ、虚栄というやつよ」

「へえ……」

「どうもわからぬらしいな。わかるまで牢《ろう》へ入っていろ。わかってから首をはねてやろう」

夜兎の角右衛門は、どうしてか刑を受けなかった。

長谷川平蔵は、江戸時代の警吏の中でも異色の存在である。

後に、葵小僧《あおいこぞう》という役者上りの盗賊を捕えたときのことだが、このやつは盗みに入ると必ず女を犯していたため、この被害者だけでも十数人に及んだ。

これを知って、平蔵は取調べもろくにせず、いきなり葵小僧を死刑にしてしまったので、奉行所や幕閣からも、かなりうるさい文句も出たが、

「もともと火付盗賊改方という御役目は、無宿無頼のやからを相手に、めんどうな手つづきもなく規則もなく刑事にはたらく、いわば軍政の名残りをとどめる荒々しき役目でござる。それがしは、その本旨をつらぬいたまで」

と、はねつけ、びくともしなかった。

このため、葵小僧に犯された女たちは、取調べも受けることなく、その不幸な秘密を白日の下にさらけ出さずにすんだのである。

翌寛政二年の秋ごろから、夜兎の角右衛門は、長谷川平蔵のためにはたらきはじめている。

角右衛門は回向院《えこういん》裏に小さな小間物屋をひらき、ひとり暮しをつづけながら、江戸の暗黒街を探りまわり、火付盗賊改方の盗賊検挙をたすけた。

前にのべた葵小僧事件でも、角右衛門の活躍は非常なものであったらしい。

寛政三年になると、長谷川平蔵は、石川島に〔人足寄場〕というものをつくり、死罪以外の囚人を入れて、これを保護、教育し、手職をつけさせ、出獄後の益ならしめんとした。

幕府は、この平蔵の進言を採用し、かなりの経費も出したようである。

人足寄場が出来ると、角右衛門は小間物店をたたみ、寄場へ入って囚人たちのめんどうを見ていたようだ。

それでも、ときどき、ふいと消えてしまうので、囚人たちが、

「ああ、こりゃアまた大きな手入れがあるぞ」

語り合ったという。

この間、角右衛門の女房《にょうぼう》や娘は、その消息を少しも知らなかった。

死刑になれば市中に知れわたるから、それとわかるが、そのうわさもない。自首するといって家を出たまま、消えてしまった夫を、

（もしかすると気が変り、どこかへ身を隠しているのでは……）

などと、おしんは気もそぞろだったが、自首した年の秋の夜に、ふらりと前砂の捨蔵が〔すすきや〕へ顔を見せた。

「捨蔵さん、夫《うち》と一緒じゃなかったのかえ」

おしんがきくと、

「いいや」

捨蔵は首をふった。その頰《ほお》からあご
へかけて、刀痕《とうこん》が生なましい。

「左様で。名乗り出てから行方が知れずとねえ」

沈思の後に、捨蔵が、

「もしも、二代目がお戻《もど》りなすったら、名草の綱六がことは、おっしゃる通りにいたしましたと、こうつたえておくんなせえ」

「あいよ……でも、戻って来るのかしら？」

「ような気がしますねえ」

「じゃ、名乗って出たのではないのだね」

「とんでもねえ」

「え……？」

「名乗って出たから、戻って来るかも知れねえということさ」

「だって、お前さん……」

「おかみさん。もう、あっしは二代目にも、おかみさんにもこの世では会えめえ。お達者で……」

「どこへ行きなさるんだえ？」

「どこかの山の中で……は、はは……二代目の目が光っていねえところへ逃げて行かなくちゃア、こいつはどうも、とんでもねえことになるからなあ」

わけもわからず、それでも引きとめにかかるおしんであったが、捨蔵は、草鞋《わらじ》がけのまま土間から一足も上らず、

「ごめんなせえ」

雨の中を出て行ってしまった。

この後……。

それは寛政六年夏のことだが、奥州《おうしゆう》・川俣《かわまた》に潜伏していた例の大盗くちなわ平十郎を、長谷川平蔵の部下五名が逮捕に向かったとき、これを先導したのが角右衛門であ

った。

平十郎は、むかしの仲間も同様で、兄弟分の盃《さかずき》をかわしたほどの男なのだが、これを捕えるためにはたらくというのは、角右衛門も、よほど長谷川平蔵の人柄《ひとがら》にひきこまれたからであろう。

平蔵は、このとき病床にあったが、

「お前が出向いてくれれば、もう安心だ。たのむぞ」

と、角右衛門を送り出した。

このころ、平蔵は人足寄場の取扱を免ぜられており、角右衛門も寄場を出て、今度は横網町の河岸《かし》で小料理屋の主人におさまり、板前も女中も使っていたそうだ。

だが、依然として家族が待つ〔すすきや〕へは帰らず、女房も消息をまったく知らない。

くちなわ平十郎を捕えて帰った翌寛政七年正月十二日の朝、角右衛門の店の女中が、二階六畳に寝ている角右衛門を起しに行き、障子を開けて見て、

「きゃあ……」

悲鳴と共に、腰をぬかした。

角右衛門は床の上へ仰向きに寝たまま、その胸に深ぶかと脇差《わきざし》を突刺されたまま、血の海の中で死んでいた。

犯人は、ついにわからなかったが、むかしの仲間からうけた恨みは察するにあまりあるというべきであろう。

長谷川平蔵は、角右衛門の骨の一部を自邸の庭へ埋め、ここに小さな稲荷《いなり》の祠《ほこら》をつくり〔角右衛門稲荷〕と称し、朝夕の礼拝をおこたらなかったが、この年の五月二十日、平蔵も心臓の発作をおこして、急死をした。

死の三日前まで、平蔵は盗賊改方の役職に在った。

（「別冊小説新潮」昭和四十年七月）

谷中《やなか》・首ふり坂

一

「こわいのか？……え、そんなにこわいのか、女房《にょうぼう》どのがよ」

ずばり、金子辰之助《たつのすけ》に指摘をされると、さすがに「その通り」だともいえず、三浦源太郎も騎虎《きこ》のいきおいというやつで、

「なあに……」

と、胸を張り、

「行く。行くとも」

きっぱり、こたえたものである。

「よろしい。それでこそ男だよ、おい」

辰之助はふとい鼻をうごめかし、毛むくじゃらのたくましい腕を突き出し、がっしりとした体軀《たいく》をゆさぶるようにして、

「さ、出かけよう」

立ちあがった。

よく晴れわたった晩春の昼さがりであったが、この湯島横丁にある〔千草屋〕という茶漬《ちゃづけ》やは大繁昌《だいはんじょう》で、入れこみの大座敷には客がいっぱいである。

温飯《ぬくめし》に季節の魚菜をそえた〔五色茶づけ〕というのが此店《ここ》の名物だ。

源太郎は、辰之助に肩を押されるようにして、奥の小座敷から庭づたいに外へ出た。

下谷《したや》・二長町の屋敷がとなり合せで、幼年のころからの仲のよい友だちの二人なのだが、気質《きだて》もちがえば体質もちがう。

神田《かんだ》・相生《あいおい》町に一刀流の道場をかまえる井狩又蔵の門下で、剣術のほうでは相当な腕前の辰之助はいかにもそれらしい風貌《ふうぼう》の所有者だが、源太郎のほうは長身ながら、腰に横たえた大小の刀に足がふらつきかねぬたよりなさで、

「親しゅうねがっている間柄《あいだがら》ゆえ、はきと申しあぐるが、このお子は、よほどに気をつけなさらぬと二十までは保《も》ちますまい」

と、源太郎の実父・永島左内の友人で、表御番医師をつとめる吉田九淵《よしだきゆうえん》が、源太郎が生れて間もなく、両親にもらしたこともあるそうな。

そのことばのとおり、幼年から少年時代にかけて、年中、病気ばかりしていた源太郎だが、十七歳の夏の大病の後は、すっかり病みぬいてしまったのか、めきめきと丈夫になり、その素直な人柄を見こまれ、

「ぜひ、むすめの聟《むこ》に……」

と、江戸城・本丸留守居番をつとめる五百五十石の旗本・三浦忠右衛門《ちゆうえもん》の養子に入ったのが、今年の正月であった。

その三浦家の長女・満寿子《ますこ》、年齢《とし》は二十歳。武家のむすめとしての教養百般に通じているという。

これが何かの折に、路上で源太郎を見かけ、その美男ぶりに、

「永島様の御次男なれば、よろこんでわたくしの夫《つま》に……」

父の忠右衛門にいったとかいわぬとか……ともあれ源太郎は、養子縁組には申しぶんのない三浦家へ入ったということになる。

なにぶん、武家の次三男は養子口がなければ父や兄の世話になったまま、肩身のせまいおもいをしながら一生を送るより仕方がないのだから、実家の父も兄の主馬《しゆめ》も大よろこびだったし、むろん、源太郎自身もほっとするおもいであったのだ。

「いや、めでたい。めでたいにはちがいないが、あの三浦のむすめの面《つら》はまずいよ、おい。そのことだけは覚悟しておけ」

いつか金子辰之助が源太郎にいったことがある。なるほど美女ではない。どこかこう、ずんぐりした小柄な体つきだし、小さな両眼《りようめ》が妙に白く光る、いくらか三白眼の、やぶにらみじみた人相で、鼻の穴が正面からはっきり見える。それにしても二十歳の肌《はだ》のかがやきは、彼女の顔貌をさほどみにくいものと源太郎に感じさせなかった。

自分と同じ次男坊に生れた辰之助が、

(私をうらやんでいるのだろう)

彼のにくまれ口にも、源太郎は寛大な微笑をもってこたえたのみである。

ところが……。

いざ満寿子と夫婦のちぎりをかわし、三浦家の人になってみると……。

さあ、いけない。

俗にいう「処女《きむすめ》の生ぐささ」というやつで、一月もすると源太郎、げんなりとしてきた。

これまで源太郎は、まったく女の肌身を知らなかったわけではない。

そこはそれ、金子辰之助のような幼な友だちがついていたことだから、彼の案内で数度、岡場所《おかばしょ》へ足をふみ入れたこともある。

むろん、新妻の満寿子は処女であったけれども、新婚の日々が経過するにつれ、次第にどのような味わいをおぼえこんだものか、すこぶる大胆な所作をするようになった。大きな鼻の穴を層倍にふくらませて鼻息も荒々しく、不様に身もだえする態が露骨をきわめはじめ、

(ああ……岡場所の女たちのほうが、ずっと、つつましやかだし、色気もある。こ、これが……これが五百石の旗本のむすめなのか……)

と、源太郎は興ざめがしてきはじめた。

それでいて、日中の満寿子は、夜の狂態など、どこのだれがするのか、といった顔

つきでつんと見識高くすましこんでい、なにかにつけて、源太郎を養子あつかいにするのだ。父母はもとより、奉公人や来客にいたるまで、満寿子はおのが教養の高さをこれみよがしにただよわせ、気取りきっている。

さらに、である。

一心流の薙刀《なぎなた》の名手だとかで、この新妻の膂力《りょりょく》の強いことは大したものだ。

夜のひめごとの最中、真剣に相手をつとめている夫の源太郎の背中へ、満寿子がむっちりとした両腕をまわし、いきなり、

「うむ!!」

妙な声を発してしめつけると、恐ろしい痛みが走って、

「あっ……」

源太郎、おもわず悲鳴をあげてしまう。

夫の、その悲鳴がおもしろいのか、

「うふ、ふふ……」

新妻は、気味のわるいふくみ笑いをもらし、

「いかが、いかが?」

尚《なお》も、強くしめつけるのだ。

「これ……よさぬか。やめて下さい」

「うふ、ふふ……いかが？」

「痛い。あ……あっ、痛い……」

「うふ、ふふふ」

腕のちからをゆるめたかとおもうと、今度はもう火焔《かえん》のような鼻息を夫の顔へ押しつけ、強烈な愛撫《あいぶ》を要求するのであった。

（ば、ばかにするな、おのれ……）

あきれ果てて男のちからも萎《な》え、満寿子の体からはなれてしまうと、さあ承知をしない。手をねじられたり、尻《しり》をつねられたり、さんざんにいためつけられ、二十六歳の源太郎が翌朝、体の痛みに耐えかねて床から起き上れないことがあったほどだ。

養父の三浦忠右衛門は、まだ退役前であるから、御城へ出て行くけれども、源太郎は一日中、屋敷にいて、この新妻の相手をしなくてはならない。

薙刀の相手をつとめさせられたこともある。

源太郎の剣術なぞというものは、まるで無きにひとしい、というわけだから、これまたさんざんに叩《たた》きのめされる。

かといって、これを実家の父母や兄にうったえるわけにもゆかぬ。みっともなくて、だれにはなしもできぬ。そうなれば、源太郎のこぼしばなしをきいてくれるのは、金子辰之助のみといってよい。

すべてをきいて辰之助は大笑いをした。

「おれならなあ。おれなら、満寿子どのを見事、屈服せしめてくれようが……ふむ、そうか。そんなに源太。夜になるとすさまじいのか？」

剣術も好きだが色事も大好きという辰之助は、異常な興味をそそられたらしく、夜の閨房《けいぼう》のありさまを執拗《しつよう》に問いかけてやまない。

「ふむ、ふむ、なるほど。しかし、おれならなあ、おれなら……」

であった。

それほどに自信があるのなら、いっそ辰之助に代ってもらいたい。自分は部屋住みの身で、ひっそりと実家の厄介者《やっかいもの》で一生を送ってもいいのだが……と、つくづくそうおもうのだが、いったん、養子に入った身が自分の一存で勝手なまねはゆるされぬ。そこは現代より百何十年も前の封建の世であるから、実家・養家の恥さらしになることは何としてもつつしまねばならない。

「それほどのことは我慢しろ。五百石の家の主《あるじ》になれる身ではないか」

と、辰之助はうらやましげにいう。

「それはそうだがなあ……」

「いっそ、満寿子どのの縁談が、おれのところへ来ればよかったのに、な」

「ああした女を妻にしたいのか、辰之助さんは……」

「おもしろいではないか。夜のその、すさまじいところなど、大いに気に入った」

「そうかなあ……」

五色茶づけの〔千草屋〕で酒をのむうち、

「たまには息ぬきもしろ」

と、辰之助がすすめ、

「近ごろな、ちょいと、おもしろい遊所《ところ》を見つけた。どうだ？」

「うむ」

わるくないと思った。毎夜の満寿子ではたまったものではない。そっと浮気をしてやるのも、いえば猛妻への復讐《ふくしゅう》というわけであった。

「夜は出られぬぞ」

「むろん、昼間さ」

そこで、五日後の今日となったわけである。

二

その日。

金子辰之助は三浦源太郎をつれ、上野・不忍池《しのばずのいけ》の東をまわり、谷中《やなか》へ出た。

谷中・天王寺門前から駒込《こまごめ》の千駄木《せんだぎ》へ通ずる道の、両側にびっしりと立ちならんだ寺院の中に竜谷寺《りゆうこくじ》という寺がある。この寺の前は坂道になってい、ここを〔谷中の首ふり坂〕とよぶ。

この近くには源太郎の実家の菩提寺《ぼだいじ》もある。

竜谷寺と天竜寺にはさまれ、小さな茶店があった。

〔よしのや〕とのれんが掛った変哲もない茶店で、寺参りの人びとを相手に甘酒などを出している。

老爺《ろうや》の久兵衛《きゆうべえ》というのが主で、これが一人きりで店をきりまわし、ささやかに暮しているらしい。

茶店の奥が、割合に深い庭であった。庭といっても木立と雑草に埋もれたままで、そのまた奥に物置小屋のようなものが建っている。うしろは蒔田《まきた》某という旗本の下屋敷の高い塀《へい》であった。

辰之助は、この茶店へ源太郎をつれこんだものだ。

折しも客はいず、主の久兵衛が釜前《かままえ》の腰かけでのんびり煙草《たばこ》を吸っていた。まるで子供のような矮軀《わいく》の久兵衛のしわだらけの顔が、どこやら狢《むじな》に似ているというので、このあたりでは〔首ふり坂のむじ久〕で通っている。

「おや、これはこれは」

と、むじ久爺《じい》さんが辰之助を迎え入れた。

「じいさん。この男だよ、一昨日はなしておいたのは……」

にたりと微妙な笑いをもらした辰之助が、とんと源太郎の肩を突きやるのへ、

「へい、へい」

「たのむよ」

「さ、こうおいで下さいまし」

久兵衛が源太郎を、庭の奥の小屋へ案内した。

この久兵衛は、そのころ〔あほうがらす〕とよばれた一種の私娼《ししょう》紹介業もしている男である。私娼といっても、こうした手合いのあつかう女たちはそれぞれの事情によって、その場しのぎの金を得るための素人女《しろうとおんな》が多く、その新鮮な肌の香を好む客が後を絶たぬ。いうまでもなく、お上《かみ》の取りしまりもきびしいから、あくまでも秘密をまもれる客でないと相手にしない。

辰之助に、この久兵衛を紹介したのは、深川・仙台堀《せんだいぼり》で〔ふきぬけや〕という居酒屋を経営している、これも同じ〔あほうがらす〕の与吉老人であった。

与吉のいうには、

「むじ久さんのあつかう女はねえ、みんな、どこか、普通の女とちがっているのでございますよ」

……ま、片手片足がないとかね。めくら、唖《おし》なんぞ、なかなか乙なもんだそうでござ

いますよ」

「ふむ、ふむ。そりゃあおもしろい」

猟奇趣味も濃厚な辰之助《たつのすけ》であるから一も二もなく乗りかかり、またも父や兄の眼《め》をかすめ、次男の彼に甘い母親に小づかいをせびり、いままでに数度、首ふり坂へやって来ている。

小屋の源太郎へ茶をはこんで出て来た久兵衛に、

「どうしている？」

「じいっとしていらっしゃいます。えらく人品のいい、おとなしいお方でございますねえ」

「それだから、おのが女房《にょうぼう》になめられてしまうのさ」

「へえ？」

「ま、こういうわけだ」

と、辰之助が源太郎夫婦のいきさつをぺらぺらとしゃべるのを、久兵衛は、かすかに嫌悪《けんお》の表情をうかべて聞いたようである。

「では、たのむよ」

いいおいて辰之助は、首ふり坂を上って行く。自分は天王寺門前の〔いろは茶屋〕という岡場所で昼あそびをするつもりなのである。

それから間もなく、久兵衛の茶店へ入って来た女がある。これが源太郎の相手によばれた女だ。

大女である。

背丈は六尺に近い。肩幅も胸幅も腰まわりも大きくひろく、ふとやかに、それでいてぬけるような肌の白さであった。

笑うと右の頰《ほお》に可愛《かわい》らしい笑くぼが生れ、やさしく目じりの下った、どう見てもにくめない顔をしていて、

「おじいさん。今日《こんにち》はどうも……」

あいさつをする声も、素直に、しっとりとしている。

この女、名をおやすといい、年齢は源太郎の新妻と同じ二十歳。

何気なく、表の通りに眼をくばりつつ、久兵衛がおやすにいった。

「さ、行っといで」

「あい……」

おやすは心得て、奥庭から小屋へ入って行く。

そのころ、辰之助は〔いろは茶屋〕の升屋《ますや》という店へ上り、

(ふん。いまごろ、源太郎はどんな女を相手にしているかな。目っかちか唖か、どちらにしろ、びっくりしたろうよ。気の弱いあいつのことだから……う、ふふ……手も足も出ずに、しょんぼりと帰ってしまったかな……)

そんなことをおもいながら、にやりにやりと、妓《おんな》を相手に酒をのみはじめていた。

三

この日から間もなく、三浦源太郎は養父母や満寿子《ますこ》に、

「おもいたって、いささか剣術の修業にはげむことにしました」

と、いい出した。

もちろん、この申し出に反対する理由はない。

「やはり源太郎は見どころがある」

養父はよろこんだし、満寿子は、ほこらしげに胸をそらせ、にんまりとうなずいた。

かくて源太郎が入門した先は、金子辰之助の師匠・井狩又蔵の道場であった。

井狩先生は、もう六十に近く、病体であるし、道場も往年のような繁昌を見せてはいない。高弟三人が門人たちへ稽古《けいこ》をつけている始末で、このところ辰之助も、

「ばかばかしくて行けたものではないよ」

道場へろくに顔を見せないようであった。

それにしても、

「井狩道場へ入門させてくれ」

と、源太郎がたのんできたときには、さすがの辰之助もあきれ顔で、

「本気なのか?」

「むろんだ」

「こりゃ、おどろいた。源太が剣術を、なあ……」

「そこでだ」

「何が?」

「道場へも通うが、通うといって屋敷を出て、それから別のところへ行くこともある。このことを、おぬしだけはのみこんでいてもらいたいのだ」

「ふむ……別の、ところへな?」

「ああ、そう」

「女か?」

源太郎が、うれしげに、うなずいた。

「どこの女だ?」

「先日の、ほれ……」

「え……ではあの、首ふり坂の?」

「そう」

「だが源太。あのときの女は、なんでも餅臼《もちうす》を三つほどもつみ重ねたような大女だったというではないか」

「そう」

「そうって、源太。お前、どうかしたのではないのか、え？」

「うふ、ふふ……」

「や……妙な笑いかたをするなよ、おい。では何か、その餅臼女が気に入って、これから通いつめようというのか」

「そう」

「まさか……？」

「そうだ。その通りなのだ」

「ふうむ……」

辰之助は、しばらく源太郎を凝視していたけれども、そのことの秘密を他《ほか》へもらさぬことを約束してくれ、井狩道場へ紹介することも承知してくれた。

そうなると、急に辰之助ははしゃぎ出し、

「よし、そうか。そうか、よし。おれにまかせておけ」

たのもしく、受け合ってくれた。

さすがに幼な友だちであると、源太郎はおもった。

それから五日に一度ほど、源太郎の首ふり坂通いが始まった。

おやすは、砂村の百姓・権六《ごんろく》のむすめで、十になる妹のおこうが一人いる。中に三人もきょうだいがいたそうだが、いずれも病死してしまい、母親も二年前に世を去ったというのである。

父親が病気がちになったのも、そのころからであった。

二年後のいま、父親・権六の病状はかなり悪い。

権六は、いわゆる砂村の西瓜《すいか》百姓というので、四十年も百姓をしていながら、少しも貧乏がよくならない。その上、寝込んでしまったのだから、必然、暮し向きのいっさいと病父の医薬代とを、おやすが稼《かせ》ぎ出さねばならなくなった。

妹のおこうも、病気がちなのである。

「うちじゃ、みんな体が弱いんです。なのに、あたしだけが、こんなに丈夫で、みっともない大きな図体《ずうたい》に生れついてしまって……」

顔にも体にも真赤に血をのぼらせつつ、

「でも、お祖母《ばあ》ちゃんが、とても大きな体をしてました。あたしが六つ七つのころまで生きてましたけど……」

と、久兵衛の茶店の小屋で、はじめて源太郎を客にした日に、おやすは自分の身の上を語っている。

ということは、おやすがそれだけのことを語る気持になったほどに、男のやさしさ、いたわりが〔客〕としての愛撫《あいぶ》の中にこもっていたものと見える。

源太郎も、おやすのすべてが気に入ってしまった。

おのが巨大な肉体を恥じる仕ぐさが初々《ういうい》しく、まっ白なおやすの肌を、そのはじらいの血がそめてゆくのは美しかった。

大きいといっても、長身の源太郎が抱いてみると、骨格がすぐれているだけに肉づきも、あまりたるんではいず、たっぷりとふくらんだ乳房の見事さが、この時代《ころ》の女にはないものであった。

あの、はじめての日。

おやすが先へ出て帰ったあとから、源太郎が茶店へ出て来るや、

「お気に入ったようでございますねえ」

「うん」

素直にうなずいた源太郎の態度が、むじ久の気に入ったらしい。

茶をいれてくれながら、この老人は独言のようにいった。

「こうした遊《あす》びはねえ、旦那《だんな》。はじめて会った客と女とが、たがいにその、よりどころを失《な》くしている胸の中がぴったり合って、何といいますかねえ……つまりその、おたがいが無邪気なこころになりきった、その瞬間《せつな》というものが、だいご味というもので……めったにはねえことだが、今日はいい日だ。旦那のお相手におやすをえらんでおいて、ようございましたよ」

四

夏がやって来た。

三浦源太郎の剣術修業?は、たゆむことなくつづいた。

この間に、首ふり坂の久兵衛《きゆうべえ》が茶店をたたみ、故郷(駿河《するが》・石田)へ帰ってしまった。

だが、源太郎とおやすは別に困らない。

源太郎が深川・扇橋の船宿〔大黒〕へ出かけて行き、ここへおやすを呼び出すのである。このほうが、おやすが住む砂村からも近いのだ。

おやすの父親の病気は重くなるばかりのようであった。

久兵衛の茶店で会っていたときのように源太郎は一分の金を〔大黒〕で会うたび、おやすへわたしてやった。そのころの一分という金、現代《いま》に直して一万円ほどでもあろうか。源太郎は聟入《むこい》りをする際に、実家の母から、

「何かのときにおつかいなさい」

と、金二十両をもらってきている。まだ当分は大丈夫であった。

五日か六日に一度の逢瀬《おうせ》が、源太郎にとってはたまらなく待ち遠しかった。

暑くなってきてから、いよいよ満寿子に嫌気《いやけ》がさしてきた。

相変らず、閨房《けいぼう》における満寿子はいやらしかった。むし暑い夏の夜の闇《やみ》がおもくたれこめている中で、満寿子はびっしょりと汗にぬれる。すると、彼女のこりこりと肉づいた肌身《はだみ》が妙にあぶらくさい匂《にお》いを発散しはじめるのだ。

女の、というより男の体臭に近い。

奥の土蔵をへだてた離れが若夫婦の居間と寝間に当てられてい、それだけに満寿子は若い女のつつしみも忘れて荒れ狂うのである。

情緒も何もあったものではない。

それでも懸命に奉仕している源太郎をつねったり、腕をねじまげたり、色気もない笑い声をけたけたとたてたり、いやもうさんざんであった。

秋が来た。

その日も朝から、源太郎は屋敷を出た。

霧のように、雨がけむっている。

出がけに、満寿子が、

「毎日、よう御出精《ごしゅっせい》になりますこと」

冷やかに声をかけたのが、屋敷を出てからも気にかかった。

気にかかるといえば、この三日ほど、満寿子は夜になっても離れへやって来ない。

母屋《おもや》のどこかの部屋で眠るらしい。それはもっけのさいわいというものだが、やはり気になるのは当然であったろう。

（まさか……おやすとのことに気づいたわけでもあるまいが……）

妻が気づく筈《はず》はないのだ。

今日は〔大黒〕へ行く日であるが、いちおうは井狩道場へ寄った。

金子辰之助は、この日も顔を見せていなかった。

少し、稽古をやる。

ぽんぽんと、相手に撃ちたたかれるだけのことだ。

「では、お先に」

半刻《はんとき》ほど、熱のない稽古をやって、源太郎は道場を出て、深川へ向う。

五日前に〔大黒〕へ来たときには、砂村のおやすの使いだとかで同村の老婆《ろうば》が来て、
今日は父親の看病で手がはなせぬゆえ、五日後に……ということであった。

だから十日も逢《あ》っていないだけに、大黒へついたときの源太郎は、おやすなつかしさに何も彼《か》も忘れてしまっていた。

わくわくと気もはずんで、

「酒をもらおうか」

落ち鱸《すずき》を塩焼きにしてもらい、二階の小座敷で、盃《さかずき》をなめながら、

（おやすが来たら、おそい昼飯を一緒に食べよう）

窓をあけ、ふりけむる雨をながめている源太郎である。

おやすは、いつも大黒の前の河岸道《かしみち》を東の方からやって来る。源太郎は眼を凝らした。

（あ、来た、来た）

裾《すそ》を端折《はしょ》り、素足にわらじばき、蓑《みの》に笠《かさ》というういでたちながら、まさに、おやすである。

源太郎が窓から乗り出して手をふると、おやすが本多侯・下屋敷の角で立ちどまり、くびを振って手招きをして見せた。

こっちへ来て下さい、と、いうのらしい。

（いったい、どうしたというのだ……？）

こっちが手招きをすると、向うも手招きをする。仕方がないので源太郎は下りて行った。

袴《はかま》はぬいだままで、船宿の高下駄《あしだ》と傘《かさ》を借り、河岸道へ出て行くと、おやすが走り寄って来た。

「どうしたのだ？」

「あの……お父《とっ》つぁんが、昨夜……」

「え……亡《な》くなったのか？」

「あい」

「そうか……」

おやすは哀《かな》しげにうなだれている。

このとき、河岸道の西、扇橋をわたって来た荷車が米俵をつんで通りかかった。

若い者が曳《ひ》き、中年のほうが後押しをして来たのだが、曳き手が何かにつまずいてよろけたとたん、米俵へかけわたしてあった縄《なわ》が切れて、

「わあっ、いけねえ」

叫ぶ間もなく、上へつんだ三俵ほどが、ごろごろと道へころげ落ちた。

これが、源太郎とおやすの立っているすぐ眼《め》の前であった。

と……。

はなしをやめたおやすが、何気なく近寄ったかと見るうちに、あの重い米俵を、何と片手づかみにつかんで、ひょいひょいと、まるで芋を投げるように軽々と、荷車の上へほうり投げたものである。

「あ……」

うめいて、車曳きも後押しも、ぽかんと口をあけたきり、茫然《ぼうぜん》と、おやすをながめている。

源太郎だとて同様であった。

おやすは事もなげに、源太郎の前へもどって来て、

「そいであの、今日は、すぐに帰って、お父つぁんの葬式《とむらい》出す仕度をしなければなりません」

すまなさそうに、いうのだ。

「あ……あ、あ……」

眼を白黒させて、しばらくは声も出なかった源太郎だが、

「む……よし。おれも一緒に行ってやろう。ま、いい。とにかく入れ。仕度するから、下へ入って待っていてくれ」

「それじゃあ、すみません」

「いい。いいといったらいい」

荷車が、あきれながら遠去かって行く。

遠慮するおやすの肩を抱くようにして、源太郎が〔大黒〕の前へもどって来たときであった。

扇橋のたもとを南へまがる河岸道の角に下りた町駕籠《まちかご》から、

「おのれ。見つけた」

わめきざま、飛び出して来た女がある。

「あっ……」

と、今度は源太郎も、おやすの肩から手をはなし、悲鳴に近い声をあげた。

女は、満寿子《ますこ》であった。

これにつきそうは、よねと三津の二女中。いずれも三浦家へ長く奉公する男まさりの女中で、さらに若党・花田文治が若主人の源太郎をにらみつけている。

「ま、ます子……」

「おのれ、姦婦《かんぷ》め」

満寿子は、三津の手から稽古《けいこ》用の樫《かし》の薙刀《なぎなた》を受け取り、

「曳《えい》!!」

猛然と、おやすへ打ちかかった。

(いかぬ……)

源太郎は両眼をとじ、へたへたと道へすわりこんでしまった。

「ああっ……」

女の悲鳴があがった。

おやすの悲鳴ではない。満寿子の声であった。

満寿子の樫の薙刀を避けもせず、この打ちこみを平然とわが体に受けとめたおやすは、その打撃の痛みにはかまわず、ぐいと薙刀をつかんで引いた。

すると、あの満寿子がたたらをふんでよろめき、薙刀をつかんだ手をはなしてしま

ったのである。

おやすは一言も発せず、よろめいた満寿子を両腕につかんで頭上へさしあげ、

「な、何をする!!」

「おのれ、くせもの!!」

若党や女中が狼狽《ろうばい》の叫びをあげたときには、すでにおそかった。

おやすに投げつけられた満寿子の体は宙を飛び、水しぶきをあげて小名木川へ落ちこんでいたのである。

おやすは、これらの人たちが、源太郎の妻や屋敷の者であることなど、毛頭知らぬ。ただもう愛《いと》しい男と自分の危急を感じ、とっさにはたらいたまでのことで、

「さ、早う、早う」

へたりこんでいる源太郎を抱えおこし、背中へつかまらせると一気に背負いあげ、泥《どろ》しぶきをはね散らしながら、砂村の方角へ走り出した。

五

この日以後……。

三浦源太郎は、ついに屋敷へもどらなかった。養家へも実家へもである。

砂村のおやすの家へ、背負われて到着したとき、

(これでよいのかも知れない……)

源太郎は、むしろさばさばとした気もちになっていたようだ。

ただ心配なのは、二長町の実家へ、どのようなめいわくがかかるか、である。

しかし、こうなってしまった以上は、もう仕方がない。

しきりに、わけをきくおやすに、

「心配するな。あれでよかったのだ」

源太郎は、しずかにいった。

我ながらおどろくほどに気が落ちついてしまっている。

彼は、懐紙を出し、おやすの家のちびた筆をとって、実家の兄・主馬《しゅめ》にあてて、これまでの事実をあますことなくしたためた。

妻としての満寿子、女としての満寿子についても、ことばを飾らずにしるした。

この手紙を村の者にたのんで二日後に実家にとどけさせる手筈《てはず》をつけると、おやすの父親の遺体を亀高《かめたか》村の真光寺へほうむり、

「あとのことはお願いする。なにぶん追手がかかる身ゆえ」

と、近辺の人びとにすべてをたのみ、源太郎は、おやすと妹のおこうを急《せ》きたて、小舟をやとって砂村をはなれた。

ふところには、折よく七両余の金があった。この実母がくれた小づかいは肌身《はだみ》をは

なさなかったのがよかった。

おやすも、源太郎からもらった金を二両ほど残していた。

こうして、彼らが江戸の地をはなれた後、この事件はあまり大ごとにならなかった。

三浦源太郎失踪《しっそう》の事は、れっきとした幕臣の養子だけに、逃れぬ罪である。

けれども、三浦家の息女にして源太郎の妻である満寿子が女だてらに路上で薙刀を振りまわし、そのあげくが、百姓女の手にかかって川の中へ投げこまれたのでは、はなしにも何もなったものではない。

このことが公《おおやけ》になれば、三浦家とても只《ただ》ではすまない。

で、三浦忠右衛門《ちゆうえもん》は懸命に奔走し、養子・源太郎を離別のかたちをとった。

すべてを内済のため、役向きへつかった賄賂《わいろ》だけでも相当なものであったろう。

これは、源太郎の実家・永島家とも談合の上でのことであった。

源太郎の父も兄も、おどろきはしたが、間もなく、源太郎自筆の手紙がとどくにおよんで、兄の主馬は、

「源め。可哀相《かわいそう》なことをいたしましたな」

と、いった。

父の左内も手紙を読み、

「あの満寿子どのがのう……まことであろうか？」

「女という生きものは、はかり知れぬものにございますな」

「ふうむ……」

すると母の正代が、

「でございますから、わたくしは、あの縁談に、はじめから気のりいたしませなんだ」

と、いまになっていい出し、

「源太郎はどこに……そっと居どころだけでも知らせてくれればよいに……」

なげき悲しんだという。

○

それから七年の歳月がながれた。

すなわち、天明五年の正月。

かつて、むじなの久兵衛《きゅうべえ》老人が茶店をいとなんでいた地所を借り、ここへまた新しい茶店を出した夫婦がいる。

これがなんと、三浦源太郎とおやす、なのだ。

源太郎は、すっかり町人姿が板についていたし、おやすは相変らずの大女ながら、三十四、五に老《ふ》けて見える。

茶店の名は〔久兵衛〕とある。

木の香も新しい、しゃれたつくりで、茶菓のほかに甘酒も出すし、小豆餅《あずきもち》も出す。

正月早々、店びらきをすると、寺まいりの客がたくさん来て、幸先《さいさき》がよかった。

正月二十日の昼すぎ、菩提所《ぼだいしょ》の宗林寺へ参った永島主馬が供を二人つれ、首ふり坂へ差しかかり、折しも店先へ出ていた亭主《ていしゅ》を見て、

「あ……源太郎ではないか」

おどろきの声を発した。

「おお、兄上……」

客のいる店先を避け、竜谷寺《りゅうこくじ》の塀沿《へいぞ》いに庭から奥の一間へ入って、兄弟のはなしはつきぬ。

「あれより、駿河《するが》の知合いのもとへ逃げました。兄上、その知合いの久兵衛どのと申す老人が、以前にここで、やはり茶店をしておられたのでございますよ」

と、源太郎は三十男の落ちつきぶりで、

「駿河から上方へまいりました。久兵衛どのも一緒にでございます。そこで、久兵衛どのが、私の女房……あれなるおやすに力業をいたさせましてな、立花金太夫《きんだゆう》一座の見世物へ入りまして……」

おやすは、肌着一枚のわが体へ大八車に米五俵を乗せ、その上で曲芸師に演技させ

たり、腹の上へ臼《うす》を乗せて餅をつかせたり、という力技《りきぎ》を見せ、大評判をとった。

「ま、それで私も、すっかり見世物一座の人となり、諸国をまわりましたが、去年の夏、恩人の久兵衛どのが亡くなられましたので……この機に、一度、江戸へ帰ってみたい、こう考えまして、去年十一月にもどってまいりました。さいわいに、むかしなじみのこの地所を借りうけることができましたので……」

「ばかもの。なぜ我が家へ顔を見せぬ」

「おそれいります。とてもとても顔を見せられたものではございませぬ。なれど、七年前のあの事件《こと》がさほど大事になりませなんだと聞き、ほっといたしました」

「だれに聞いた？」

「お屋敷からそっと、若党の今村豊之助《とよのすけ》を呼び出しまして……」

「少しも知らなんだわ。今村は毛ぶりにも見せぬ」

「かたく口どめをいたしておきましたゆえ……その折、今村に聞きましたが……あの折、三浦の満寿子どのへ、私たちのことをそっと告げましたのは、金子辰之助《たつのすけ》だったそうで……」

「うむ。そりゃな、双方の小者同士の口から、おのずともれたことよ。後になってのことだが……」

「ははあ、なるほど」

「辰之助は、おぬしの後釜《あとがま》へ首尾よう入って、満寿子どのとの間に三人も子が生れたわ」

「それは、めでたいことで……」

「なれど、いまは辰之助が家督し、引きつづいて御役にも出ているが、どうも評判がよろしくないのだ」

「ははあ……」

「何かこの暗く、陰険な人柄《ひとがら》に変ってしまい、それ、あの大きな肉づきのよい体が、このごろではげっそりとやつれ、顔つきもとげとげしゅうなって、ろくに口もきかぬそうな」

　と、兄が、にっこりと笑い、

「よかったのう、源太。満寿子どのと手が切れて」

「あ……はい、はい」

「あれがおぬしの女房《にょうぼう》どのか。おう、客を相手によう立ちはたらいておるではないか
……それにしても、なるほど大きい」

「いま、ごあいさつをいたさせます。まだ兄上と知らぬようでございます」

「ま、ゆるりとでよい。それよりも、屋敷へつれてまいれ」

「女房をで？」

「よいとも。父上も母上も、大よろこびじゃ」

「はっ。ふたたび両親に生きてお目にかかれまするこど、かたじけのう存じます」

「うむ。よい茶じゃ」

「おそれ入ります」

「それにしても今日は、ようも晴れた。あたたかい日和《ひより》じゃな」

「兄上」

「む?」

「ほれ、あの、寺の塀のそばで近所の子とあそんでおりますのが、私どもの子で五つになります」

「ほ、あれか……なるほど大きい」

「さいわいに男の子でございましてな」

「いや大きい。いや立派なものだ。おれがところも二人ふえたよ」

「さようで……あ、これおやす。ちょいと、ここへ来て、ごあいさつを……」


(「小説新潮」昭和四十四年一月号)

夢中男

一

その女、異名を〔便牽牛《べんけんぎゅう》〕のお松という。

〔便牽牛〕というのは、なんでも野菜の牛蒡《ごぼう》のことだそうで、そのいわれは、林小十郎にもわからぬ。いつであったか、書道にも学問にも造詣《ぞうけい》がふかい、などと自負している父の十右衛門《じゅうえもん》に、

「便牽牛とは、何のことです？」

小十郎が問うや、

「ばかもの！」

たちまちに、父は一喝《いっかつ》して、

「つまらぬことをきくひまがあれば、算盤《そろばん》のけい古でもせぬか」

いつものように、やられてしまった。

父も、便牽牛のいわれを知らぬらしい。

お松になじみの客のうちの、どこかのさむらいか僧侶《ぼうず》が、たわむれにつけた異名らしいが、

（なるほど、まさに、ごぼうだ）

うわさをきいて、おもしろ半分にお松を買ってみて林小十郎は感心したものだ。

お松は細くて、くろい。

色白の、ふっくりとした躰《からだ》つきの小十郎と、あまりにも対照が妙なものだから、

「お餅《もち》（小十郎のこと）と牛蒡では、食あたりがしないかねえ」

などと、お松の朋輩《ほうばい》の娼婦《おんな》たちがいい合っては、二人の姿を見ると笑いころげたりする。

じっさい、抱いてみかけて、

（骨でも折れはしないか……？）

と、小十郎がおもったほどに、お松のからだは、骨の浮いた、乳房のふくらみも貧弱で、太股《ふともも》の肉《しし》おきも殺《そ》げていた。

はじめてのときはいかもの食いの小十郎も、

（こいつは、どうも……？）

顔をしかめたものだが、いざとなって見ると、

（なるほど、これは……）

小十郎、瞠目《どうもく》したものである。

瘦《や》せてはいても、あさぐろい肌《はだ》がねばりつくようにきめこまやかだったし、変転自在に小十郎をあやなす手ぎわというものは、このところ、かなり遊びなれてきている

小十郎も目が眩《くら》む態《てい》のものであって、その次からは彼、遊び金さえつかめばこの根津《ねづ》権現《ごんげん》・門前の岡場所《おかばしょ》へ通いつめるようになった。

「お松、お前ときたら……いや、どうも、切りがない女だね」

あきれて小十郎がいうと、

「自分でも、こわくなるときがあるんですよ」

お松は、ひくい鼻をうごめかせ、これだけは少女のようなあどけないいかたちをしているくちびるを、ちょっと舌でなぶり、

「いや、いやになってしまう……」

上眼《うわめ》づかいに小十郎を見て、

「けれど小十さん。それも男によりけりでござんす」

などとやられると、

(よし、明日もまた……)

口やかましい父の眼をかすめ、

(なんとかして遊び金を……)

猛然たる気もちになってくるのであった。

その日……宝暦六年七月はじめの或《あ》る日、暑いさかりの昼すぎからお松を抱きづめで、二十三歳の若さをもてあましている小十郎が、さすがげんなりとなって夕暮れの

道を歩みつつ、

（それにしても、だ……）

今度は、別の意味で層倍にげんなりとなって、

（ああ、もう……これで、おやじの面《つら》を見ないですむなら、どんなによいか……）

腰に帯びた大小の刀が、急に重くなってきた。

この刀にしても、そうだ。

父も自分も長い間の浪人の身なのだし、ことに父・十右衛門は、本郷《ほんごう》・春木町で、近くの旗本屋敷や商家の子弟に書を教える一方、金貸しもしていて、その理財へのたくましさは、小十郎が、

（父親ながら、見ていてもいやになる）

ほどであった。そのくせ、小十郎が脇差《わきざし》一つを帯びたのみで外出《そとで》しようとすれば、

「さむらいの子が、大小を帯びずして何とする!!」

と、叱《しか》りつけてくる。

こういう父親から、遊び金をくすねるのが容易でないことはいうをまたぬ。

借金の取立に出て行き、あつめた金のうちから内密で少しずつ、小十郎はわがふところへ入れてしまい、うまく帳尻《ちょうじり》を合せて父に見せるのだが、そこは只《ただ》一人の我子へは甘い十右衛門なのか、これまではなんとかあざむきつづけてきている。

だが、

(もうこれ以上、どうにもならぬ)

小十郎は、それをおもうと居ても立ってもいられなくなるのだ。

この春から、お松のもとへ通いつづけ、むりな算段をかさねてきたため、集金のうちからくすねた金高も三十両をこえてしまっている。

年に何度かは、父がみずから証文をしらべ、借主をおとずれるのだが、このところいそがしくて、

「そのうちに、わしも出向かねばなるまい」

いい暮していると十右衛門が、いつ〔借主まわり〕をはじめるかと、小十郎は気が気でない。これまで使いこんだ金は、博打《ばくち》で得たものや、遊び仲間とささやかな悪事をたくらんだりして入ったものでうめ合せてきたのだが、このところ、そのほうもさっぱり芽が出ないのだ。

使いこみが知れたなら、

「出て行け!」

あの父親のことだから、一も二もあるまい。

そうなったら小十郎、二十三歳のこれまで、親がかりの身だけに、一人きりで暮しをたててゆく自信など、まったくないのである。

（ええ、いっそ、もう……）

上野・不忍池《しのばずのいけ》の西岸を歩みながら、林小十郎は、

（いっそ、おやじを殺してしまったら、どうだろう……？）

そのことを不図おもった。おもってみて、

（寝ているところを、いきなりくびをしめて……おどろくだろうな、おやじは……）

冗談まじりのおもいであったから、くすくすと笑い出したほどだが、そのうちに、

小十郎の顔つきから笑いが消えた。

茅《かや》町二丁目のはずれから、榊原式部少輔《さかきばらしきぶしようゆう》の中屋敷の塀《へい》にそって坂をのぼっていた小十郎の足が、急にとまった。

（やって、殺《や》れぬことはない）

榊原屋敷の木立が、沈みかける夕陽《ゆうひ》をさえぎり、坂道の夕闇《ゆうやみ》はことさらに濃かった。

（やって、殺れぬ、ことは、ない）

かつて、おもってもみなかったことだが、林小十郎は、このおもいにとらわれてしまい、やがてまた歩み出したときの彼は、いつもは人なつかしげな細い両眼がすわり、顔色も紙のようになってきている。

夕風になぶられ、汗もひいていたが、くつろげた夏着の胸のあたりから、お松の体臭とも化粧の香ともつかぬにおいが鼻先へただよってき、先刻まではにやにやと、そ

の女のうつり香を嗅《か》いでいた小十郎であったけれど、いまこのとき、その香りに気づいたとき、

（おもいきって、やるか……）

勃然《ぼつぜん》として、彼は、おのれの殺意に胴ぶるいをした。

二

林小十郎が、加賀屋敷の裏手をぬけ、麟祥院《りんしょういん》の横道から切通し坂の上へ出ると、

「あれまあ、若旦那《わかだんな》さま……」

坂道の向う側から、夕闇をすかし見るようにしながら声をかけてきたのは、我家の下女・おさきであった。

「ど、どこへ行っていなさいましたよう」

駈《か》けよって来たおさきの顔が、まっ青である。

おさきは、もう十年も林家に奉公している下女で、生まれは下総《しもうさ》・佐原の在だそうだが、年少のころから江戸へ出て、芝・田町九丁目の紙問屋〔万屋甚兵衛《よろずやじんべえ》〕方へ下女奉公をし、二十二歳のとき、同じ田町二丁目に住む足袋職人で音吉という者の女房《にょうぼう》になった。

ところが、子も生まれぬままに十年を経て、音吉は病死してしまい、ふたたびおさ

きは〔万屋〕へもどってはたらくうち、主人の甚兵衛と親交のあった林十右衛門が、

「妻に死なれて六年。どうにも女手がのうては……」

というのをきき、

「では、うちにいるおさきを……」

万屋甚兵衛がすすめるままに、おさきに来てもらうと、

「うむ。これはよい」

林十右衛門は、おさきのはたらきぶりを見て、大いに気に入り、年に三両という、下女奉公にしては破格の給料を出すことにした。

そのときは、まだ少年だった小十郎も、

(あのけちな父上が、ようも出したものだ)

びっくりしたものであった。

ところが、林十右衛門は、

「あれほどの女ゆえ、いつまでもいてもらいたい。そのためには、こちらもおさきの気に入られねばならぬ。気に入られるには、まず……」

まず待遇をよくして、長く住みこんでもらおうという……こうした場合には十右衛門、金を惜しまぬ。

それから十年。

おさきは、小十郎のめんどうを見ながら、こまねずみのごとく立ちはたらき、ほとんど一人で家の中を切りまわして、口うるさい十右衛門から只の一度も文句をいわれたことがない。

赤ら顔の、でっぷりと肥ったおさきは寒中といえども鼻のあたまに汗を浮かせているほどだ。いま、おさきは四十八歳。六十に近い十右衛門との間に、この十年、一度もあやしむべきところがなかった……と、すくなくとも小十郎は信じている。

(おやじは、女より金さ)

であった。

そのおさきが、夕闇の町角に立って、自分の帰りを待ちうけていたらしい。かつてないことではある。

(そうだ。おやじを殺すには、先《ま》ず、このおさきという忠義ものをどうにかせぬと……)

すっかり父親殺しのおもいに魅入られたかのような林小十郎であったが、

「どうしたのだ?」

「わ、若旦那さま。旦那さまが大へんなのでございますよ」

「殺されたか?」

おもわずきいた。

というのも、小旗本相手の貸金を取り立てるとき、十右衛門はいささかの容赦もせずに責めたてるものだから、腹にすえかねたのか、

「こいつ、無礼な……」

前後を忘れて借主が、刀をぬきかけたことも、何度かある。

それで、今日もまた借主とあらそい、ついに、

(殺されたか……?)

と、おもわずよろこび?の声をあげてしまったのであるが、

「なにをおっしゃいます。そんなばかなことがございますものか」

言下に、おさきは否定し、坂道をわたりきった小十郎の袖《そで》をつかみ、

「さ、早く、早く」

と、せきたてる。

町角から南へまがり、左がわの細道を入った突当りが林家であった。

もとは医師・増田長延の家だったもので、四間の小さな家ながら凝ったつくりだし、庭も三十坪ほどある。

「ただいま、帰りました」

父の怒声を頭上へあびせられる覚悟で、くびをすくめながら玄関を入った小十郎へ、

「ど、どこへ行っていたのじゃ」

あらわれた父の声が、弱々しいのを、小十郎は意外におもった。

「おそいではないか」

「は……ちょっと、その……」

「小十郎よ」

「は……?」

「実にまったく……どうも、その、けしからぬことになった」

「どういたしました?」

「小村郡兵衛《ぐんべえ》め、わしから金を借りたおぼえがないと申すのじゃ」

それで、わかった。

小村郡兵衛は、この近所に住む幕府《こうぎ》の徒目付《かちめつけ》で、役高は百俵五人扶持《ぶち》の士である。

ちなみにいうと、幕府は徒士《かち》といって、いわば将軍の警備にあたる兵士があり、これが二十八人ずつ一組となって二十組の編成になっている。

その組屋敷の一つが、春木町の近くにあるのだ。

小村郡兵衛のつとめている徒目付という役目は、この徒士組とも関係があり、将軍の外出時には先行して目的の土地なり場所なりをさぐり、

「異状なきや?」

をたしかめもするし、平常はそこここへ出入りし、場合によっては幕府から密命を

うけ、遠国へもひそかに出張して〔探偵《たんてい》〕の役目をつとめる。先ず、幕府の〔下士官〕としては、はたらき甲斐《がい》のある任務で、こころきいたものでなくてはつとめきれない。

その徒目付の小村郡兵衛が、金三十両を林十右衛門《じゅうえもん》から借りうけたのは一昨年の暮れであった。

それから約二年。

郡兵衛は、当初のうちは一両、二両と返していたけれども、そのうちに利息をはらうだけで精いっぱいとなった。

さいそくがきびしいので、郡兵衛は、利息と元金をいっしょにして、

「今度こそは、かならず」

と、新たな証文をつくり直して十右衛門へさし出したのは、今年の春であった。

十右衛門が小十郎へもらしたところによると、

「郡兵衛め、年甲斐もなく吉原《よしわら》の遊女にうつつをぬかし、その遊び金につまって、わしから金を借りたらしい」

そのときは小十郎も、冷やりとして腋《わき》の下に汗をかいたものだが、返済期限もすぎて尚《なお》、小村郡兵衛は利息をふくめて二十両の金を返そうともせず、自宅へ押しかけては返済をせまる林十右衛門老人を、

「あまりうるさく申すと、痛い目を見るぞ」

と、おびやかし、四十をこえた年齢ながらふとくたくましい腕で十右衛門の痩身《そうしん》を突き飛ばしたりする。

ここにいたって十右衛門もたまりかね、ついに町奉行所へうったえ出たものである。

このことは、小十郎も知っている。

町奉行所は、このことを幕府に通じたところ、若年寄の小堀和泉守《こぼりいずみのかみ》から、

「小村郡兵衛を、評定所において取り調べよ」

との命が下った。

評定所は江戸城・和田倉門外にあり、幕府の最高裁判所ともいうべきものであった。

郡兵衛の役目柄《がら》、幕府も慎重を期したものらしい。

そして……。

小村郡兵衛と林十右衛門の取り調べがおこなわれたのが、今日なのである。

「なに、わしには何ひとつ、やましいところはないわい」

と、父が今朝、勝ちほこったように身仕度をととのえて家を出て行ったあとで、小十郎は外出し、根津権現《ねづごんげん》・門前の娼家《しょうか》へ出かけて行ったわけだ。

それを、すっかり忘れていたというのは、小十郎から見ても、この訴訟が、

「父の勝ちだ」

とおもいこんでいたからであろう。

「ところが、郡兵衛め、わしから金を借りたおぼえが毛頭ない、と、いい張るのじゃ」

林十右衛門は五体をふるわせ、さもさもくやしげに拳《こぶし》をもって空間を叩《たた》きつけるような仕ぐさをしめし、

「まさに借りたる金を借りぬとは……武士にあるまじきふるまい……」

おさきがはこんで来た夕餉《ゆうげ》を見向きもせぬ。

三

一日おいて、ふたたび林十右衛門が評定所へよび出された。

この日……。

原告の十右衛門と、被告・小村郡兵衛との相対吟味《あいたいぎんみ》がおこなわれたのである。

双方の顔をつき合せて見て、取り調べようというのである。取り調べにあたったのは、目付役・脇坂主計《わきさかかずえ》、菅沼新三郎《すがぬましんざぶろう》で、脇坂は二千石、菅沼は千三百石の大身旗本だ。

十右衛門から受け取った証文を見た目付が、郡兵衛に、

「これに見おぼえがあるか、どうじゃ？」

「は……」

証文を見て郡兵衛は、強くかぶりをふり、平然とした面《おも》もちで、

「いささかも見おぼえはございませぬ」

と、いう。たまりかねて、十右衛門が、

「おそれながら……」

「なんじゃ？」

「その証文に捺《お》してあります印形《いんぎょう》は、その……その小村郡兵衛殿がみずから、この私の目の前にて捺したものでございます」

血相を変え、まるでわめきたてるようにいいつのる林十右衛門を見て、二人の目付はいやな顔つきになった。

息子の小十郎は母親似のやさしげな顔だちをしているけれども、父の十右衛門は、頬骨《ほおぼね》の張った眼《め》つきのするどい、白髪の老人に似つかわしくない顔貌《がんぼう》で、これが昂奮《こうふん》してくると、だれが見てもよい感じはもてない。

（こやつ、浪々の身とはいいながら、武士の身で金貸し渡世などいたしおって……）

というおもいが、脇坂・菅沼の両目付の表情に露骨に浮いて出た。

「ま、まことにこれは言語道断。な、なによりも、その証文に捺されたる印形が証拠にござります」

「さわがしい。ひかえておれ」

と、脇坂主計が、郡兵衛へ、

「その印形について、申しひらきあるやいかに?」

すると小村郡兵衛が、凝《じっ》と証文に見入りつつ、

「まさに、私めの印形にござります」

「なんと申す」

「なれど、この印形を捺したおぼえは毛頭ござりませぬ」

「なんじゃと?」

「この証文の日づけは、今年の三月一日に相なっておりまするが……」

「いかにも……」

「なれど、私めの、この印形は、今年の二月中ごろに紛失いたしおりましたまま、いまもって見つかりませぬので……」

これをきいて、林十右衛門がはっとした。

元金と利息をいっしょにして、

「証文を書きあらためていただきたい」

こういって小村郡兵衛が、平常に似合わぬいんぎんさで林家をおとずれたのは、二月二十七日のことであった。

さらにそのとき、

「区切りもあるし、今日は日もよくないので、ついでのことに来月一日づけにしていただけたら……」

と郡兵衛が、見るから殊勝げに、あくまでもおとなしやかに、金一両をおさめた上でいい出したものだから、さすがの林十右衛門も、

「わけもないこと」

ついつい、承知をしてしまい、日づけを三月一日に書きしるしたのである。

(なんと、あの日よりも前に、郡兵衛めは印形を紛失してしもうた、というのか……)

十右衛門は、不安になってきた。

郡兵衛は、どこまでも謙虚に、それでいてものしずかな声に自信をみなぎらせ、

「まことに私、不審にたえませぬ。いずこかへ取り落し、紛失いたしましたる私めの印形が、かくのごとき借用証文に捺されておりまするとは……いかにもふしぎなることにて……まことにもって、相わかりませぬ」

それをきいて両目付がじろりと十右衛門を見すえ、おどろきのあまり絶句している十右衛門にはかまわず、

「これ、郡兵衛」

「はっ」

「そのほう、印形を取り落したる折に、そのむねをとどけおいたであろうな」

「はい、それと気づきまして、お上《かみ》へとどけ出ましたのは、……さよう、二月二十七日でござりました」

　これをきいて、ようやくに林十右衛門も、

（さては……）

　おぼろげながら小村郡兵衛のたくらみに気づいた。

　つまり……。

　郡兵衛は、二月二十七日に林家をおとずれ、さも殊勝げに、証文の書きあらためをたのみ、ことばたくみに、日づけを数日後の三月一日に書きしるさせ、その上で捺印《なついん》をした。

　そして林家を出たその足で、おそらく小村郡兵衛は〔印形紛失〕のことをお上へとどけ出たものにちがいない。

（わ、わしとしたことが……）

　まさに、あれだけぬけ目なく金貸しをいとなんでいた林十右衛門の、これは千慮の一失というべきものであった。

「よしなに、じゅうぶんの御吟味下されまするよう……」

　つつましやかに両手をつかえる郡兵衛を見るや、十右衛門こらえきれず、

「これは、い、陰謀にございます。小村郡兵衛が恐ろしきたくらみにござ……」

「だまれ」

脇坂主計が一喝《いっかつ》し、

「取り調べるはわれらが役目じゃ。ひかえておれ」

「ははっ」

「いますぐにも取り調べつかわす」

というので、すぐさま下役を出して調べさせると、

「まさに、小村郡兵衛は印形紛失のとどけを、二月二十七日に出しております」

との報告があった。

二月二十七日に紛失とどけが出ていた印形が、三月一日づけの証文に捺されているというのは、郡兵衛自身のことばでないが、

「まさに、ふしぎのこと」

ではある。そこで両目付は、それぞれに十右衛門と郡兵衛を取り調べてみた。

その結果が、どうなったかというと……。

「どうも、林十右衛門があやしい」

こういうことになってしまった。

「これはまさに、郡兵衛が取り落した印形をひろった十右衛門が偽証文をつくり、こ

れへ捺印をいたしたものか……」

と、なった。よくよく考えて見れば、偽証文をつくってまで金をうばいとろうとする者が、わざわざお上へ訴え出るということそれ自体がおかしいのである。

しかし……。

取り調べの場における両人の風貌や態度が、二人の目付役の脳裡《のうり》へそれぞれに影響しそのことにとらわれた目付役の判断が、われ知らず狂っていったものであろう。

この日。ついに林十右衛門は帰宅をしなかった。小村郡兵衛も同様に、評定所へとどめおかれたのである。

次の日。目付の報告が、さらに若年寄までとどけられたけれども、その目付たちの眼が狂っているのだから、十右衛門にとっては、まことに不利をきわめた。

二日後……。

町奉行所も、十右衛門を引きとった上で、奉行所の仮牢《かりろう》へ押しこめた上で調査をすすめた。

十右衛門から金を借りた小旗本や御家人たちが取り調べられる。

林家の家宅調査がおこなわれる。

小十郎も、

（まさか、おやじが……）

いまはもう、父親殺しを考えたことなど忘れてしまい、

（これはおかしい。まさにおかしい。おやじが、偽証文をこしらえてまで金がほしいなどと……そうしたおやじではない。あるはずがない）

のである。

だが、近辺の者たちも、ましてや金を借りたことがあるものなどが、金貸しをよくいうわけがない。借金を返していないものなどは、

（これで十右衛門が罪をうけるようなことになれば、うまく借りた金《もの》が棒引きになる）

ぺろり、かげでは舌を出していたようだ。

「なんと、十右衛門が偽証文をこしらえたそうな」

「あのじじいがのう」

「それほどまでに金がほしいものか」

うわさもひろがる。

ひとり躍起となって、十右衛門の無罪を叫ぶのはおさきのみで、小十郎とても、父は無罪だとおもっているが、そのことは、お上の手によって間もなく解決されるものと信じきっていたから、

「まあ、おさき。そうさわぐなよ」

むしろ、落ちついていたのである。

ところが……。

十余日を経て、

「林十右衛門こと、謀判をいたし、無実の申しがかりをいたせし段、不とどきしごくにつき……」

なんと、死刑に処すという判決がくだったものである。

「げえっ……」

と、おさきは、このことをきいて気をうしなった。

まさかに、とおもっていただけに小十郎も、

(こ、このようなことが、あってよいものか……)

茫然《ぼうぜん》としてしまったのである。

決定的なことは、二月二十七日の当日、小村郡兵衛《ぐんべえ》が林家をおとずれた姿を見たものがいない、ということであった。

その当日。

小十郎は、根津権現のお松のもとへ出かけていたし、おさきも買物か何かに出かけていたらしい。

判決がくだったその日に、早くも林十右衛門は、千住《せんじゅ》・小塚原《こづかっぱら》の刑場へはこばれ、

「あっ……」

という間に、首を切られてしまった。

あまりにも呆気《あっけ》ないことではある。

一人息子の小十郎が刑場へ駈《か》けつける間もなかったのだ。

（畜生め！）

勃然《ぼつぜん》として、突如として、小十郎の胸へ怒りがこみあげてきた。

小村郡兵衛〔徒目《かちめ》付《つけ》〕という公儀の役目をもつ男だけに、何やらいち早く彼の身をかばい、す早く、

（父を処刑してしまったのだ）

と、小十郎にしてはおもえぬこともないのである。

父は、獄門にかけられているという。

小塚原の刑場で、

（父の首が、さらしものになっている）

のだ。

小十郎は、たまらなくなってきた。

なんとしても、

（父の首だけは、この手に取りもどさねば……）

と、小十郎は、おさきとともに、処刑のおこなわれたその夜ふけ、小塚原の刑場へ忍んで行った。

首の番をしているやつに、金をやって、うまく首をもらい下げるという手段《て》も考えぬではなかったが、

(無実の罪におとされたおやじの首を引き取るのに、なんで、金をつかうことがあるものか!)

小十郎は、小塚原へ着くと、おさきをはなれた場所へ残しておき、単身、刑場へ潜入した。

月も星もない暗夜である。

父の首をたしかめ、小十郎が、これを用意の箱におさめ、大風呂敷《おおぶろしき》に包んでいるとき、

「わりゃ、だれだ?」

番人が、わめき声をあげ、走り寄って来た。

小十郎も、必死である。立ちあがりざまに、腰の脇差《わきざし》を抜き打った。

そのとき、刃を返して峰打ちにしたのは、意外に小十郎、しっかりしている。

「うーん」

気絶して倒れ伏した番人を尻目《しりめ》に、それからまっしぐらに刑場を駈けぬけ、いらい

らと待っていたおさきのもとへ駈けつけ、

「おさき。うまくいったぞ」

「早く、早く」

夢中で逃げた。

逃げながらも小十郎は、

（小村郡兵衛め、よくも、おやじをおとしいれたな！）

今度は、その一事をおもいつめている。亡父にかわって数度、郡兵衛のところへ貸金のさいそくに行ったことがある小十郎は、そのときの印象からみて、郡兵衛の犯行を確信していた。

四

林小十郎が、父・十右衛門《じゆうえもん》の首をはこんだのは、市ケ谷《いちがや》の道林寺という小さな寺であった。

この寺の天栄和尚《おしよう》と十右衛門は、むかし、いわゆる〔碁がたき〕だったのである。

小十郎が三、四歳のころまでは、十右衛門も亡母・朝江も市ケ谷に住んでいて、天栄和尚とは、そのころからの交際であった。

「ほ。やったか……」

と、和尚はおどろきもせずに小十郎とおさきを迎え入れ、

「十右衛門どのの首は、たしかにわしが、ほうむってやろう」

「ありがとうございます」

「それにしても、よ……」

「は……？」

「のう、おさきや」

と、和尚がおさきを見て、小十郎をあごで指し示し、

「こやつ、おどろいたものじゃの」

「はい、はい」

おさきも、しきりにうなずき、両眼に泪《なみだ》をいっぱいたたえながら、

「はい、もう、ほんとうに……」

「いや、おどろいた……」

「へえ。まさかに、これほどしっかりとした若旦那《わかだんな》だとは……はい、まったく今日がひまでおもってはおりませぬでございました」

「わしも、よ」

小十郎が、二人を交互に見やり、不審そうな顔で、

「私が、どうか、いたしましたので？」

「おうよ」

「いったい、その……」

「お前はな、むかし、この近くで両親と共に暮していたころのことを、おぼえておるかえ？」

「いや、別に……」

「泣き虫でのう」

「は……それは父からも、よくきかされました」

「ひと通りの泣き虫でない」

「ははあ……」

「蚤《のみ》に喰《く》われても泣く、というやつよ」

「なるほど……」

「病弱でのう」

「私が、で？」

「うむ」

「ははあ……」

「いつもいつも、ひいいひいい泣いて、夏でも冬でも風邪をひいてのう。熱を出しては何度も死にかけたものよ」

「私が？」

「知らなんだのか？」

「父は申しませぬし、母は私が十歳の折に亡《な》くなりましたが、そのようなことは一度も……」

「きかされなんだか？」

「はい」

「親の愛は尊いものじゃ。両親はな、お前が幼少のころは一時たりともこころ安まらず、病身のお前を介抱することに明け暮れていたものよ」

「あの、父がで？」

「いかにも、お前が発熱して苦しむとき、亡き十右衛門どのは、一睡もせずに夜を明かすこと、一年のうちに何度あったことか……」

「ははあ……父は一度も、さようなことを申しませんでしたが……」

「いささかも恩着せがましいことをいわぬ、せぬのが親の愛じゃ。十右衛門殿はな、よいから。お前が病弱だからと申して、いたわりすぎてもならぬ、さりとて尋常の子のごとくあつこうてもならぬ、というので、それはもう非常の苦労をしたものじゃ。高価な薬をもとめるがために、おもいきって、あのような金貸し渡世もはじめたのじゃ」

これも、はじめてきくことだ。

小十郎も、おさきも息をつめてきき入った。

金貸しなぞになったのは、そのことが原因であるけれども、年を経るごとにそれが板についてしまい、

「それがし、われながらおどろいております」

と、市ケ谷から、本郷・春木町へ移って五年ほどすぎ、林十右衛門が道林寺をおとずれたとき、

「ついつい、身が入ってしまいましてな」

と、いったそうである。金貸しとしての毎日に、身が入ってしまうというのだ。

「それがし、前世は、金貸しをしていたのやも知れませぬ」

苦笑する十右衛門に、天栄和尚が、そのとき、

「それよ。人はそれぞれ、自分《おのれ》にてもはかり知れぬ才能を心身にひそませておるものじゃ。これはのう、やって見ねばわからぬことでな。いまの世では、さむらいの子はさむらいに、職人の子は職人に、百姓は百姓、町人は町人と……すすむ道がきまってしもうておるようなものじゃし、また、おのれの隠れたる才能を見つけ出すことが最もむずかしいのよ」

と、こたえたそうな。

つまり……。

林十右衛門は、なんとかして病弱の我子へ、すぐれた医薬をあたえたい、そのためには先《ま》ず大金を得ねばならぬ、というので、敢然、金貸しとなった。

その必死のおもいから出た転身が、意外にも十右衛門の性格にも合い、才能をのばすことにもなったのである。

い、い、ものごころついてから、病気で寝ていた自分をおぼろげにおぼえてもいた小十郎であったが、春木町へ引き移ってから二年もすると、両親の丹精の甲斐《かい》あってか、めきめきと丈夫になり、それからはほとんど患《わずら》ったことがないだけに、

(おれは、丈夫だ)

と、おもいこんでしまっていた小十郎なのだ。

(おやじは、そのようなことを一度も、おれにいったことはなかった……)

得体の知れぬ感動が小十郎の全身をみたした。

おさきは、泣いている。

なんとなく、いままで自分が考えていた十右衛門よりも、

(おやじは、もっと、いろいろなものをもっている人だったらしい……)

そうおもうと、今度の父の死が、なおさらに、くやしかった。

「小十よ」

と、和尚。

「はい？」

「今夜のお前がそれよ」

「え……？」

「父の首をさらしものにしておきたくない一心で、お前は恐れげもなく小塚原の刑場へふみこんで行き、なんと、生まれてはじめて引きぬいた刀で、しかも峰打ちに番人を倒し、父の首をうばって逃げた。こりゃ、なまなかな男にはできぬことじゃぞ」

「ははあ……」

「おのれでは気もつくまいが、の」

「はあ……」

「父の金をかすめ、酒と女に入れあげていたお前が……」

「和尚さま、よく御存じで……」

「十右衛門殿からきいたわえ」

「えっ……？」

「十右衛門どのは、こう申しておられた。あれほどの病弱の子が、どうやら丈夫に生いそだち、酒ものめ、女も買える躰《からだ》になったること、何よりうれしく……と、な」

「…………」

「しかし、野放図にしておいてはいけぬゆえ、知らぬ顔して、絶えず目を光らせておるなれど、ともあれ小十郎がそれほどまでに丈夫な若者となってくれただけで、わしはうれしい、と、かようにいうておられた。つい半年ほど前に、ここへ見えたときにのう」

「さ、さようでしたか……」

「どうじゃ。人のこころのうちは、はかり知れぬものであろうが」

「は、はい」

「さむらいの子に生まれたくせに、剣術もまなばず、喧嘩《けんか》に勝ったこともないお前が、刀をぬいた瞬間、殺してはならぬと感じ、峰打ちにした……これはもう大へんなことだよ。そのときのお前は剣術の名人だ」

と、和尚は両手をひろげて、大仰にいう。

ま、小十郎もそこまではおもわぬが、それにしてもだ。

つい先ごろ、根津《ねづ》権現《ごんげん》の岡場所《おかばしょ》で、お松と遊んでの帰る道、娼家《しょうか》の店先で、酔いどれの職人にからまれ、二つ三つ、なぐりつけられても手出しさえできず、あわてて逃げ出した小十郎を見ていた便牽牛《べんけんぎゅう》のお松が、その次に会ったとき、

「なさけなくって、涙も出やあしない。刀を二つ差しているなら小十さん。もっと、しっかりしておくれな」

と、いったものである。

(なるほど……そのおれが、今夜は、よくまあ、やってのけられたものだ)

無我夢中というものは、おそろしいものだ、と、いまさらながら小十郎は、今夜してのけたことに冷汗がにじんできた。

「さて……」

白みかけた障子を少し開けながら、天栄和尚が、

「小十よ。これから、どうする?」

と、問うた。

むし暑かった部屋の中へ、障子のすき間からあかつきの冷気がながれこみ、その冷気が小十郎のあたまの中を爽快《そうかい》にした。

小十郎は言下にこたえた。

「父の敵を討ちます」

「それから、どうする?」

「あとは、まだ考えていませぬ」

すると、和尚がぽんとひざを打ち、

「できた」

と、叫んだ。

「は……？」

「それでよい、それでよいのじゃ」

「さようで……」

「わしも、十右衛門の無罪は信じておる」

「ありがとうございます」

「討て！」

「はい」

「父の敵を討つことによって大公儀の裁判《さばき》のまちがいを正せ」

「はっ」

「それをなしとげたときこそ、次に何をすべきか、おのずとお前の胸に考えが浮かびあがってこよう」

「は、はい……」

「よし。それでよし」

五

その夜以来、林小十郎は道林寺から一歩も出なかった。

和尚が、かくまってくれたのである。

おさきは、というと、

「私のことなら、だいじょうぶです、若旦那」

といい、旧主の芝・田町の紙問屋〔万屋甚兵衛《よろずやじんべえ》〕方へ出かけて行った。

のちに……。

刑場にさらしてあった林十右衛門《じゅうえもん》の首を取って逃げたのは、

「せがれの小十郎らしい」

となって、奉行所から万屋にいるおさきへ取り調べがあったけれども、

「私は、旦那さまがお首を打たれた日の、お昼すぎに、荷物をまとめてこちらへ来てしまいました」

と、おさきは申したて、万屋甚兵衛も、

「その通りでございます」

うけ合ったので、奉行所も調べようがない。

「小十郎はいずれにかくれておる？」

「存じませぬ」

である。

おさきは、小十郎の行方を万屋甚兵衛にも洩《も》らしていない。

小十郎が、

「父の敵を討つ」

と決意したことも、である。

いっぽう、小十郎は道林寺の和尚《おしよう》から、

「坊主《ぼうず》になりきれ」

といわれ、青々とあたまを剃《そ》りあげられてしまい、それこそ本当に、経文をおぼえさせられたものだ。

「しばらくは、うごくな」

和尚が、きびしくいいわたした。

おさきも、当分は小十郎に会ってはならぬ、と申しわたされている。

たちまちに、半年を経た。

この間、道林寺の僧や下男たちも、まさか小十郎が林十右衛門の息子だとは考えてもみなかったようだ。

亡き十右衛門は、春木町へ移ってからも一年に二度ほどは天栄和尚へ会いにあらわれたものだが、小十郎は一度も来たことがない。

それでいて和尚が小十郎を見知っていたのは、和尚のほうで春木町の林家へあらわれることがあったからである。

町奉行所も、いまは林小十郎のことなど忘れてしまっているかのようだ。

小村郡兵衛《ぐんべえ》は相変らず元気で、役目についているらしい。

ちなみにいうと……。

郡兵衛の妻・みねは、大へんに温和な女で、林十右衛門も、いつであったか、

「あの男には、もったいないほど、気質《きだて》のよい女じゃ」

と、小十郎へ語ったことがあるほどだ。

小村夫婦は男二、女三、合せて五人の子もちであった。

あの事件以来、

「これというのも、いささか、おれが酒色に迷うたからじゃ」

と、郡兵衛は妻にいい、

「なるほど、たしかに林十右衛門から金、十両ほど、……借りた。なるほど借りたが半年ほどのうちに、すっかり返している。いやなに、その金はな、いいにくいことだが、いささかその博打《てなぐさみ》をして勝った金で、な」

いいぬけておいて、

「なれど、けしからぬ。返したものを、返さぬといい、あのような偽証文までつくり、二重取りをしようとは……、実にもって、見下げはてた男じゃ、十右衛門というやつ」

たくみに、善良な妻をいいくるめてしまった。

しかし、おなじ徒目《かちめ》付《つけ》をつとめている同僚たちの中には、郡兵衛の平常をよく見知っていて、

(どうも、ふに落ちぬ)

とおもう者もあり、

「おれも、林十右衛門から金を借りたことがある。たしかに憎さげな老人であったけれども、三十両や五十両の金ほしさに偽証文をつくるような人物には、見えなかった」

口に出していう者もいた。

そうした気配が、小村郡兵衛へもそくそくと感じられてくるものだから、近ごろの彼は何事にも口をつつしみ、行動もおだやかになってきて、

「まるで人柄《ひとがら》が変ってしまったな」

徒目付の頭の一人で、郡兵衛の上役にあたる岡島伊《おかじまい》助《すけ》が、

「御役目にも、よう精を出すし、ことばづかいもおとなしやかになった。よほど、身にこたえたものだろう。いや、たしかに、あのときのことは、林十右衛門の悪事にきまっている」

これはしきりに郡兵衛をかばう。

というのも、郡兵衛の妻・みねは、岡島伊助の姪《めい》にあたる、ということもあってだ

ろうか……。

年が暮れ、年が明けた。

宝暦七年である。

「もう大丈夫。そろそろ外へ出てもよいじゃろ」

と、和尚がゆるしてくれ、外へ出るときの用意に托鉢僧《たくはつそう》の衣裳《いしょう》をあたえた。

これなら笠《かさ》をかぶっていることだし、だれかに顔を見とがめられることもない。

それに、

「いやもう、笠をかぶらずとも、いまのお前が林小十郎だとは、だれも気づくまい」

和尚がそういうほどに、小十郎の坊主ぶりは板についてきている。

寺の中で、きびしい修行をついでのことにさせられたため、若いくせにどちらかといえば肥り気味だった小十郎の体軀《たいく》が細く引きしまり、坊主あたまの所為《せい》もあってか、年齢も五つ六つは老《ふ》けて見える。

「あれ、まあ……」

と、年が明けて間もなく、たまりかねて、そっと小十郎に会いに来たおさきが、若《わか》旦那《だんな》の僧形《そうぎょう》を見て、しばらくは小十郎と気づかなかったほどだ。おさきは、こぼした。

「あのときに、こうと知ったら、たとえすこしでも……」

十右衛門の遺金をかくしておくのだった、というのである。いざ、敵の首を討って逃げるときも、何より先《ま》ず、金である。金がなくてはどうにもならぬ、と、おさきはいま、けんめいに金をためているけれども、万屋でもらう給金などではたかが知れている。

十右衛門の遺金は、手もとにあったものが二百三十両ほどで、意外に少なかった。

もっとも貸金や、諸方への投資は別であって、小十郎は、そのほうに、

「五、六百両」

はあったと、おもっている。

これらは書類や帳面と共に、みな町奉行所が没収してしまった。

「ほんとに惜しい……」

と、嘆くおさきに、小十郎はこたえるまでもなく、ゆったりと微笑をうかべ、しずかに手をのべ、この忠義者のおさきの肩のあたりを、なぐさめ、いたわるかのようになぜさすっている。

「……?」

おさきは、びっくりした。

まるで、半年前の若旦那とはちがう。

腰が落ちつかず、いつも、きょろきょろしていた小十郎のおもかげは、どこにもない。

「だ、だいじょうぶでございますか、若旦那……？」

「なにが？」

「まさか、旦那さまのかたきを忘れたのじゃ、ございますまいね？」

「忘れぬ」

「ほんとうに……？」

「おやじのかたきを討つ、というよりも、おれは公儀のお裁きがくやしい。こんなことで天下がおさめられるとおもわれては困る」

「さ、さようですとも!!」

「そのために、おれは郡兵衛を討つのだ」

「じゃあ、あの男が憎くはございませんので？」

「憎いと、はじめはおもった」

「はい、はい」

「いまは、すこしちがう」

「え……？」

「おやじもぬけていたよ」

「なんでございますって？」

「あんな男の口車にのせられ、つい、うかうかと証文に先の日づけを書いたことさ。

おやじらしくもないことじゃないか」

「ですが、それとこれとは？」

「ま、おやじにも郡兵衛にあのような悪だくみを考えさせるような落度がなかったとはいえぬ。いやもう返済の約束を違《たが》えたときの借主に対しては、お前も知ってのように、おやじは、なさけようしゃもなくあつかったものな」

「それは、お金がほしいのじゃありません。旦那さまは、きちょうめんなお人でございますから、いったん約束をしておきながら、それを違える人のこころを憎んだのでございますよ」

「ま、そうだろう」

「それなら……」

「おれたちは、そうおもう。だが、世間の人たちは、そうおもってはくれまい。なにしろ、おやじは金貸しだったのだものな」

「そ、そんな……」

「たしかに、世間の評判は悪かった……」

「………」

「それに、あのおやじの顔かたち、どう見てもうれしい顔ではないよ」

「わ、若旦那……」

「損をしたものだ。評定所や奉行所でも、おやじの顔と口のききようを見聞きして、とたんに信用をしなくなったのだろう、と、おれは見ている」

この推理は、まさに的中している。半年の間に小十郎、これだけのものを考えるちからがそなわってきた、ということになる。

「ときに、おさき」

「はい？」

「すこし、小づかいをくれないか」

「え……？」

「和尚さんに外出《そとで》をゆるされたよ。これからいよいよ郡兵衛のうごきを追わなくては、な。それにはすこし、金もいるし……」

「はい、はい。もってまいりましたとも」

おさきは、金三両を、小十郎へわたした。

実はおさき、林家にいたころの給金をためたものが二十両ほどあったのだけれども、これを十右衛門が、

「わしにあずけておけば、利がつくようにしてやる」

というので、ほとんどあずけてしまった。

それもいっしょに没収されてしまったわけだが、それでもまだ三両ほどはしまいこ

んでいたのであった。

「ありがとうよ」

いいながら小十郎が一両小判を一枚とって、

「これだけ借りておくよ」

「いいんでございますよ」

「一両でたくさんだ。托鉢もするし、な」

「たくはつ？」

「おい、おさき。おれはいま、この寺の坊主で、名も智道《ちどう》というのだぜ」

「まあ」

「安心しろ。きっとおやじのかたきは討って見せるよ」

六

托鉢僧になって外へ出た、その第一日に、林小十郎は根津《ねづ》権現《ごんげん》・門前の岡場所《おかばしょ》へ駈《か》けつけている。

岡場所というのは、私娼《ししょう》のいる遊里のことだ。むろん、幕府が公認した遊里ではないから、いろいろと取りしまりもあるし、ここへ、僧形で出かけて行くようなばかなまねは、小十郎決してやらぬ。

浅草橋に近い船宿〔みよしや〕の船頭で与吉という男が、前からの博打《ばくち》仲間でもあり遊び友だちでもあって、さいわいに与吉は、便牽牛《べんけんぎゅう》のお松同様、

「小十郎」

という名は知っていても、どこの小十郎なのだか、そのようなことは問題にもせぬ人種なのである。

「どこかの坊さんが呼んでいるよ」

と、船宿の女中にいわれ、裏手へ出てきた与吉が、

「だれでえ?」

「おれさ、小十だよ」

笠を上げて顔を見せるや、

「え……やや……ふうむ……」

「この顔がわかったか?」

「やっとわかった」

「久しぶりだね」

「いったい、どうしなすったので?」

「おやじに勘当されて、この始末さ」

「すっかり顔を見せねえものだから……」

「たのみがある」

「いって下せえ」

「これから、便牽牛のところへ行きたいのだよ」

「へへっ……」

「この姿《なり》じゃあ、な」

「ようがすとも」

与吉に小づかいをやり、彼の着物を借りて着替え、あたまはどうしようもなく、手ぬぐいで包んだ上から菅笠《すげがさ》をかぶり、托鉢僧のこしらえ、、、、は船宿へあずけておき、

「夕方までには、もどるからな」

「行っておいでなせえ」

見送っている与吉へ、さっきの女中が来て、

「友だちかえ?」

「そうよ」

「見たことがある」

「この前、ここへ来たときにゃあ、刀をさして、りっぱなお前、さむらいのせがれさ」

「そ、そういえば……」

「おやじに勘当されて小十さん。坊主《ぼうず》にされたとよ」

「あら、まあ」

「女に会いに行くのに、身なりを変えてからと、こういうわけさ」

「まあ、しゃれた坊さんだねえ」

　さて小十郎は、まっしぐらに根津へ駈《か》け向った。

　この岡場所は、根津権現社が宝永三年に建立《こんりゅう》されると同時に出来たものとかで、本《ほん》郷界隈《ごうかいわい》の岡場所では先ず歴史も古く、規模も新吉原《しんよしわら》にならってかなり大きい。

　門前町から一ノ鳥居、宮永町への参道の両側に水茶屋（兼）引手茶屋が軒をつらね、権現社の東に〔切見世《きりみせ》〕がかたまっている。

　この中の〔しなのや〕というのが、かの便牽牛のお松がいる娼家であった。

「あれえ……？」

　あらわれたお松、手ぬぐいをあたまからとって、にやりと笑った林小十郎をまじまじとながめ、

「こ、小十さんかえ？」

「そうさ」

「いったい、どうしたのさあ？」

「おやじに勘当されてな」

「まあ……いけすかない、おやじだこと」

「やっと外へ出られたものだから、何はともあれ、その、ごぼうのような躰《からだ》を抱きたくなってね」

「いけすかない、小十さんだこと」

「どうした、達者でいたか？」

「ためしてごらんな」

というので、すぐさま事におよんでみると、これがまた実に新鮮なのだ。

ということは……。

お松のほうには別に変ったところもないが、小十郎の体格というものがまるで変ってきてしまっている。

前のようにぶくぶくと腹がふくれてはいず、胸も腕も腹も、細く引きしまってきているものだから、お松の全身の肌《はだ》が小十郎のそれにぴったりと密着し、得もいわれぬ感じとなり、

「こ、こりゃあ、おい、どうも、おどろいたな」

「あたしもさあ……」

お松も欲得なしに、しがみついてきて、

「今度は、いつ？」

「さ、そいつがどうも……」

「どうして?」

「なにしろ、勘当の身だ。前のようには行かぬさ」

うしろ髪を引かれるおもいで、小十郎は帰って行った。こうなると、父のかたきのことなど、どうしても忘れがちになる。

「一両でいいよ」

などといっていた小十郎が、おさきのふところから残る二両を引き出してしまい、おまけに托鉢《たくはつ》をしてもらった銭までもためこみ、お松へつぎこむ始末になった。

夏が来ていた。

亡父・十右衛門《じゅうえもん》の命日も近い。

その命日の当日。

小十郎は、おさきのみをまねいて、天栄和尚《おしょう》にたのみ、ひそやかな供養《くよう》をしてもらった。

寺僧たちは、おさきの縁類の供養だとおもっているらしい。

林十右衛門の首は、和尚が一年前のあの夜、みずから墓場の一隅《いちぐう》に埋めてある。白木の墓標すら、まだ立ってはいなかった。

いや、わざと立てていなかったのである。

供養が終ると、和尚が自分の居室へ小十郎のみをまねき、

「小十よ」

「はい……」

「決心は変らぬか？」

小十郎は、ぎくりとした。

和尚がこちらを見つめている、針のように細い眼《め》は、

（なにもかも、知っておるぞよ）

と、いわんばかりのするどいひかりをたたえている。小十郎はうつむいた。

和尚の、しずかにして重おもしげな声が、

「今日より、寺を出よ」

といった。

「お、和尚さま」

「これよりは何事も、お前のおもうままにせよ。人の世というものは、煎《せん》じつめれば な、何が善い、何が悪いとも決められたものではない。女に迷うて一生を終るもよし、父のかたきを討つもよし」

「は……」

「何にせよ、一事に徹しきれればよろしい。わかったか」

「まことに、私は……」

「いうな、いわずともよい。父ごのめいふくは、わしがいのっていようゆえ、お前は好きにいたせ。ただし、一つのみ、お前に申しておきたいことがある」

「な、何事で？」

「来《きた》る十一月二十日に、将軍家が小菅《こすげ》御殿へ鷹狩《たかが》りにおもむかれるそうじゃ」

この和尚のことばに、小十郎は胴ぶるいしたものである。

七

小菅御殿は……。

現・東京都葛飾《かつしか》区小菅一丁目にある東京拘置所（小菅刑務所）の地点にあった。

ここは、千住《せんじゅ》町の東、荒川をへだてた対岸一帯の地で、寛永のころ、将軍がこの地・十万余坪を関東代官の伊奈半十郎《いなはんじゅうろう》へたまわり、以来、この屋敷へ、将軍がおもむき、泊りがけで鷹狩りをするようになった。

もっとも熱心であったのは前将軍（八代）徳川吉宗《とくがわよしむね》であって、ほとんど毎年、小菅をおとずれ、狩りをおこなった。

したがって、伊奈屋敷といっても将軍別荘の役目をおびていたわけだから〔小菅御殿〕とよばれたものであろう。

その吉宗の子の現将軍・家重《いえしげ》も、まだ将軍位につかぬ前の元文元年、父将軍・吉宗につれられて小菅御殿へ鷹狩りにあらわれたが、その後、間もなく御殿が火事を出して焼失してしまい、以来、家重も小菅へおとずれることもなかったという。

だが、仮御殿も六年前に完成していることだし、家重も将軍になって十四年。五十に近い年齢となって、むかしのことをおもい出してか、

「一度、小菅へ鷹狩りに行きたい」

と、側用人《そばようにん》の大岡出雲守忠光《おおおかいずものかみただみつ》にもらした。

「かしこまりたてまつる」

大岡忠光は、すぐさま手配をおこない、十一月二十日に将軍御狩りがおこなわれるむね、ふれ出したのが、この夏であった。

小十郎は、すこしも知らなかったけれども、天栄和尚は大身旗本の諸家にも知己があり、おのずと耳へ入ったものであろう。

将軍・家重は、白痴であったとか廃人であったとか、後年になって評された人だけれども、これは家重がひどい言語障害になやまされ、そのコムプレックスが昂《こう》じ、ついには側用人・大岡忠光のみが、この将軍のことばを解することができ、これがために忠光は、元禄《げんろく》の時代に将軍・綱吉《つなよし》の側用人として権勢をふるった柳沢吉保《やなぎさわよしやす》と同じような威権をあたえられるようになった。ともあれ徳川九代の将軍・家重は、こうした

人物であったが、学問にも武道にも、亡父・吉宗のいいつけで一通りは心得ていい、狩猟も父ゆずりのものであったといえよう。

そこで……。

将軍が外出するということになれば、徒士組《かちぐみ》はむろんのこと、徒目付《かちめつけ》も出張って、小菅一帯の地を検分すると共に、御狩りの当日も、前夜からあたりを警戒するのが役目である。

ゆえに……。

将軍御狩り、と天栄和尚からきいたときの林小十郎は、

（父のかたきを討つは、この機会をおいて、ほかにない）

と、おもった。

このごろの小村郡兵衛《ぐんべえ》は、徒目付として実績もあげ、以前の悪評も消えかけているし、一所懸命に役目をつとめてはいるけれども、その胸の底には、絶えず、林十右衛門の子・小十郎の姿がうかんでくるのだ。

（まさかに、あの、おとなしそうなせがれが、おれをかたきとねらうはずもないが……）

と、おもいはしても、小十郎が行方不明になっているだけに、何となく気味がわるいことはたしかだ。

(なに、十右衛門はおれが手にかけたわけではないのだし、まさかに、おれが……)

しかし、ゆだんはせぬ。

この一年。小十郎も根津《ねづ》のお松へのみおぼれこんでいたわけではないが、どうしても郡兵衛の隙《すき》がない行動へつけ入ることができず、それで却《かえ》って、お松との情欲へおぼれこんでいった、といえぬこともない。

日中でも夜でも、小村家の戸締りはきびしい。

屈強の下男二人が、小村家には住みついているし、郡兵衛自身も剣術を相当につかう、ということを小十郎は調べあげている。

うかつに自宅へは飛びこめぬし、それに、

(出来得るなら、郡兵衛の妻や子のおらぬ場所で仕かけたい)

と、小十郎は考えていた。

女子供の前で流血の惨劇をおこしたくないのである。

かといって、郡兵衛の外出時をねらうことは、なかなかにむずかしい。

なにしろ郡兵衛は、幕府の探偵《たんてい》をつとめているほどの男であるから、いつ家を出て、いつ帰って来るのか、そこがなかなかにつかみにくいのだ。しかし、将軍が小菅御殿へ一泊しての鷹狩りとなれば、かならず郡兵衛も先行して役目につくはずであった。

おさきと共に、小十郎が市《いち》ケ谷《や》道林寺を出るとき、天栄和尚は山門の外まで見送っ

てくれ、

「これが、別れじゃ」

「はい。ながながと、お世話に……」

「餞別《せんべつ》じゃ、とれ」

和尚が金十両を包んだものを、小十郎へわたした。

「かたじけなく存じます」

「好きにつこうたらよい」

「は……」

「討つもよし、討たぬもよし」

「はい……」

父のかたきを討つ、とは和尚にいわなかったけれども、いまの小十郎の決意は、もう微動だにせぬ。彼はまたも、一年前のあの夜、小塚原《こづかっぱら》の刑場へ無我夢中で駈けつけた彼になっていたのである。

林小十郎は、理性よりも感性にすぐれた素質をもっていたようだ。なればこそ、そのときどきの状態に向って、まことにスムーズに自分を投げこみ、その中へ無心に没入して行けるのであろう。

これまで道林寺にいたとき、和尚にいわれ、手習いをはじめたものだが、これを見

るや、

「お前、これまでに習字をしておったか？」

「いいえ」

「ふうむ……」

和尚は、小十郎の書いた文字のみごとさに嘆声を発し、

「お前というやつ、まことに、ふしぎなやつじゃ」

と、いった。

八

将軍・家重が、江戸城を出て小菅へ向う十一月二十日の二日前、すなわち十八日から、徒目付六十四人のうち半数が、小菅方面へ向った。

昭和の戦前には、天皇のみならず、皇族の旅行先には、かならず刑事が出張して、

「異状の有無」

を、内偵し、たしかめたものだが、徒目付のそれと同じことをするわけである。

徒目付の残り半数は、十九日に小菅へ向った。

小村郡兵衛は十八日出発の組に入っていた。

彼らは、いずれも何気ない風体で、小菅一体を内偵し、警戒をする。一団になって

のことではない。一人、または二人であたりを巡回するのであった。

そして、十九日の四ツ刻《どき》（午後十時）に、徒目付の総員が小菅御殿へ参集する。

そこで明朝の御狩りを警衛するための打ち合せがなされ、しばらく仮眠をとったのち、組頭の指揮の下に徒目付と、その下に属する小人目付《こびとめつけ》が、全員〔黒羽織〕をつけ、足ごしらえもきびしく、将軍の順路へ配置されるのだ。

その十九日の五ツ（午後八時）をまわったころであったが……。

小菅御殿の北方約半里ほどにある嘉兵衛《かへえ》新田の田圃道《たんぼみち》を、小村郡兵衛がひとりで歩んでいる。

参集の時刻もせまっていた。

と、郡兵衛はおもっている。

（すこし早目に……）

すでに冬の気配が、夜の闇《やみ》にたちこめていた。当時の十一月十九日は、現代の十二月下旬にあたる。

郡兵衛の吐く息が、闇に白かった。

くもり空は月も星もかくしている。

綾瀬川にかかる土橋を、小村郡兵衛がわたりきった……その瞬間であった。

橋たもとの松の木蔭《こかげ》から、

「小村郡兵衛」

よびかけたものがある。

「だれだ!」

ぱっと飛び下って郡兵衛が、そこは役目《やくめ》柄《がら》のす早さで、提燈《ちょうちん》を左手に持ち替え、松の木蔭へさしつけながら、右手に大刀をぬきはらった。

「おれだ」

ぬっと、あらわれたのが林小十郎だ。

「や……?」

「忘れてはいまい。林十右衛門のせがれ、小十郎だ」

「あっ……」

ぎょっとなった小村郡兵衛へ、ものもいわずに小十郎が刀をたたきつけてきた。

「あっ、あっ……」

あわてて、はらいのけたつもりだが……。

なんと、小十郎が叩《たた》きつけてきた刃《やいば》にこもっているちからは恐るべきもので、郡兵衛の刀をつかんだ右手がしびれるほどの衝撃をうけ、

「ああっ……」

郡兵衛の大刀が宙にはね飛ばされてしまった。

「こ、こいつ……」

尚《なお》も狼狽《ろうばい》し、逃げるように後退した郡兵衛が、さしぞえの脇差《わきざし》を引きぬいた。

もとより提燈も地に落ち、これがめらめらと燃え出す火影に映じた小十郎の姿は、このあたりの百姓が、将軍御狩りにあつめられて人夫にかり出された風体そのものなのである。

小十郎は、このあたりの百姓へ金をつかい、手段をめぐらし、たくみにまぎれこんだのだ。

「郡兵衛。おぼえがあるな」

「うるさい」

「きさま、まことに卑怯《ひきょう》なやつだ」

「だ、だまれ！」

「父を殺したのは、きさまのほかにもあるが、その連中に父の無実を知らしめるためにも、きさまを討たねばならぬ」

「知らぬ。知らぬぞ、おれは……」

またも無言で、小十郎が斬《き》りつけてきた。

「あっ、ああ……」

かなりの剣術をつかうはずの郡兵衛が動転しきっている。

剣術の稽古《けいこ》と真剣勝負とは別のものだ。

それに、自分のやましさに郡兵衛は度をうしなっている。

闇を切り裂いて襲いかかる小十郎の切尖《きつさき》に追いまわされ、

「ゆ、ゆるしてくれ……か、かんべんを……」

田圃道をころげまわりながら、ついに郡兵衛が悲鳴をあげはじめた。

「あ、ああっ……」

「郡兵衛、覚悟しろ！」

「い、いかぬ……助けて、助けてくれえ！」

その悲鳴も、やがて、絶えた。

ぐったりと仰向けに倒れた小村郡兵衛の喉《のど》もとへ、小十郎はとどめを入れた。

(これで、よし)

ふしぎに、落ちついている。

用意の書状を、郡兵衛の死体のふところへさし入れた。

書状といっても簡単なもので、

「……小村郡兵衛を討ち果したる者、林十右衛門《じゆうえもん》が子、小十郎なり。亡父・十右衛門の無実をはらさんがためなり」

と、書きしたためたものである。

郡兵衛の首も掻《か》き切らず、刀を鞘《さや》におさめた林小十郎が、郡兵衛の死体を何枚もの菰《こも》で厳重に包みはじめた。

小十郎は、いったい何をしようというのか……。

菰包みにした郡兵衛の死体を、小十郎が引きずって行き、綾瀬川の川べりへはこんだ。

そこに……。

小舟が一つ、もやってある。

その小舟へ、小十郎が敵の死体と共に乗りうつり、竿《さお》をあやつって岸辺をはなれた。

九

夜が明ける前に、林小十郎は小村郡兵衛の死体が入った菰包みを、なんと、本郷の郡兵衛自宅の前まで小さな荷車で持ちはこんで来たものである。

彼は綾瀬川を小菅《こすげ》御殿の方向へは下らなかった。小菅に近づけば近づくほど、警備がきびしいからである。

そこで、舟で川をさかのぼり、大きく迂回《うかい》して江戸市中へ入ったものだ。

荷車から死体をおろした小十郎は、郡兵衛宅の門をたたき、

「もし、もし……」

声をかけると、中年の下男が起きて来て、門の内から、

「どなたで？」

「荷物をとどけに来た」

「え……荷物？」

「ここに置いておく。早く仕まいなさい」

「え……？」

「では、たのむよ」

駈《か》け去る小十郎の足音をきいて、

「な、なんだ、いったい……？」

門の戸を開けて見ると、門の前に大きな菰包みが一つ。

「こ、こりゃ、なんだ？」

びっくりしながらも、もう一人の下男を起し、菰包みを門内へはこび入れ、中を開けて見て、

「げえっ……」

二人とも、まっ青になった。

それは当然であろう。

一昨日の朝早く、元気に出ていった主人の小村郡兵衛の斬殺《ざんさつ》死体がころげ出たので

ある。

「た、大変……」

知らせをきいて郡兵衛の妻・みねがあらわれ、ひと目見て、

「あれっ……」腰をぬかしてしまった。

小村家は、大混乱におちいった。

死体の胸にさしこまれた書状のほかに、もっと部厚い手紙が、郡兵衛の妻女にあてて死体と共に菰包みの中へ入っていた。

その小十郎の手紙の大要は、次のごとくだ。

亡父の無実をはらすため、郡兵衛を討ち果した。

妻子のことをおもうと、まことに気の毒なれども、これは天下の大法があやまって用いられたことを正すがためにしたことゆえ、どうか、ゆるしてもらいたい。なれど、もしも林小十郎を討たむとするならば、決して逃げかくれはいたさぬ。

これを読んでも、妻のみねは、ただもう茫然《ぼうぜん》たるありさまであった。

夜が明けた。

この日。

家重《いえしげ》将軍の御狩りは無事にすみ、この夜は小菅御殿へ一泊。

翌二十一日に、江戸城へもどった。

「郡兵衛が、急に行方知れずとなった」

というので、徒目付三人と、組頭・岡島《おかじま》伊《い》助《すけ》が小村家へ駈けつけて来た。

「こ、これを……」

と、みねが小十郎の書状二通を叔父にあたる岡島へわたす。

一読して、

「ふうむ……」

岡島伊助は顔面蒼白《そうはく》となる。

「いかが、いたしましたら……」

「みね、あわてるな」

「は、はい……」

「落ちついて、よく考えるのだ」

こういったときの岡島伊助は、小十郎を討つ、ことなどを考えてはいない。

(なにともして、姪《めい》のみねを不幸にしてはならぬ)

その一事のみであった。

そのためには、なんとしても小村家の後を絶やさぬようにせねばならぬ。

しかし、まずい。

部下の徒目付《かちめつけ》三人が、この場にいて、すべてを見とどけてしまっている。

まさかに、小村郡兵衛《ぐんべえ》を病死したことにして、お上《かみ》へとどけ出るわけにもいかなかった。

十

小村郡兵衛斬殺の事件を取り調べた幕府は、翌年の春になっても、これといった断定を下さなかった。

もちろん、林小十郎が死体につけそえた二通の書状も、目付の手へわたされている。

夏が来た。

林十右衛門が死罪となってより二年。小村郡兵衛が討たれてから一年の歳月が経過したわけである。

まだ、幕府からの裁断がない。

郡兵衛の遺族に対しては、

「しばらくは、そのままでおれ」

という内意らしい。

事件の当初は、小十郎の行方をきびしく追っていたらしいが、これもいまは、むし

ろ、

〔ほうりすて〕

のかたちになっている。

また、一年がすぎた。

すなわち宝暦九年となった一月二十五日に、小村郡兵衛の遺子で十八歳となった弓《ゆみ》之《の》助《すけ》へ、

「家をついでよろしい」

との許可が、幕府から下りたのである。

世間の人びとは、もうあの事件を忘れかけていたようだ。

郡兵衛の妻・みねの叔父で、徒目付の組頭をつとめる岡島伊助が来て、みねに、こういった。

「このことは、たれにも洩《も》らすまいぞ」

「は……？」

「みね。ようきけ」

「はい」

「あの事件《こと》はな、どうも郡兵衛が悪かったらしい……と、お上も気づかれたようじゃ」

みねは、おどろくとおもいのほか、わずかにうなずいた。彼女は亡夫の犯行を、このごろになって、うすうすは気づいていたらしい。

「これは、まさに、お上の失態といってよかろう」

「叔父さま……」

「よし、よし。もう何もいうな。これからはだまって暮せ。ともあれ、小村の家名はそのまま、弓之助につがせて下さることになったのじゃ。ありがたいとおもえ、な。それもこれも、お上が、みずからの失敗《あやまち》をみとめたからだろう。この失敗が天下に知れわたったなら、幕府《こうぎ》の面目は丸つぶれとなる。ゆえに……ゆえにこそ、あれから長々と月日をのばし、人びとがあのことを忘れてしまうまで、お上はほうりすてておいたのじゃ、と、わしはおもう」

「は、はい……」

「おそらく、林小十郎に対しても、おかまいなしと、いうことになろう。小十郎がおとなしくしているかぎりは、な」

「は……」

「くやしいか?」

「いえ……」

「弓之助は何と申しておる。父の敵を討ちたいとでも、申しておるのか?」

そうではないらしい。

郡兵衛は妻や子たちに対して、実に横暴で、女あそびにも酒にも目がない男ゆえ、子供たちも母のみねをかばいこそすれ、父親に対して、あまりよい感情を抱いていない。

「ともあれ、弓之助だけには、これより小村の当主となる身ゆえ、このことをつたえておけい」

「はい」

「よかった……ともあれ、よかった。家がつぶれては、お前も子たちも路頭に迷うことになるばかりか、場合によっては、お上の御仕置をうけねばならぬ」

「心得ておりまする」

「そこの道理を、よくよく、弓之助へ語りきかせい。父を討った男のことなど忘れろと、な」

「はい」

夜になって、みねが弓之助へ叔父のことばをつたえるや、弓之助はにっこりとして、

「もとよりのことです」

うなずいてくれた。

これで、小村家の遺族は安泰ということになったわけだ。

いっぽう、林小十郎は……。

「もう大丈夫でございます」

との知らせをおさきからうけとり、二年ぶりに江戸へ帰って来た。

ときに小十郎、二十六歳。

この二年間、小十郎は越後《えちご》・村上の城下にいる亡父の縁類で、酒造業の三沢勘左衛《かんざえ》門《もん》方をたより、そこにかくれつづけていたのであった。

江戸へ来て、おさきの口から、小村郡兵衛の遺子・弓之助が家をついだことをきくや、小十郎は莞爾《かんじ》として、

「それでよし」

といった。

「けれど、憎いじゃございませんか、若旦那《わかだんな》。郡兵衛の女房子がのうのうと暮して行けるなんて……」

「お前は五十をこえても、やはり女だなあ」

「なんでございますって?」

「ものごとの裏が、わからぬということさ」

「へ……?」

「郡兵衛の家が絶えなかったということは、お上が、おのれの非をみとめたことになるのだ。むろん、世の人びとは口に出さずとも、わが父の無罪であったことを知って

くれよう」

「さようで……」

「そうとも。おれだって大手をふって歩いても、もうおそらくは安心だろうよ」

「ほんとうでございますか？」

「ほんとうとも」

「ああ、うれしい。若旦那さえ捕まらないのなら、それでようございます」

「それそれ、そこが女だ、ということよ」

「なんとでもおっしゃいまし」

十一

林小十郎が、上野・池の端仲町の書物問屋〔須原屋伊八《すはらやいはち》〕の店舗裏の小さな家に、おさきともども暮すようになったのは、それから間もなくのことであった。

その家は須原屋の持ち家だし、主人の伊八は亡父・十右衛門とも親交のあった人である。

道林寺の和尚《おしょう》といい、須原屋伊八といい、林十右衛門がこころをゆるして交際していた人たちは、みな、亡《な》き十右衛門をしのび、小十郎に、

「よい父《てて》ごだった」

と、いう。

そして、小十郎を親身になって世話してくれる。

(あの父が……?)

と、おもわざるを得ないのだが、このごろでは小十郎も、

(おやじも、ただ取り立てにきびしい金貸し、というだけの人ではなかったのだな)

と、わかりかけてきた。

金貸しとしての父十右衛門と、人の子の親としての十右衛門と、友人に対して信義のあつい男としての十右衛門と、それらはそれぞれに異なっていながら、ふしぎに矛盾を感じさせないのである。

「さて、これからどうするな?」

道林寺へあいさつに出た小十郎へ、天栄和尚が問うた。

「なにか、やりたいことがあるか?」

「ない、こともございません」

「ほほう……で、なにをやりたい?」

「金貸しをやりたいのですが……」

「ふうむ……」

「なれど……資本《もとで》がございませんので、先《ま》ず、その資本をこしらえなくてはなりませ

ん」

「ほんとうにやる気かの？」

「前に父の手つだいをしておりましたし、およそ要領がわかっておりますし、それに……」

「それに？」

「なにやら、亡き父のしていたことを私もして見たくなりました」

「なるほど」

「いま、私は一文なしでございます」

「そうじゃろ、な」

「いくらか、資本を貸していただけませんでしょうか、和尚さま」

「当寺に、金貸しの資本になるような金があるとおもうか」

「たとえ一両でも三両でも、けっこうでございます」

「十両ほどなら出してやってもよい」

「ありがとうございます」

「それほどにて、やれるのか？」

「やれなくとも、やらねばなりません。それでないと、私も、おさきも乾上《ひあが》ってしまいます。一所懸命にやります」

「よろしい。やってごらん」

「はい」

「お前は無我夢中になると、おもいもかけぬちからの出る男じゃ。よし、待て」

和尚は、十五両出してくれた。

「かならず、お返しいたします」

「そうしてもらわぬと困る」

須原屋伊八も、これをきいて、

「では二十五両ほど出しましょう」

貸してくれた。

合せて四十両である。

現代《いま》の金にして、およそ二百万以上というところか……。

この金を資本として、林小十郎は夢中にうごきはじめた。

近所の子供へも、習字を教えたし、よい借主をあつめるためには、ずいぶんと研究もし、苦心もしたらしい。

それから二年すぎると、小十郎はもう一人前の〔金貸し〕として、らくらくと生きて行けるようになった。

道林寺の和尚へも、須原屋へも、借りた金を返してしまい、

「ほんとうにもう、夢のようでございますよ」

おさきは、依然まめまめしく小十郎につかえて、いまの暮しをよろこびながらも、

「けれど、旦那」

「うむ？」

「この商売は、人のうらみを買いますから、くれぐれも気をつけて下さいまし」

「おやじの二の舞か……」

「えんぎでもない」

「それも、いいだろうさ」

と小十郎、いまは大小を捨てて、すっかり町人の姿になり、

「このほうが気らくでいい。なまじ、刀をさしている金貸しだったから、おやじは妙なものになったのかもしれないね」

「まあ……」

余裕《ゆとり》ができてくると、小十郎の女あそびもまた元へもどり、いそがしくはたらき、いそがしくあそぶ。

かの便牽牛《べんけんぎゆう》のお松は、岡場所《おかばしよ》をながれ歩いている女で、もう根津《ねづ》にはいない。

しかし、小十郎にとってはあそびなれた根津の岡場所がもっともよく、また自宅にも近いので、やはりお松のいた［しなのや］へ通いつめていた。

もう二十八歳になる小十郎へ、

「そろそろ、身をかためぬと……」

須原屋伊八がしきりにすすめるのだが、

(家の始末は、おさきがいるし、そのほかのことで、女へ用事があるというのなら、根津へ行けばよい)

と、おもいこんでいる小十郎だけに、須原屋のすすめにはあまり気がのらぬ。

それでも、恩義のある須原屋のすすめをことわりきれなくなり、二十九歳になった宝暦十二年の三月に、小十郎は妻を迎えた。

新橋竹川町に住む銀細工師で松村長六の次女・まつというのを、須原屋の口ききで嫁にもらったのだ。

この縁談を小十郎が承知したのは、根津のお松と、おなじ名のむすめであることに気をひかれたものか……。

細っそりとしていながら、あさぐろい肌《はだ》になめらかな光沢をたたえているまつを見たとき、

(これなら……)

と、小十郎はひと目で気に入った。

おさきはおさきで、

（あんな、まずいむすめのどこがいいのだろう？）

舌うちをもらした。

たしかに器量がよいとは、世辞にもいえぬ。

ぽってりとくちびるが厚いし、鼻は、

「あのむすめには、鼻すじというものがないねえ」

などと、実家の近辺の人たちがうわさし合っていたそうな。

ところが、いざ夫婦になってみると、小十郎には、

（やはり、よかった）

なのである。

躰《からだ》つきも、便牽牛にそっくりだし、小十郎が腕によりをかけて教えこむ愛撫《あいぶ》の段階をのぼって行く速度も早く、

（まるで、便牽牛の再来だな）

小十郎は大満悦であったが、おさきはおもしろくない。

なにがおもしろくないかといえば、はっきりとした理由もないのだ。なにからなにまで小十郎の嫁がおもしろくない。

いつの間にか、おさきは小十郎の母親のような気になっていたのであろう。

また新妻のまつは、これまた気の強い女で、おさきのいうことなど一語もきこうと

はせず、あくまでも、

「おさきは下女」

であるとの態度をくずさぬのである。

(これは困った……)

小十郎が、あたまを抱えはじめた。

気の強い女ふたりが、家庭内でいがみ合っているのだから、たまったものではない。

さりとて、長年にわたって、亡父と自分につくしてくれたおさきを追い出すことはできぬ。

まつは、すっかり小十郎をわがものにしたとおもいこんでしまい、自信たっぷりに、

「追い出さぬのなら、わたくしが出て行きます」

と、せまる。

(勝手にしろ)

ぷいと、小十郎が池の端仲町の家から消えてしまった。

どこへ行ったのか、それきり帰ってこない。

一年、二年と歳月がながれた。

その後の、おさきやまつのことは筆者も知らぬが、失踪《しっそう》してより十三年目の安永三年の秋に、立派な旅の服装《みなり》をした中年の男が、供の小者をつれて、市ケ谷《いちや》の道林寺を

おとずれた。

この男、四十一歳になった林小十郎その人である。

天栄和尚は、八十余の長寿をたもち、まだ生きていた。

「まだまだ御健在であることを信じておりました」

と、小十郎がいう。

四十一歳の小十郎は、見たところ五十にも思える老《ふ》けかたであったが、体格も顔貌《がんぼう》もふっくりとし、白髪《しらが》まじりの上品なあご鬚《ひげ》を生やし、血色もつやつやとしている。

「ふうむ……」

和尚は、おもわずうなって、

「おぬしまことにもって、ふしぎな男よなあ」

「さようでございましょうか」

「自分《おのれ》にてはわからぬか……いや、わかるまいな」

「わかりませぬ」

「ところで……？」

「いまは、京に住み暮しております」

「京へ、な……」

「おさきは、元気でおりましょうか？」

「知らぬ。おぬしが消えてしもうたのち、どこかへ行ってしまい、以後は田町の万屋《よろずや》へもあらわれぬそうな」

「ははあ……」

「おぬしが残してあった証文は、嫁ごのまつどのが手に入れ、だいぶんにその、かきあつめたようじゃよ」

「は、はは……」

「うふ、ふふ……」

二人して、さもおもしろげに笑い合ったが、

「ところで?」

「なにをしている、と、おっしゃいますか?」

「うむ」

「なんと、ごらんになります?」

「さあて、な」

「申しあげましょう。いまの手前は、京の柳馬場、四条上ルところの薬種屋の主人《あるじ》にて、十八屋庄兵衛《しょうべえ》と申しまして、清水観世音《かんぜおん》御夢想による霊方十八丸の本家でござりまする」


（「読物専科」昭和四十四年十月号）

毒

一

幕府の表御番医師・吉野道順《よしのどうじゅん》がその手紙をうけとったのは、その年の秋も深まった或《あ》る日のことであった。

手紙をとどけて来たのは、実直そうな商家の手代とも見える若い男で、

「筋違御門《すじかいごもん》外の茶問屋、尾張屋利兵衛《おわりやりへえ》の使いにございます。主人からの手紙を道順先生へおわたし下さいまし」

と、取次の医生で森為之助《もりためのすけ》というものへ、くだんの手紙をわたし、

「御返事は、ちょうだいいたさずとも、けっこうなそうにございます」

いうや、すぐに去った。

「なに……茶問屋の尾張屋とな……？」

くびをかしげつつ、手紙を一読した吉野道順の顔色が変ったのを、森はたしかに見た。

「む……」

森へうなずいて見せた道順が、すばやく手紙をふところへしまいこみ、あたりに眼《め》をくばってから、森を手まねぎした。

すり寄った森の手へ、道順が一分銀《いちぶぎん》をつかませ、小鳩《こばと》のような眼の片方をつぶって見せた。

「このことを、だれにも申すな」

「はい」

「お前が、出てくれてよかった」

「はあ……」

森は、微笑をもってこたえる。

こうしたことは、いままでになかったことではない。

吉野道順は、この年で三十五歳。

彼が、この吉野家へ養子に入ったのは、五年ほど前のことである。

幕府の御番医師といえば、百俵の御番料をいただく身分だし、能力しだいによっては、将軍のお脈を拝見する〔奥御番医師〕へ昇進することも不可能ではない。

幕府の医官となれば格式も高く、ともかく、諸大名家への出入りもあって、収入も大きい。

養子に入るまでは一介の町医者にすぎなかった道順(そのころは彼、小村昌伯《しょうはく》と名のっていた)であるけれども、吉野家のひとりむすめ・お邦《くに》の聟《むこ》になれたのは、ひとえに彼の医術がすぐれていたことによる。

吉野家の家族や親類の中では、だいぶんに異論もあったようだが、

「わしの後つぎは、あの男よりないわえ」

押しきって、道順を迎えてくれた養父（先代・吉野道順）は、二年前に病歿《びょうぼつ》をしている。

その後は……。

病弱ながら、いたって温良な妻のお邦と、道順は夫婦の仲もよく暮してい、孝子《たかこ》という女の子をもうけていた。

それはよいのだが、難点は養母のお保《やす》であった。お保は、下谷《したや》・新黒門町の糸物問屋、大黒屋から多額の持参金つきで吉野家へ嫁入り、先々代の道楽がたたって借金だらけだった吉野家の急場を救ったことを、いまでも鼻にかけているし、しかも癇《かん》が強《きつ》くて、養子の道順などでは歯がたたぬ。

剛腹な養父が生きていたころは、養母を押えていてくれたものだが、いまはもう、まるでお保が一家の主《あるじ》のごとく、家庭に君臨をしているのだ。

（先生も、お気の毒にな……）

森為之助は、すこしもえらぶることのない道順の人柄《ひとがら》を好もしくおもっているだけに、お保が奉公人たちのいる前でも、はばかることなく、

「うちの跛《びっこ》どのは、どこじゃ？」

などと、道順のことをいいたてるのに、憤慨をしている。

道順は、少年のころの怪我《けが》が原因《もと》で、かるい跛をひいているのであった。

で……。

玄関傍《わき》の自室へ入ろうとする森のうしろから、吉野道順が急いで廊下をやって来て、

「みながもどったなら、池田玄竹《げんちく》殿へまいった、と、つたえておいてくれ。たのむ」

「心得ました」

「うむ、うむ」

そそくさと、供の者もつれずに門を出て行く道順の、小柄なうしろ姿を見て、

(先生、浮気かな)

森は、同情のこもった苦笑をうかべたものだ。

今日は、お保がお邦と孝子をつれ、麻布《あざぶ》へ寺参りに出かけている。先代の命日なのであった。

池田玄竹は、道順と同じ御番医師で年齢も近いし、仲のよい〔碁がたき〕でもあったから、鬼婆の養母と善良な妻をあざむいて息ぬきをするときは、道順はいつも、この僚友を利用するのである。

芝・愛宕《あたご》下の自邸を出た吉野道順は、露月《ろげつ》町で駕籠《かご》をやとい、

「急いでおくれ」

まっしぐらに、京橋・浅蜊河岸《あさりがし》にある〔よろずや〕という鰻屋《うなぎや》へ向った。筋違御門外の尾張屋という茶問屋はたしかにあるけれども、吉野道順とは何の関係もない。

だから道順は、あやしみつつ、あの手紙をひらいて見たのであった。

その手紙に、こうある。

「……このてがみ、うまく、お前さまにとどくことをいのりおります。あさりがしのよろずやでまっていますゆえ、ぜひぜひ、すこしもはやく、おかおをみせてくださいまし。だいじのことゆえ、すぐにもきてくださいまし。ちよ」

道順の顔色が変るのも当然と、いうべきだろう。

ちよ……お千代は、道順の子を生んだはずで、その子が生きているなら、(六歳になるはずだ。お千代も、三十六、になったか……)

駕籠の中で、道順はも一度、手紙を読み直し、青い顔で嘆息をもらした。

二

そのころ……。

道順は、深川・蛤《はまぐり》町に住み、深川の漁師や町民たちを相手に開業していた。そこは亡父小村昌庵《しょうあん》ゆずりの土地《ところ》で、父は陋巷《ろうこう》の町医ながら腕はたしかなものだし、若いころは日本諸国の医家をまわって医術をまなび、その蓄積を、惜しみなく息子の道順へ教えつたえた。

道順には兄がいる。

この兄・小村源一郎は、医者をきらって、早くから、本所二つ目に屋敷をかまえる二千五百石どりの大身旗本・鈴木四郎左衛門《しろうざえもん》の家来になっている。

母は、早くから亡《な》くなっていたし、道順が二十歳になると、父が、

「お前にも、この道を教えておかねばなるまい」

と、いい、深川八幡《はちまん》うらの岡場所《おかばしょ》（官許の遊里以外の遊所）へつれて行き、女あそびの手ほどきまでしてくれたものだ。

しかし、若きころの道順、どうも、もてなかった。

小男の上に、痩《や》せていて、才槌頭《さいづちあたま》の……どう見てもぱっとせぬ容貌《ようぼう》の上に、跛をひいているものだから、

「あんな、びっこのお猿《さる》さんなぞ、まっぴらだよう」

若い妓《おんな》たちには、まったくもてなかった。もてない夜が、何年もつづいたのだ。

そして、道順がもっとも長くつづいた妓こそ、お千代なのであった。

お千代は道順より一つ上の、初会のときは二十七歳で、これもやせぎすの、四つ五つは老《ふ》けて見える顔だちで、これはもう当然ながら、あまり売れない。

もてない男と売れない妓だけに、たがいの〔いたわりごころ〕もわいたのか……なじんでみると、道順にとっては、

(おれを、どうやら男らしくあつかってくれるのは、お千代ぐらいなものだ)

と、いうことになった。

父はすでに亡くなっていたし、道順は蛤町の家で、気楽な独身生活をつづけていた。

縁談もなかったわけではないが、

「女に困ってはおらぬよ」

どれもこれもことわってしまう。これも若い女には好感をもたれぬという自覚と経験が、こうした反動的行為になってあらわれたのやも知れぬ。

無精な老下男の八十五郎《やそごろう》というのを〔薬籠《やくろう》もち〕にもさせ、小さな家に住み、

(おれも若いときには、ずいぶんと勉強をしたものだが……)

このまま、陋巷に埋もれきってしまうのか、と、いささかさびしくないこともなかった。

そのうちに……。

八十五郎が病気になり、間もなく死んでしまった。この老人は医者の家の下男をしていながら、

「わしゃあ、まっぴらごめんだ」

いくら道順が診察しようとしても、頑《がん》として見せない。

急に、めっきりと弱りはじめ、

「わしが、いなくなったら、先生困るだねえ」

などと、いっていたものだが、

(まだ大丈夫……)

と、道順がおもっているうちに、呆気《あつけ》もなく、あの世へ行ってしまった。

何かの〔癌《がん》〕のようなものであったのだろう。

数カ月もすると、さすがに道順も、

(これはどうも、不自由きわまる)

困惑した。

そもそも、食事の仕度、洗濯《せんたく》などという雑事を、みな八十五郎がしてくれていたのだから、たまったものではない。

ついに……。

(いっそ、お千代に来てもらおうか……)

と、おもいついた。

おもいついたら、独りきりなのだから、実行にうつすのは、たやすいことだ。

「あれまあ……」

きいて、お千代が、

「ほんきかえ、先生……まあ、あきれた……」

「女房《にょうぼう》にしても……いいよ」

「ばかなこと、いいなさんな」

「この店《うち》の亭主《ていしゅ》にもはなしてある。お前に足をぬかせる金は、おもったよりやすかった。それぐらいの金《もの》なら、亡くなった父がのこしておいてくれたよ」

「じゃあ、ほんきにほんきかえ、先生」

「そうだとも。いやか？」

「いやなんて、そんな……あたしだって、もう何年も、こんなことをしているのだもののねえ。実のところ、もう体も神経《こころ》も、疲れきってしまっているし……ほんきで、先生がそういっておくんなさるのなら……ま、いってはわるいがわたりに舟。ゆっくりとやすませてもらえるものねえ」

「よし。きまった」

「けど、先生……」

「む……？」

「夫婦《めおと》にならずとも、いいんでしょう？」

「そりゃその、お前がいやなら……」

「そんなことをきちんとしなくとも、先生が出て行けというまでは、いっしょにいますよ。それで、いいのじゃありませんかえ」

「なるほどね……」

「ありがとうござんす」

お千代が家へ来ると、その日から、たちまちに道順、便利となった。

お千代は娼婦《しょうふ》あがりでも、いちおう女のすることを知ってい、あくまでも下女のかたちをくずさず、よくはたらいてくれる。

家の中がきちんと片づき、衣食の世話もとどこおりなくしてくれ、夜になると道順の腕に抱かれる。

「そんなにお千代、はたらいて大丈夫か?」

「なあに……前のことを考えれば極楽でござんす」

お千代が、めきめきと健康を回復し、肥ってもきた。むろん、道順がお手のもので、お千代の体の悪いところを癒《なお》してやったためもあろう。

(これは……長い目で見ると、かえって安上りだな)

と道順。肉《しし》おきがゆたかになったお千代を見直すおもいで、大満悦であった。

こうして、約一年が経過した。

吉野家への、養子のはなしがもちこまれたのは、そのころだ。

もちこんだのは、かの池田玄竹である。

玄竹は、道順《どうじゅん》の亡父・小村昌庵の医術を非常に高く評価してい、昌庵亡きのちも、息子の道順と交際を絶やさなかった。

一年に三度ほど、深川の家へあらわれる池田玄竹も、お千代のことを、まったくの下女だとおもいこんでいたらしい。

同じ御番医師の吉野《よしの》家が、養子をさがしていることをきいて、玄竹はさっそくに、道順のことをはなしてみた。

すると、

「身分も何もない。それほどに診察《みたて》のすぐれた男なら、よろこんで、わしは後つぎにしたい」

吉野の先代が、大乗り気になったのである。

「せっかくですが、玄竹殿。どうも、それは……」

「いやかね？」

「私なぞ、相手にされませんよ」

「いや、むすめごは、父さましだい、と……こう申しているそうな。考えてもみなさい。何と申しても御公儀の御番医じゃ。諸方への出入りも多く、おぬしの腕がおもいきりふるえよう」

そういわれると、道順もこころがうごかぬでもない。

小村の家は兄がついでいるし、養子に行ったとていっこうにかまわぬ。しかも、一介の町医にすぎぬ道順にとっては、まさに出世の階段へ一歩をふみ出すことになる。

さいわいに、お千代と夫婦になっているわけでもないのだから、このほうは、いくらか金をやって別れることに文句はいうまい。しかし、吉野家の人びとから自分が気に入られる自信はなかった。

そこで道順は、お千代にはあくまで内密にし、吉野家へ顔を見せに行ったのである。先にお千代を出してしまい、吉野家からことわられたのでは、たまったものではない。

(おれも、ずるいやつだな)

道順は、くびをすくめた。

ところが……。

吉野家では、先代も、むすめのお邦《くに》も、道順を見、そのはなしをきき、道順でよい、と、いうことになった。

すこし弱々しげに見えても、お邦は芳紀十九歳。とびぬけての美女ではないが十人なみのむすめだし、いかにも初々《ういうい》しく、おとなしげだ。

(こんなむすめを、おれが妻にすることができるのか……)

道順、いささか興奮してきた。養母となるべきお保《やす》は、はじめから反対をしていた

らしいが、先代がぴしりと押えているから、

「心配はない」

と、池田玄竹もいってくれる。

道順も肚《はら》をきめた。

自分の医術には自信がある。その自信をひろく世に問うことができる身の上になれることが、何よりも道順を魅了した。

「実はなあ、お千代……」

ついに、金十両をそえて切り出してみると、

「それは、ようござんした」

お千代、いささかもおどろかぬ。

「すまんなあ」

「いいんですとも。あたしこそ、お礼を申しあげなくちゃあなりませんよ」

「なあに、そんな、お前……」

「おかげさまで、体もすっかり丈夫になりましたし……それに先生のお子を……」

「えっ……?」

「来年、生れます」

「お前にか?」

「あい」

「まさか……」

ながい間、客をとっていた体に、そんなわけのあるはずがないとおもい、あわてて診察をしてみると、まさに、お千代は身ごもっている。

「ふうむ……」

「大丈夫ですよ、先生。このお腹《なか》の中の子は、あたしひとりの子。決して世間へもらしはしません。せっかくですから、このお金、ありがたくいただきます」

「だが……」

「いいえ、いいんですよ。この子が生れりゃあ、あたしもまた生きて行く張りが出てきます」

「しかし……」

その夜は、ともかくねむったが、朝起きてみると、お千代がいない。

道順のまくらもとに、紙きれがおいてあり、道順が教えてやった〔いろは〕を、ようやくにおぼえたたどたどしい文字で、

「ながながと、おせわさま」

三

そのお千代と、七年ぶりに会おうという……浅蜊河岸《あさりがし》の〔よろずや〕の二階座敷へ入ったときの吉野道順は、生きた心地もしなかった。

待っていたお千代が笑いかけて、

「よう、来て下さいましたね。お久しゅうございました」

あいさつをした。ことばつきが品よくなり、でっぷりと肥った体にまとっている衣類もござっぱりとしている。

「し、ばらく、だね」

「ま、ここへ、どうぞ……」

「うむ」

「お酒は……あがりませんでしたね。じゃあ、お鰻《うな》を、すぐに……」

「それよりも、先《ま》ず……」

「え……?」

「はなしを、きこう」

「はい……」

「いったい、どういうことなのだ?」

「それが、ちょいと、おねがいごとがございましてねえ」

それきた……と、道順はおもった。

「あのときの、子は……？」

「生れましたとも。女の子で、いま、故郷《くに》のお祖父《じい》ちゃんがあずかってくれているんですよ」

「故郷の……」

「下総《しもうさ》の、大網《おおあみ》の近くの、小百姓なんです。身よりといったら、その人ひとり」

「そうだったかね」

「名前は、先生の前のお名をいただいて、お昌《まさ》とつけましたよ」

「ふうむ……」

「ところで……」

「金かえ。出せるだけはなんとかするが……いまの私は、その、養子のことでもあるし、ね……」

「まあ……」

お千代は、可笑《おか》しげに笑った。

「先生の、気が小さくなったこと」

「え……」

「このあたしが、むかしのことをたねにして、いいえ、お昌を楯《たて》にとって、先生をゆすりにかけるとでも、おもっていなすったのですかえ？」

「ち、ちがうのか……？」

「はい。でも、このおねがいをおことわりなさるなら、あたしもお昌を抱いて、先生の御養子先へ、のりこむつもりですよ」

「おい、おい……おどしにかける気か」

「ほんきですから……」

　お千代が、白い眼《め》で凝《じっ》と道順をにらむ。

　道順は、ふるえあがった。

　お千代に乗りこまれでもしたら、幕府・御番医師・吉野家の体面はまるつぶれとなってしまうし、せっかくに、自分がこれまでに得た「先代以上」の評判も水の泡《あわ》となってしまうではないか。

「ほんとうに、のりこみますよ」

　お千代が、じっとりとした口調で念を入れてきた。

「い、いってごらん。その……その、ねがいごとを……」

「はい。けれど、他人にもらしたりなさると、あたし、お昌といっしょにのりこみます」

「わ、わかったよ、わかったから……」

「先生も、すっかり貫禄《かんろく》がおつきになって……」

「そんなことは、どうでもよい。早く、いいなさい」

お千代が、にじり寄って来て、いきなり、道順の右手をつかんだ。道順は寒気をおぼえ、

「な、なにをする」

「おしずかに……」

「む……」

と、声をひそめたお千代が、

「毒をもっていただきたいのですよ」

「なんと……」

「いえ、毒薬をいただくだけでいいんです。あとは、あたしがやりますから……」

「なれど、お千代……いったい、毒を、だれに……？」

お千代が、沈黙した。道順を光る双眸《りょうめ》に見すえつつ、何か考えているらしい。道順はがたがたとふるえ出した。

「では、申しあげましょう」

「い、い、いいなさい」

「でも、きいておいてからおことわりなぞは、承知しませんよ」

「わ、わかった……わかったとも」

七年前のあのとき、お千代は道順からもらった金十両をふところに、下総の祖父のところへ行き、ぶじにお昌を生み、しばらくしてから、また江戸へはたらきに出たのだという。

今度は、岡場所《おかばしょ》なぞではない。

大網出身で、赤坂・一ツ木町の〔御琴・三味線師〕の亀屋宗八《かめやそうはち》方へ奉公をしている者の口ききで、亀屋へ女中奉公に出たのである。

この亀屋が、お千代の身状を知って大いに同情をし、大へんによくめんどうを見てくれたらしい。

お千代もまた、一所懸命にはたらいたものだ。

老主人はもちろん、息子夫婦の気にも入られたが、とりわけ、むすめのお品が、なにごとにつけても「お千代」でなくてはおさまらず、「私がお嫁入りをするときは、お千代だけにはついていてもらうから」

といい、事実、その通りになった。

お品は、今年の三月に、日本橋・通り三丁目にある〔白粉《おしろい》紅問屋〕の下村屋長右衛門《ちょうえもん》方へ嫁入ったのである。

このとき、十八歳のお品につきそい、お千代も下村屋へ入った。新夫婦の仲はしごくよろしかった。

ところが、どうもいけない。

夫の清太郎は温和《おとな》しいのはよいのだが、母親のお政《まさ》にまったくあたまが上らぬ。

お千代にいわせれば、

「とんでもない甘ったれ」

なのだそうだ。

大旦那《おおだんな》の長右衛門は、吉野道順同様の養子で、これまた妻のお政のいうままになってい、お政は店の帳場にまで口をさしはさむ。それにくらべたら、道順の養母のほうが仕事に口を出さぬだけ、まだましだといえよう。

このお政が、若い嫁のお品を、

「いじめぬく」

としか、おもえぬようにきびしくあつかう。

箸《はし》の上げおろしに、うるさい。若夫婦が寝間へ引きとってから、急にずかずかと入って来て、清太郎をよび、自分の寝酒の相手をさせたりする。どうも異常だ。目にいれても痛くなかったひとり息子を、お品にとられたような気がして居たたまれないらしい。

清太郎も母のいうままになっているのだが、さすがに、たまりかね、先日はついに、母へ喰《く》ってかかった。そのときはもう大さわぎになり、当りどころがないお政は、ことごとにお品へあたりちらす。

これを見ていてたまらぬのは、ほかならぬお千代である。

だが、なんといってもこちらは一人きりだ。

いっそ離縁になってしまえばよいとおもうのだが、お品は夫の清太郎がきらいなのではない。

「死んだつもりで、しんぼうする」

お品がそっと、お千代にささやき、泪《なみだ》をふいたりする。忠義のお千代が見ていて、たまったものではない。

（こうなったら、毒をもってやる!!）

ついに、お千代はおもいきわめた。

そこでおもいついたのが、吉野道順のことであった。

「ばかをいいなさい。もし、わかったら、お前はただじゃあすまないのだよ。お昌のことを考えてみたらどうだ」

「だいじょうぶです。うまくやってのけますとも」

「お上《かみ》のおしらべは、きびしいよ。そんなあまいものではない」

「いったい、毒ぐすりを下さるんですか、下さらないんですか。いやとおっしゃるなら、あたしにも覚悟があります」

「おい、おい、おちつかぬか」

「さあ、どうして下さいます‼」

こうなったら女という生きものは前後の見さかいがなくなってしまうらしい。お千代はてこでも退《ひ》かなかった。

「むう……」

低くうなって吉野道順、うつ向いたまま黙考することしばし、

「よし」

やがて、ちからなくうなずき、

「毒をあげよう。三日後のいまごろ、このよろずやでわたそう」

と、いった。

四

それから三カ月がすぎた。

下村屋の内儀・お政は、まだ死なぬ。

相変らず元気で、若い嫁をいびりつづけているのだ。

（こんな、はずはない。もう効目《ききめ》があらわれてもよさそうなものだけれど……）

お千代は、気が気でなかった。

三カ月前に、吉野《よしの》道順は白い水薬を出し、

「急に死んでしまっては、お前にうたがいがかかりかねない。だから、ゆっくりとやんなさい。この毒薬を、毎日すこしずつ、そのおふくろさんへのませるのだ。茶をのむときにそっと一滴、たらしこんでやれ。すこしずつ、体が弱ってきて、やがて死ぬるよ。これなら、だれにもわからぬ、と、おもう」

「ほんとうですか」

「あ……ほんとうだ」

道順が、なまつばをのむようにしてこたえた。

お千代は、それから、日に一度はかならずお品の部屋へあらわれ、よくもたねがつきないほどに訓戒をたれるお政へ、茶をさし出すとき、道順からもらった毒薬の一滴を茶わんへたらしこんだ。

お政は気づかずに、のんでしまう。

気の強いお千代も、毎日、毒をたらしこむ緊張と、憎いお政の死を待つ神経《こころ》の疲れが三カ月もつづいているのだから、すっかり憔悴《しょうすい》してしまった。

肥っていた体が、半分ほどにやせてしまい、

「いったいお千代。どうしたの……お前が、そんなふうだと、こころ細くて仕方がない」

お品は、気をもむばかりである。

「なんでもございませんよ」

こたえはするが、このごろのお千代は食欲もなくなってくるし、頭痛はするし、体力もめっきりとおとろえてきて、

「あんな女は、実家《さと》へ帰しておしまい」

などと、お政が嫁のお品にいい出しはじめた。

すでに、文化二年の年が明けている。

お品も、義母のあつかいにたまりかねてきているのだけれども、夫・清太郎が、それでも懸命に、束《つか》の間の二人きりの時間になぐさめてくれるので、どうにか辛抱しているのだ。

それに現代《いま》とちがい、百六十年ほど前のそのころは、いかに年齢《とし》が若くとも〔出もどり女〕の身になることは、女としての人生を捨てることになる。

がまんにがまんをかさねてきている若いお品を見ると、お千代は、

(ああ……まだ、毒が効かないのか……早く、もう、あの鬼婆《おにばば》が死んでくれなくては、お嬢さんがたまったものじゃあない……それにしても、私は、こんなに体が弱ってし

まって……）

それでも必死で、床《とこ》へもつかず、お品の部屋につめていて、ここへあらわれるお政へ、例の薬をたらしこんだ茶を出すことをやめない。

日に一滴ずつなのだが、もう残り少なになってきていた。

（ああ、もう無くなる。どうして、効かないのか……ともかく、もう一度、先生にお目にかかり、毒ぐすりをもらっておかなくては……）

そのときはお千代、また浅蜊河岸《あさりがし》の〔よろずや〕へ行き、店の若い者に堅気の風体をさせ、吉野道順へ手紙をもたせてやるつもりだ。茶問屋の尾張屋《おわりや》の名をつかったのは、尾張屋が、この下村屋の親類すじであることからおもいついたまでなのである。

いっぽう……。

吉野道順も（気が気ではない……）毎日を送っていた。

ともかく、お千代に、

（ここへ乗りこんで来られては、たまったものではない）

のである。

下村屋の鬼婆にくらべたなら、こっちの鬼婆のほうが「毒殺」を考えたこともないだけ、ましだともいえるし……それに、妻のお邦《くに》と、四歳になるむすめ・孝子《たかこ》は、いまの道順にとって、かけがえのない〔たからもの〕なのである。こっちの鬼婆は口やかましくとも金銭の出し入れには目がうといし、道順がたまさかに〔かくれあそび〕をするほどの小づかいに困ることはない。

さらに……。

近頃《ちかごろ》の吉野道順は、

「人柄《ひとがら》もよし、見たてもすぐれている」

との評判が高く、池田玄竹《げんちく》なども、

「あと五年もすれば、かならず奥御番医にとりたてられよう」

と、いってくれている。

そうなれば、役料も二百俵となり、将軍家の侍医ということになるのだし、外出時の駕籠《かご》には、侍、挟箱《はさみばこ》、薬箱から長柄《ながえ》持ちなど、十人もの供がつく。

位も法眼《ほうげん》、法印《ほういん》という高位にのぼり、何から何までがちがってくるのだ。

お千代が、まだ見ぬわが子のお昌をつれ、吉野家へ乗りこんで来たなら、そうしたもののいっさいが消えてしまうことになる。

去年のあのとき〔よろずや〕の二階で見せたお千代の一途《いちず》におもいつめた様子からおして、

（お千代なら、やりかねぬ）

吉野家へ養子に来るとき、別ればなしをもち出され、しかも道順の子を腹に宿しな

がら、淡々と消え去ったお千代であるだけに、道順は、

（怖い……）

のである。

あの日……。

三日後を約して帰邸した道順の心境をありようにいえば〔一時のがれの約束〕であった。

しかし、怖い。

考えあぐねた結果が、毒にも薬にもならない白い水をつくり、

「これを気長に一滴ずつ、たらしこめば、しだいに体が弱って死ぬるよ」

もったいぶったうそをつき、お千代にわたした。

（あれから、もう三月《みつき》……つまらぬ白い水も無くなるころだが、ほんとうにお千代、あの水を鬼婆の口へ……）

あれから、何のよび出しもかからぬのが、道順にはいっそ無気味でならない。いくらのませたところで、単なる白い水なのだから害にはならぬのはわかっているけれども、お千代が一滴、二滴とたらしこんでいるところを、その下村屋の鬼婆がもしも見つけたら、

（大変なことになるぞ、これは……）

あやしまれたお千代にお上のお調べがとどけば、

（私のことも、お千代は白状してしまうだろう。そうなれば……）

お千代に乗りこまれるより、もっと大変なことになる。毒をわたしたのでもないのに、むかしの情婦をつかって下村屋の内儀を毒殺せんとした嫌疑《けんぎ》はまぬがれぬ。

（ああ、もう……どうしたらよいものか……）

吉野道順もまた、このごろは、めっきりとやつれてしまった。ひまさえあれば床についている。

それを見て、吉野家《こちら》の鬼婆どのの態度が、がらり変った。意外なことではある。

「道順どの。体をくれぐれもたいせつにして下され。池田玄竹殿に診ていただいたらいかがじゃ」

部屋へ見舞ってくれる声も、やさしい。

これは何も、道順に愛情がわいたのでも何でもない。道順の評判がよいのは鬼婆どのも知っているし、いまここで道順に死なれては、後つぎの子もない吉野家は〔御番医〕の御役御免となってしまう。養子の道順はさておき、むすめや孫の幸福をおもえば、道順に死なれては困るのである。

五

その日——文化二年二月二十日の昼下りのことであったが……。

例によって、下村屋の若夫婦の居室へ姑《しゅうとめ》のお政があらわれ、折から夫の着物を縫っているお品へ、そばから口うるさく指導をはじめた。

「うちの清太郎へ着せるつもりなら、もちっと、お針修業の仕直しをするがいい」

にくにくしげにいいはなったとき、次の間から、お千代が茶をはこんであらわれた。

いうまでもなく、例の毒薬?……が、たらしこんである。

鬼婆の毒口をきいたばかりだから、茶をさし出すお千代の顔色が変っていた。

すると、これを見とがめたお政が、

「なんだえ、その目つきは……」

今度は、矛先《ほこさき》をお千代へ向け、

「ものを食べさせずにおきはしまいし……なんだえ、その幽霊《おばけ》のような顔つきは」

ぐいと、茶わんをつかみとって、

「この女、私への面《つら》あてに御飯《ごぜん》も食べないのか」

いうや、茶わんの中の熱い茶を、いきなり、お千代のやせおとろえた顔へ打ちかけたものである。とても大店《おおだな》の内儀がなすべき所業ではない。

「あっ……」

お品が、悲鳴をあげた。

異様な叫びを発して、お千代が突立ったのは、このときである。

そこの小火鉢《こひばち》の灰に、お品がいま裁縫に使っている鏝《こて》がさしこまれてあった。

いきなり、お千代が、この鏝の柄《え》をつかんだ。

「何をする」

お政がうろたえて腰を浮かせたのと、

「お千代……」

お品が両手をさしのべるように上体を泳がせたのとが同時であった。

「畜生!!」

と一声。

飛びかかったお千代が、熱く灼《や》けた鏝を両手に持ち、お政の胸もとへ、体ごとぶつかるようにして突き込んだものである。

「ぎゃあっ……」

お政が、すさまじい悲鳴をあげて、仰向けに倒れる上へ、のしかかったお千代が、

「畜生、畜生、畜生……」

おそるべきちからで、鏝を柄のところまで突き入れていった。

お品が、気をうしなった。

物音をきいて、清太郎はじめ店の者が駆けつけたとき、すでに息絶えた〔鬼婆〕の体へのしかかったまま、お千代も息絶えていたのである。烈《はげ》しい怒りと昂奮《こうふん》が、おとろえていた彼女の心ノ臓のはたらきを急速にとめてしまったらしい。

庭先から、惨劇のおこなわれた部屋の畳へ、春の陽光がやわらかくながれ入っており、空のどこかで、ほがらかな雲雀《ひばり》のさえずりがきこえていた。

〇

この騒動は、江戸中の評判になった。

同情は、お千代のみへあつまった。

殺されたお政の葬儀は、下村屋の身代にかけても盛大におこなわれたが、通夜《つや》のときには、店先に酒樽《さかだる》をつみあげ、飲みほうだいにさせ、お政の棺《ひつぎ》の前では、さすがにつつしんだけれども、夜がふけるにしたがい、大戸をおろした下村屋の中で、大旦那《おおだんな》の長右衛門《ちようえもん》が、ついにたまりかね、

「いや、めでたい。おお、めでたい」

酒に酔って踊りはじめたというから、いかに下村屋の上から下まで、お政の死をよろこんだかが知れようというものだ。

お上の、この事件に対する裁きは、双方の〔死損《しにぞん》〕ということで、遺族たちへは累《るい》をおよぼさなかった。

むろん、お千代が、かの白い水を用いたことなどは判明するよしもない。

お品と、お品の実家の嘆きはいうまでもあるまい。

お品の実家亀屋《かめや》宗八《そうはち》は、下総《しもうさ》からお千代の祖父と、お千代の子のお昌《まさ》を引きとり、お昌は、お品の兄夫婦の養女として育てられることになった。

その翌年の夏の或《あ》る日。

すっかり、亀屋での暮しにもなれたお昌が、近所の氷川明神《ひかわみようじん》の境内で、同じ年ごろの友だちと遊んでいるのを、遠くからながめていた品のよい、小柄の、いかにも高名な医家と見える服装《みなり》の男が、かるい跛《びっこ》をひきながら近寄って来て、

「亀屋さんの、お昌ちゃんかえ？」

やさしく、声をかけた。

「ハイ」

「いくつ？」

「八ツ」

「よい子だ……ほんに、よい子だ」

見も知らぬ立派な〔小父《おじ》さん〕が、自分のあたまを撫《な》でつつ、見る見るうちに泪《なみだ》ぐ

むのを、幼女ながらお昌は、ふしぎにおもった。

「お昌ちゃんは、しあわせらしいな」

「……?」

「いや、そうらしい」

大きくうなずいた医者らしい人は、この近くの有名な菓子舗〔塩田〕の名菓〔深草の里〕が入った桐箱《きりばこ》を、お昌に抱かせて、

「あとで、おあがり」

「……?」

「お祖父《じい》さんといっしょに、おあがり」

「おじさん、どなた?」

「私かえ」

「ハイ」

「なあに……むかし、下総で、お昌ちゃんのお祖父さんの……そうだ、お祖父さんのお友だちだったのさ」

「お祖父ちゃん、よんで来てあげる」

「それにはおよばぬ。おじさんは、急ぐのでね」

「でも、おじさん……なぜ、泣いているの?」

「泣いちゃあ、いない。よろこんでいるのだ。これがその、うれしなみだというものさ」

も一度、お昌のあたまを撫でてから、跛の医家は、蟬《せみ》が鳴きこめている境内の木立の中へ、何度もお昌をふり返りつつ、消えて行った。

（「小説新潮」昭和四十四年十二月号）

伊《い》勢《せ》屋《や》の黒助

（ひょっとすると、このまま、あの世へ行っちまうかも知れねえ）

一

深川・蛤《はまぐり》町の裏長屋に一間きりの家の中で、魚屋の弥吉《やきち》は、もう一月も寝たきりであった。

梅雨の最中のある日、ふりつづく雨にくさくさしてしまい、弥吉は、あんまりよくない友だちから金を借り、大酒をのんだ。

魚屋といっても、ちゃんとした店をかまえているわけではなく、三十五のこの年齢《とし》まで女房《にょうぼう》をもらったことのない、いわゆる棒手振《ぼてふり》の弥吉なのである。

朝くらいうちに河岸《かし》へ出かけて魚を仕入れ、天びん棒で荷をかつぎ、町をまわって売り歩くしがない渡世であったから、病気になってしまったのでは、まったくのところ、

「鼻血も出ねえ」

ことになってしまうのだ。

その夜の大酒がたたり、腹をこわし寝こんだのがもとで、弥吉は起きあがれなくなってしまった。

女道楽は気もないのだが、博打《ばくち》と酒にうつつをぬかし、かせいだ金は一文ものこらない。

親兄弟も女房子もいるわけでなし、

「おれほど気楽な男は、この世に二人といめえ」

などと、これまでは大威張りでいた弥吉も、病気の床についてみると、

(ひとり暮しの長わずらいが、こんなに、心ぼそいものとは知らなかった……)

しみじみとわかったが、すでにおそい。

長年の、わがまま勝手で不規則な暮しが、いまになってたたったものか、弥吉は全身の力がぬけきってしまったような虚脱感に身をまかせるのみであった。

金は、一文もない。

だから医者も来てくれぬし、薬を買うこともできない。

長屋の連中も、このごろでは弥吉を見はなしてしまい、

「近いうちに葬式を出さなくてはなるまい」

などと、うわさしている。

重湯《おもゆ》ぐらいはつくってくれる親切はあっても、長屋の人々はいずれも弥吉同様のその日暮しなのである。とても、これ以上の、

「めんどうは見きれないよ」

と、いうことになるのだ。

(ああ、金がほしい……)

魚売りの弥吉は、幽霊のようにやせおとろえた躰《からだ》をもだえさせて、

(まだ死にたくはねえ……金がほしいなあ。金さえありゃあ、医者にもかかれるし、薬も買える……)

たまらない気もちであった。

梅雨が明けると、一時に暑熱がきた。

その暑さが、弥吉をさらに衰弱せしめた。

(も、もう、いけねえ……)

ある夜。

ほとんど失神状態のねむりにさそいこまれつつ、

(明日、おれは死ぬ。ちげえねえ、きっと死ぬ……)

おもいながら、いつしか意識をうしなっていった。

弥吉がめざめたのは、翌日の夕暮れであった。

しきりに、のどがかわいている。

(ま、末期《まつご》の水か……)

のどのかわきに、たまりかねた。

弥吉は、まくらもとの茶わんに手をのばした。

(み、水……水がのみてえ)

その一心で、弥吉は渾身《こんしん》のちからをふるって、半身を起し、まくらもとの茶わんを、もう一度手にとった。

そのときであった。

「あ……?」

弥吉の目が、張りさけんばかりに見ひらかれた。

「こ、小判じゃあねえか……?」

おもわず、弥吉は口走っていた。

まくらもとに反古紙《ほごがみ》からはみ出した小判が三枚、たしかに置かれてある。

(ゆ、夢じゃねえのか……?)

足をたたいたり、頬《ほお》をつねってみたりしたが、三両の小判は消えなかった。

当時の三両といえば、現在の実質的な価値に直して十五、六万円に相当するであろう。

「ゆ、夢じゃあねえ、夢じゃあねえ」

弥吉は三枚の小判に頬ずりをしながら、ぼろぼろと泣き出していた。

二

夏が、すぎようとしていた。

魚売りの弥吉は、どうにか起きられるようになった。

弥吉は杖《つえ》にすがり、二月ぶりで外に出た。

本所・松坂町一丁目に〔伊勢屋久兵衛《いせやきゆうべえ》〕という紙問屋がある。

弥吉は、この伊勢屋の台所へ新鮮な魚を担《かつ》いで行き、よく買ってもらった。弥吉にとっては上得意なのであった。

それというのも、伊勢屋の主人・久兵衛はなかなかに口がおごっていて、弥吉が行くと、みずから台所へあらわれ、魚の品さだめをする。それだけに弥吉としても商売の仕がいのある旦那《だんな》であった。

その朝。

弥吉は河岸へ行き、一尺余の鱸《すずき》を買いもとめ、ほかに小魚も少しもとめて、それを手みやげに、伊勢屋へ出かけていった。

(伊勢屋の黒助め、どうしているかな……)

弥吉の顔に、なつかしげに微笑がうかんだ。

「お前、ずっと姿を見せなかったじゃあないか。いったい、どうしなすった?」

伊勢屋久兵衛が台所へ駆けあらわれ、

「お前が来ないので、私はこのごろ、まずいものばかり食べさせられているのだよ」

と、いった。

「申しわけもございません。ずっと、患《わずら》っておりましたので」

「そうかえ、それは知らなかった。なに……この鱸を私にくれるというのかえ、そりゃあどうも、すまないねえ。ふむ、これはどうも、みごとな……」

「洗いにでもして下さいまし。塩焼きにしても、うもうござんすよ」

「うむ、うむ……」

「ときに、黒ちゃんは、どこにいますかね？」

と、弥吉が下女のおなかにきいた。

黒ちゃん……すなわち〔黒助〕である。

黒助は、もう二年ほど伊勢屋で飼っている雄猫《おすねこ》であった。まっ黒にやせこけたこの猫は、あまり人にもなつかず、どんよりとした目つきの、いかにも不器量な猫で、伊勢屋のだれもが、

「こんなかわいげのない猫もめずらしいよ」

相手にもしない。

ただ、久兵衛の孫で七歳になる文太郎が、〔黒助〕をおもちゃにしてあそぶ。いや

がる猫を追いかけまわし、地面へたたきつけたり、線香の火を尻尾《しっぽ》につけたりしておもちゃにする。

（かわいそうにな、黒助も……さぞかし逃げてしまいてえところなのだろうが……かといって、ほかの人が、あんなにまずい猫をひろってくれるわけもねえ。黒助め、そいつを自分でもちゃんと知っていやがるのだ。だからよ、じいっとがまんをして伊勢屋に辛抱をし、おまんまを食わせてもらっているにちげえねえ）

なんとなく、弥吉もあわれになり、伊勢屋へ来るたび、

「黒や、こっちに来ねえ」

勝手口の一隅《いちぐう》で、そっと黒助へ魚の切れはしを食べさせてやることがならわしとなってしまった。

黒助も、そうした弥吉のこころがわかったのか、弥吉があらわれると、どこからともなく、かならず姿を見せたものだが……。

（おれが来たっていうのに……黒のやつ、どこにいやがるのか……）

入ってきたときから気になっていたのである。

下女のおなかは、事もなげに弥吉へいった。

「あんな猫、死んじまいましたよ」

「へえっ……病気をしたので？」

すると、主人の久兵衛が、

「うちの手代の由蔵《よしぞう》がね、殺してしまったのだよ。由蔵は、ちょいとらんぼうな男だし……それにさ、あの猫も悪いことをしたのだ」

三

「ま、こういうわけなんだよ、弥吉さん」

と、伊勢屋久兵衛が語りはじめた。

「そうさね、一月も前だったか、昼間のうちに、店の帳場から小判が三枚、どこかへ消えてしまってね。帳場にいる番頭さんも、どうにもおぼえがないというのだよ。さ、ところがだ。それから三日ほどして、あの黒助がなんと帳場から小判を一枚、くわえ出すのを小僧が見つけたものだ」

われ知らず、弥吉は蒼《あお》ざめていた。

「するとだよ。また二日ほどして、あの猫が小判をくわえ出すのを見つけた。そのたびに手ひどくしかりつけたらしいが、いっこうに、こりないのだね。また二度、三度と、帳場へ来ては小判をくわえ出すのだ。これはきっと前になくなった三両も、黒助の仕わざにちがいない。どうもけしからぬ猫だ。商人の家に、こんな猫を飼っていたのでは縁起がわるいというのでね、由蔵が棒でなぐり殺してしまったのだよ」

弥吉は、ものもいわずに外へ飛び出して行った。

「どうしたのだ、あの魚屋。まっ青になって、ぶるぶるふるえて……」

「だんなさま。弥吉さんは黒助と仲よしだったたんでございますよ」

「へへえ……」

「ですから、きっと悲しくなったんでございましょう」

「へへえ……」

しばらくして、弥吉がまたあらわれた。

弥吉は、わなわなとふるえる手につかんだ一枚の反古紙を伊勢屋久兵衛の前へさし出し、

「こ、これを見て下さいまし。私ぁ、字が読めねえ。ね、旦那。その紙に書いてある字に、見おぼえはございませんか？」

「どれどれ……あっ……こりゃ、私が書き損じたものだよ。どうしてこれが？」

「その紙に、小判が三枚つつんであったんでございます」

「なんだって……？」

「そして、それを私がねむっている間に、まくらもとへおいていってくれた人……いいえ、その恩人は、猫。まさしく黒助に、ちがいございません」

弥吉が号泣した。

「そ、そんな……」

ばかな、といいかけた久兵衛も、何度か小判をくわえ出した猫を、その目に見ているのだ。

「その三枚の小判で、私ぁ、医者にみてもらい、薬も買えました。へいへい、私ぁ、黒ちゃんにいのちを助けられたのでございます」

弥吉はすべてを語った。

伊勢屋久兵衛夫婦も、まっ青になり、おろおろと顔を見合せるばかりであった。

そのうちに……。

久兵衛夫婦も、弥吉の涙にさそわれ、

「そ、そうとしかおもえない……」

「ほんとうに……猫は恩知らずなぞといわれますけれど、あの黒がねえ」

「ひどい目にあわせてしまった……」

「さっそくに供養《くよう》をしてあげなくては……」

「そうしなさい、そうしなさい」

病みあがりの魚屋弥吉は、鱸をみやげに伊勢屋をおとずれ、これからはたらくための、魚を仕込む元手を借りるつもりだったのである。

久兵衛は、その後も黒がくわえ出しただけの小判を弥吉に貸してくれた。

弥吉は、伊勢屋の裏の草地に埋めこんであった黒助の死体を掘り出し、これを本所の回向院《えこういん》へほうむった。

三年後……。

弥吉がたてた黒助の墓には、法名が、

〔徳善畜男の霊〕と、きざみこまれていたそうな。

そのころの弥吉は、おきぬという女房をもらい、男の子が生まれていた。

その子の名は、

〔黒助〕

（「山形新聞」昭和四十五年八月十六日号）

内《ない》藤《とう》新《しん》宿《じゅく》

一

〔新宿〕は、江戸郊外の一宿駅であったが、江戸が東京とあらたまり、日本が近代国家としての歩をすすめはじめてからも、尚《なお》、郊外の町にすぎなかった。

明治四十年に発行された吉田《よしだ》東伍《とうご》博士の名著〔大日本地名辞書〕は、

「内藤新宿は人口九千。府内四谷《よつや》区の西に連続し、甲州街道ならびに青梅《おうめ》街道の交会にあたる」

と、記している。

現代の、われわれが見る新宿のすさまじいばかりの変貌《へんぼう》とメカニズムを、このとき、だれが予想し得たろう。現代の新宿は東京の副都心になってしまった。

それにしても……。

徳川家康《とくがわいえやす》が、豊臣秀吉《とよとみひでよし》によって関東へ封ぜられたとき、その居城を江戸へ定め、先《ま》ず、いまの新宿一帯の地へ注視の眼《め》を向けたことはおもしろい。

天正《てんしょう》十八年（一五九〇年）七月。

豊臣秀吉は、相模《さがみ》・小田原城の北条《ほうじょう》父子《おやこ》を討滅し、ここに文字通りの天下統一を成しとげた。

ここに、北条家の支配下にあった関東の地も秀吉のものとなったわけだが、秀吉はすぐさま、家康をまねいて、

「徳川殿に、これからの関東をおさめてもらいたい」

と、切り出している。

家康は、言下に承知した。

年少のころから、血みどろの戦闘をくり返し、苦心の経営をつづけ、ようやく〔わがもの〕とした三河・遠江《とおとうみ》・駿河《するが》など実りゆたかな領国を秀吉へわたし、そのかわりにまだ草深かった江戸に本拠をかまえて引き移ることを、徳川の重臣たちは、なかなかに承服できなかった。

秀吉は、家康のちからをもっとも恐れていた。

ゆえに、めぐまれた東海の領国から追いのけ、関東という新領国の経営をさせて、家康のちからを殺《そ》ぎ、合せて、京・大坂から遠去けようとした、という説は、そのまま信じてよいだろう。

家康は、なにからなにまで新しくやり直さねばならぬ。

だが家康は、黙々として秀吉の命令にしたがった。当時の家康は、まだ五十そこそこの年齢であったし、新天地の開発に、むしろ意欲を燃やしたといわれている。

ともあれ、このときに江戸の発展が約束された。現代の新宿の繁栄もこれにつなが

ることになる。当時の歴史が生ま生ましい人間の活力によってうごき、その影響が、まだ現代に尾を引いているのかとおもえば、その残映をのぞむ最後の地点に、私どもが生きていることをあらためて想《おも》わざるを得ない。

小田原が落城したのは、七月十日であるが、家康は早くも八月一日に江戸へ入った。この日は、いわゆる〔八朔《はっさく》の吉日〕であって、現代の八月三十日にあたる。

そのころの江戸は、

「……東の方の平地の分は、ここもかしこも汐入《しおいり》の茅原《かやはら》にて、町屋侍《さむらい》屋敷を十町と割りつくべき様もなく、さてまた、西南の方は平々萱原武蔵野《かやはらむさしの》へつづき、どこをしまりというべき様もなし」

と、ものの本にあるように、かつては太田道灌《どうかん》の城下町であり、家康が来るまでは遠山景政《かげまさ》が北条の城代として入っていた江戸城ではあるが、

「……町屋なども茅ぶきの家が百ばかりあるかなしかの体《てい》。城もかたちばかりにて、城の様にもこれなく……」

というありさまであった。

小田原落城から間もないことだし、北条家や関東方の残党が江戸周辺に蠢動《しゅんどう》することを考え、徳川家康は、譜代《ふだい》の家臣・内藤清成《ないとうきよなり》に、甲州街道すじを、

「きびしく、かためよ」

と、命じた。

同時に、青山忠成《ただなり》をもって、厚木大山道（青山通り）を警備させたのである。

家康が江戸入城の日は、初秋の空が青々と晴れわたり、家康は上きげんで、品川から麻布《あざぶ》・赤坂を経て、未《ひつじ》の下刻（午後三時）ごろ、貝塚《かいづか》（現・麴町《こうじ》平河町）のあたりで食事をしたのち、江戸城へ入ったといわれる。

遠山景政の城といっても、景政は長らく小田原城へたてこもっていたし、城の外廻《そとまわ》りの芝土居《しばどい》もくずれかかり、屋根板が腐って雨もりがする始末なので、重臣の本多正信が、見るに見かねて、

「これでは、関八州をおさめらるる二百五十万石の大名の御城ともおもえませぬ。せめて玄関まわりのみにても普請《ふしん》をなされまいては……」

と、いい出すや、家康は事もなげに、

「いらざる立派だてじゃ。わが住む城をととのえるより先に、することがいくらもある」

笑って、とり合わなかったという。

徳川家康は、ことに辺幅《へんぷく》をかざらぬ人だったけれども、戦国時代の大名というものは、およそ、このように質素な生活をしていたのである。

家康入国当時の江戸は、現代の品川駅から田町・浜松町・新橋にいたる国電の線路

のあたりまで、海であった。

江戸湾は、日比谷から江戸城の真下まで入江になって侵入しており、平川にかかる日本橋のすぐ近くへ、海がせまっていた。

城下町というより茅野原の一寒村といってもよいほどで、現在の佃島《つくだじま》や石川島も、入り海のはるか彼方《かなた》に浮かんでいたのである。

さて……。

家康は、江戸入国にさいして、甲州街道すじを警備した内藤清成に、

「そちが乗った馬が、一息に走り廻っただけの土地をつかわそう」

といったので、清成は愛馬に打ちのり、いまの新宿御苑《ぎょえん》の傍《そば》にあった榎《えのき》の大樹を中心にして疾駆したが、一周してもどると、馬は泡《あわ》をふいて転倒し、息絶えた。

家康は約束どおりに、内藤清成が一周した土地をあたえたというのだが、これは説話であろう。

しかし、家康が内藤氏にあたえた土地は、東は四谷、西は代々木、南は千駄《せんだ》ヶ谷《や》におよぶ広大なものであった。家康の内藤氏へかけていた信頼の厚さが、これをもって見ても知れようというものだ。

二

内藤清成の祖父・甚五左衛門《じんござえもん》は、家康の父・松平広忠《まつだいらひろただ》につかえ、広忠横死の後、創成期の徳川家と苦楽を共にし、武功が大きかった。甚五左衛門の四男・忠政は年少のころから家康の傍近くにつかえ、寵愛《ちょうあい》が深かったといわれる。武勲もあったが、それよりもはなばなしい戦場の舞台の蔭《かげ》にいて、いろいろと家康を補佐してきたものらしい。

忠政の子は女ばかりであったので、武田《たけだ》宗仲の子・弥三郎《やさぶろう》を養子に迎えた、これが内藤清成なのである。

清成も年少のころから家康の小姓となり、のちには、二代将軍となった秀忠の侍臣となった。このとき、青山忠成も秀忠づきの侍臣になっている。

そして家康が江戸へ入るや、江戸の背後をかためる重要地点に、内藤・青山の両氏を置いたところに、いかにも家康らしい思慮が見られる。やがては二代将軍となるべき息・秀忠の傍近くにつかえた内藤・青山の二人を特にえらび、それぞれに広大な土地をあたえて、警備をまかせる。こうした細やかな配慮は、豊臣秀吉もおよぶところでない。

当時、内藤清成は五千石ほどの旗本で、その身分にくらべて、あたえられた土地はあまりにも広かった。これほどの邸宅地をもらった人は、徳川の家臣で内藤清成ひとりといってよい。

清成は、家康の江戸開発がすすむにつれて身分も上り、秀吉の朝鮮出兵のころには従五位下・修理亮《しゅりのすけ》に任じ、本多正信と共に〔関東奉任〕の要職に就いた。

そして、秀吉が亡《な》くなり、関ヶ原戦争に勝利をおさめた家康が、いよいよ天下統一に乗り出さんとするとき、内藤清成は一万六千石の加増をうけ、合せて二万一千石を領した。

清成の拝領したころの新宿は、俗に〔関戸《せきど》〕とよばれたさびしい草原にすぎなかったが、内藤氏の屋敷が構えられてより、おのずから、その周辺に聚落《しゅうらく》を為《な》し、甲州街道を往来する旅人のための旅舎《たびや》や茶店がたちならぶようになったのである。

当時、現在の新宿四丁目一帯から、一、二、三丁目の大通りにかけても、内藤氏の屋敷内であった。

だが、後年になって、元禄《げんろく》十一年に、内藤氏は、領地のうちの七万九千余坪を幕府へ返上している。

そのころの内藤氏は、信州・高遠城主として三万三千石の大名となってい、藩主は内藤清枚《きよかず》であった。

内藤氏の江戸藩邸は、本邸ともいうべき上屋敷が神田《かんだ》の小川町にあり、下屋敷〔別邸〕は下渋谷《しもしぶや》にあった。だから新宿の宏大《こうだい》な屋敷は〔別邸〕ということになるところで……。

徳川家康が何故《なにゆえ》に、新宿の地を当初から重要視していたかというと、もしも敵が江戸へ攻めこんで来た場合は、甲州口を退路の一として考えていたからである。伊賀《いが》の忍びたちの組屋敷にまもられた江戸城・半蔵門は、まっすぐに四谷見附《よつやみつけ》へ通じ、そのまま一本道となって新宿から甲州街道へむすばれているのだ。

家康は、慶長八年に〔江戸幕府〕をひらき、天下の政治をとりおこなうことを声明すると共に、五街道を定め、一里ごとに一里塚《づか》を築かせた。

江戸から、新宿追分《おいわけ》へ出て、府中、八王子、大月、甲府へ至る三十四駅をさだめ、甲州街道が五街道の一つになったのはこのときであった。

当時、江戸からの第一の宿駅は〔新宿〕ではなく〔高井戸《たかいど》〕である。甲州街道の道幅約十一メートルで、その折、第一の一里塚が新宿の追分に築かれた。

家康の江戸開発は、目まぐるしい速度ですすみ、江戸市中はもとより、諸方に街道がひらかれ、新宿も、成木・青梅の両街道をふくみこむ要衝となった。

現在の四谷見附に〔大木戸〕が設けられ、番小屋を置いて旅人の通行を取締ったのは、家康が大坂城に豊臣の残存勢力を討ちほろぼし、名実ともに、〔天下人《てんかびと》〕となった元和《げんな》二年であったが、そのころは大木戸の西方は、まだ内藤氏の領地になっていて、民家も、あまり無かったといわれる。

土地の名も、まだ〔新宿〕とはよばれていない。

俗に〔内藤宿〕とよばれていた。

だから、新宿が甲州街道の宿駅の一つとして繁昌の第一歩をふみ出したのは、前にのべた元禄十一年に内藤氏が領地の一部を幕府に返上してからのことなのである。

内藤氏が甲州街道すじの領地を返上したことは、徳川幕府の政治体制が完全にととのえられたことを意味する。かつては見張り櫓《やぐら》を立てて、この土地を警備していた内藤の任務も、ここに解かれたかたちになった。

そのとき、浅草・阿部川《あべかわ》町の名主で高松喜兵衛《きへえ》はじめ、浅草の有志五名が、街道すじへ、

〔宿場設立〕

のねがいを幕府へ申請し、これがききとどけられた。

喜兵衛たちは、五千六百両という莫大《ばくだい》な金を幕府へおさめ、街道すじの利権を得たわけだが、この大金、現代の十何億円にもあたろう。

喜兵衛たちは、いまの新宿一、二、三丁目の道すじの両側に家をたてならべ、さまざまの商人が店をひらいた。

ここに、甲州街道の第一駅としての〔内藤新宿〕が生まれた。

内藤は内藤氏の領地だったころのおもかげを残し、新宿は、

「新しい宿場」

という意味である。

三

こうなると〔新宿〕のにぎわいはたちまちに、東海道の品川、奥州《おうしゆう》街道の千住《せんじゆ》、中《なか》仙道《せんどう》の板橋と共に〔江戸四宿《ししゆく》〕とよばれるほどになり、他《ほか》の三宿同様、旅籠《はたご》の飯盛女《めしもりおんな》（女中であり、私娼《ししよう》でもある）の売春地帯としても有名になってしまった。

四宿の中では、新開地だけに新宿の飯盛女の客引きが、

「目にあまるもの……」

だと評判されたほどである。

もっとも、江戸四宿の飯盛女は、私娼ではあるが幕府公認のかたちであって、私娼の取締りがきびしいときにも、四宿には手入れがおこなわれなかったそうな。

四宿から種々なかたちで幕府へ入る収益も、なみなみのものではなかったにちがいない。

だが、内藤新宿は設立されてから二十年目の享保《きようほう》三年に、突如として、幕府から廃駅を命ぜられた。

そのときの説話に、こんなのがある。

四谷に住む四百石の旗本・内藤新五右衛門《しんごえもん》の弟で大八《だいはち》という者が、大へんの道楽者であって、夜な夜な新宿の飯盛女を買いに出かけた。

大八は五尺そこそこの小柄《こがら》な男なのに六尺の大刀を腰へさしこみ、鯨雪駄《くじらせつた》をはいて新宿を闊歩《かっぽ》していたが、或夜《あるよ》、飯盛女と口争いをしたことから、土地の無頼どもにかこまれて袋だたきにされてしまった。

徳川将軍の家臣の弟として、これは、まことに不名誉きわまることである。

兄の新五右衛門は、弟大八に、

「腹を切れ!」

と命じ、大八の首を切り落し、これを大目付《おおめつけ》の松平図書頭《ずしよのかみ》のもとへさし出し、

「かくなる上は、わが家の知行《ちぎよう》を将軍家へ返上つかまつる。そのかわりに、新宿の宿場をとりつぶしていただきたい。それでなくては、天下の旗本の意気地《いきじ》がたち申さぬ」

と、申したてた。

幕府が、新宿を廃駅にしたのは、このためであったというのだが、これも説話にしておいたほうがよかろう。

内藤新五右衛門は実在の人物だが、新宿を領した内藤氏とは関係ない。彼は四百石の旗本であって、幕府の御役をいろいろとつとめ、享保二年に病死をしている。

新宿が廃された享保三年には、この世の人ではなかったわけだ。

この説話は、岡本綺堂《おかもときどう》によって、昭和二年に市川左団次が初演して大好評を博し、〔新宿夜話〕のタイトルのもとに戯曲化され、その後もたびたび上演されている。

芝居では、弟・大八のために家を捨て、一介の旅僧となった内藤新五右衛門が、のちに新宿をおとずれて、むかしの事件をしのぶところがラスト・シーンであった。

新宿が宿駅として再開されたのは、安永元年の四月であるから、五十四年間も廃駅となっていたのだ。この点においても、内藤兄弟の事件はつじつまが合わないのである。

再開のときも、あの高松喜兵衛の子孫・喜六が中心となって幕府に請願し、許可を得ている。

新宿が廃されたのは、五代将軍・綱吉《つなよし》の華美で堕落した政治が、八代将軍・吉宗《よしむね》の、

「初代将軍・家康公の質実剛健の世にもどそう」

とした政治改革によるものであったろう。

それが五十余年後の、いわゆる〔賄賂《わいろ》横行〕の十代将軍・家治《いえはる》の世となり、財政に苦しむ幕府が町人の威勢に圧《お》され、またしても莫大な公認料をうけとって、再開をゆ

るしたことになる。

再開後の新宿の飯盛女は、まったく公認の遊女のかたちとなり、新吉原《しんよしわら》の遊里同様、引手茶屋が七十軒も新宿にたちならぶことになった。

もはや、飯盛女ともいえぬ。

宿場女郎というべきであろう。

こうして〔内藤新宿〕は、甲州街道の宿駅であると同時に、一種の遊廓《ゆうかく》として発展しつづけて行くのである。

宿場の南、内藤家・中屋敷の前には玉川上水がながれ、年ごとにふくらむ江戸市民の飲料となり、用水となった。玉川上水には宿場女郎の投身自殺が絶えなかったという。

こうして、繁栄のうちに〔新宿〕は、幕末時代を迎え送り、明治維新の変動後は、明治新政府によって、

〔武蔵県知事〕

の所管となった。

明治二年には、なんと〔品川県〕となり、廃藩置県の後、新宿があった武州・豊島《としま》郡は、東京府の所管に移された。

そのころの新宿は、遊女屋二十、遊女三百七十五人、芸者三十人を擁して、依然、

東京近郊の遊里としてにぎわっていたのである。

四谷見附から新宿三丁目に至る道すじの両側には、これらの妓楼《ぎろう》が軒をつらね、その間に、種々の食物屋が点在し、宿場の北側はこんもりとした木立や田畑がつらなり、南側は、旧内藤屋敷の木立がひろがっていた。

政府は、明治十八年に、日本鉄道の〔新宿駅〕を設けた。信越線と東海道線をむすぶ拠点として、ここに、現在の山手線が開通したわけだ。

このとき、新宿は新時代における発展の芽をふいたことになる。

新宿駅は、いちめんの木立と田畑のつらなりの中に、ぽつんと設置された。

そして、明治二十三年から三十六年にかけて、新宿を始発とする中央線（当時の甲武鉄道）が開通するにおよび、新宿は俄然《がぜん》、発展の速度を速めることになる。

ところで、内藤家の中屋敷が〔新宿御苑〕となったのは、明治三十九年五月であった。

かつての渋谷川のながれに沿った、この庭園を見るとき、むかしの内藤屋敷の結構がいまも尚《なお》、まざまざとしのばれるのであった。

大正天皇が崩御されたとき、その大葬は新宿御苑内においておこなわれた。

それより前の大正十年の大火で、新宿の遊廓は全焼したが、すぐに息を吹き返し、以前にまさる五十三軒もの遊女屋が新築した。

関東大震災後の復興も早かったようだ。

震災後は、下町から郊外へ移住する東京市民が激増したことにもよるが、震災の翌年には、それまで町はずれだった二幸の前に、早くもバス・ターミナルが出来ている。

新宿はその後、昭和の大戦の空襲によって焼土と化したが、復興のときの活気はすさまじいばかりの熱気をたたえていた。

その熱気は、東京オリンピックを契機とした、東京のメカニックな膨張につれて、いよいよ異様な烈《はげ》しさを呈するにいたるのである。

（「海」臨時増刊、昭和四十四年七月）

解　説

八《や》尋《ひろ》舜《しゅん》右《すけ》

昭和三十五年、池波正太郎さんは「錯乱」で、その年上半期の直木賞を受賞した。

この文庫には、その昭和三十五年から同四十五年までの十年間に発表された短編小説十篇《ぺん》と、歴史随筆ふうの「内藤新宿《ないとうしんじゅく》」一篇が収められている。この十年間は、作品の数も急速に増え、池波文学の骨格がくっきりと形づくられていった時代といってよい。どの作品も三十代後半から四十代後半にかけての作家の、精気に満ちた力作ぞろいで、なかには、池波作品の代名詞のようになった人気シリーズ「鬼平犯科帳」の原形ともいえる作品もふくまれており、興味つきない一巻となっている。

わたくしごとで恐縮だが、わたくしが編集者生活に足をふみいれて、時代小説というものに眼《め》を開かれたのと、池波さんが時代小説作家として脚光を浴びはじめた時期とはほぼ重なっていることもあって、ここに収録されている作品は、いずれも発表されるたびに新鮮な思いで愛読した思い出ふかいものばかり。解説を書く役目をおおせつかったいま、一篇ずつ読みかえしながら、なんとも懐《なつ》かしいおもいにとらわれている。

巻頭の「尊徳雲がくれ」は、三十五年、著者三十七歳の秋に書かれた作品。

二宮尊徳、通称金次郎（一七八七―一八五六）は、若い人にはなじみがうすいかもしれないが、戦前・戦中、当時の国策に沿ったまことに都合のよい節倹、徳行の人として、修身の教科書などにもとりあげられ、おおいに賞揚《しょうよう》された人物である。現在の神《か》奈《な》川県《がわけん》小田原市の近く、相模国足柄郡《さがみのくにあしがらぐん》栢《か》山村《やまむら》に生まれ、十四歳で父を、十六歳で母を失ったが、極度の貧窮にもめげず、徹底した節約の精神と工夫努力によって、親が失った田畑を買いもどし、ついに栢山村屈指の大地主となった。

小田原藩家老職・服部十郎兵衛《はっとりじゅうろべえ》家の財政建て直しをはじめとする仕法家としての腕を買われ、小田原藩主大久保《おおくぼ》忠真《ただざね》から直々に、野州（栃木《とちぎ》県《けん》）桜町領の仕法を委嘱されたのは、文政四年（一八二一）、三十五歳のときである。

仕法というのは、著者の説明を借りれば、「負債整理、殖産開拓、一村一藩復興や財政建直し」などをおこなうことで、ここでは、小田原藩の分家である旗本宇津家の荒廃しきった領地の復興を指している。藩はそれまでに復興資金として千両余の金を桜町領につぎこんできたが、藩の役人のやりかたではどうにも埒《らち》があかないので、忠真としては、あまり金をかけることなく、独自の方法で仕法をやってのける尊徳を起用して、いまふうにいうならば、民間のエキスパートを起用して〔村起こし〕を試みようとしたものであったろう。

尊徳は翌文政五年、百姓身分から五石二人扶持《ぶち》名主役格にとりあげられたが、同時に、宇津家から家をあげて赴任せよと命じられたため、苦心して手にいれた栢山村の家屋敷田畑をすべて処分、同六年春、家族をひきつれて桜町陣屋に移った。文字どおり背水の陣で臨んだわけだ。小田原藩からの仕法金二百両と自分の財産を売却してつくった資金を活用して、尊徳は荒田、廃田の復興——尊徳はそれを〔起発〕とよんでいるが——をすすめ、数年のうちに、治水工事のほうもかなりはかどった。協力者には、尊徳流のやりかたで惜しみなく無利息で金を貸したりもした。にもかかわらず、反対派の妨害などもあり、おもいどおりに仕法が進捗《しんちょく》しなかったのは、作中にのべられているとおりである。

尊徳の事歴をみていくと、文政十二年（一八二九）に、記録上空白の時期がある。一月に桜町陣屋を出奔、三月に下総《しもうさ》の成田山に参籠《さんろう》とあるだけで、その間、尊徳がいったい、どこで、なにをしていたか、まったくわからない。家族も陣屋に置きざりにされたままだったようで、文字どおりの「尊徳雲がくれ」である。

この作品は、その三カ月の空白の期間に焦点をしぼり、その謎《なぞ》の日々における尊徳の行状を巧みに小説化したものだが、四十三歳の中年男尊徳に、若いおろくという〔たらし〕の商売女を配し、房事に溺《おぼ》れながら仕法がはかどらぬ愚痴を尊徳にこぼさせたりするという大胆な構成をとっている。明治期には宮内省《くないしょう》から伝記『報徳記』が発行され、神社にまで祀《まつ》られた〈偉人〉の裏面に隠された好色の一面をあぶりだし、人間くさい尊徳像を鮮やかに描いてみせた。全体的には、尊徳の事績を下敷きにして書かれており、時代小説というよりも、たぶんに歴史小説的な色合いの濃い作品だが、おろくとのからみの部分は、まぎれもなく池波世話物の世界である。

「恥」「へそ五郎騒動」と「舞台うらの男」は、それぞれ著者が掌《たなごころ》を指すごとく通暁《つうぎょう》した真田《さなだ》、赤穂《あこう》両家に材をとった作品。著者は、二つの藩の、きわめてドラマチックな歴史の抽出《ひきだし》のなかから、燻《いぶ》し銀《ぎん》のように底光りのするテーマを見つけだしてきて、感動的な作品に仕立てている。

「恥」においては、権勢をほしいままにし、藩政を私している藩執政の原八郎五郎に、友人の児嶋右平次《こじまうへいじ》は「断固斬《き》るべし」と立ちあがるが、主人公の森万之助《まんのすけ》は、原が藩にとって〈悪〉の存在であることを認め、友人の正義に共鳴しつつも斬る気にはなれず、愛情に似た気持ちさえ抱いてしまう。べつに理屈があってのことではない。万之助は、原が自分とおなじく、遊女あがりの女を妻にしており、「女というもののよさを、しっかりとつかみとっている」らしくおもわれることから、そんな原に、どうしようもなくインチメートなものを感じてしまうのである。

人生は多種多様な、矛盾したもののうえに展開する。万之助もまた、その矛盾のただなかで、「政治家としての原八郎五郎は大きらいだが、人間としての原は好きだ」「これが人間の情というものだ」とおもうのである。封建道徳からは、はみだした考え方といわねばならない。しかし、万之助はおのれの矛盾した感情に忠実に生き、藩を捨て、父も妻も捨てる。ただ、「おのれがおのれにあたえた恥」だけは、捨てることなく頑《かたく》なに抱いて生きていく。

ともすれば人の陥りがちな、時代の通念や、社会の常識というものにながされ、単純にものごとを善か悪かで断定してしまうやりかたに、著者は、「人間も、人生もそんなに簡単に割りきれるものではないんだよ」といっているようにおもわれる。つまり、時代の道徳律などにしばられない人間の自由で多様な生きかたを淡々と描くことで、この作家は、人間のかぎりない可能性に満ちたコスモスを提示してみせる。封建制下の歴史に材をとり、男の世界を描きながら、この作家がまちがっても偏狭《へんきょう》な〈体制訓話的〉作風に陥ったりしないのは、ブッキッシュな思考によらず、あくまで、みずからの庶民感覚に根ざした人間洞察《どうさつ》にしたがって作品を書いているからだ。

「へそ五郎騒動」も、「恥」と同様、執政の原が登場する真田騒動ものの一つである。数ある池波作品のなかでも、わたしの好きな作品の一つで、いくど読みかえしても飽きることがなく、じつに清爽《せいそう》な読後感がある。ここにも、パターン化されない、多様で味わいふかい人間解釈がふんだんにちりばめられている。「舞台うらの男」とと
も

に、その後の池波作品のベースをなす文学的特徴がよく出ている。

「看板」は、池波さんの代表的なシリーズとなった「鬼平犯科帳」の原形ともいえる作品だ。昭和四十年に書かれた小説だが、ここに、おなじみの火付盗賊改方《ひつけとうぞくあらためかた》・長谷《はせ》川平蔵《がわへいぞう》が初めて登場する。ただし、まだ〈鬼平〉中心のストーリーではなく、鬼平がまぎれもない主役で登場するのは、「オール讀物」昭和四十二年十二月号の「浅草・御厩河岸《おうまやがし》」の発表を待たねばならない。この「浅草・御厩河岸」が非常な評判をよんだこともあり、四十三年正月号から「鬼平犯科帳」の通しタイトルで連載がはじまり、こんにちまでつづくことになるのである。

鬼平こと長谷川平蔵は、実在の人物である。幼名は銕三郎《てつさぶろう》、諱《いみな》を宣以《のぶため》といった。

著者が語るところによると、長谷川平蔵に目をつけたのは昭和三十一、二年ころ。『寛政重修諸家譜《かんせいちょうしゅうしょかふ》』のなかに長谷川平蔵の名を見いだし、芝居にしたいとおもったが、はまる役者がいないために、書きたくとも書けなかった、という。

ちなみに、長谷川氏の系譜は『寛政重修諸家譜』の巻八百六十五、藤原氏《ふじわらし》秀郷流《ひでさとりゅう》に収められている。ご存知のごとく、戦国期以前の家譜は多分に眉唾《まゆつば》である。このあたりを池波さんはあえて深入りせず、「平蔵の家は、平安時代の鎮守府《ちんじゅふ》将軍・藤原秀郷のながれをくんでいるとかで、のちに下河辺を名のり、次郎左衛門《ざえもん》政宣《まさのぶ》の代になって、大和《やまと》の国・長谷川に住し、これより長谷川姓を名のったそうな」(『鬼平犯科帳〈血闘』）とさらりと処理している。

とまれ、長谷川家が争乱の戦国期を切りぬけ、徳川の治世下に世禄《せいろく》四百石の旗本として生きのこることができたのは、駿河国《するがのくに》小川の土豪から今川氏の家臣となり、今川家が滅亡した後、いちはやく徳川家に仕えた藤九郎正長が、三方ガ原の合戦で武田《たけだ》軍と勇ましく戦い、家康《いえやす》の馬前で討ち死にした功によるものといえよう。

池波さんは、直木賞をえたあとすぐに、こんどは、この長谷川平蔵を小説にしようとおもったという。しかし、「すぐに書かなかったのは、ぼくの文体が硬かったからです。そのときの硬い文体では、江戸時代の世話物は書けないと思った。自分の思うように文章が出てくるようになるまで温めておこうと思ったんです」（「オール讀物」一九八七年五月号）。

この「看板」が書かれたのが昭和四十年、「オール讀物」誌上で「鬼平犯科帳」の連載が始まったのが同四十三年であることは先に触れた。「看板」は「江戸時代の世話物」を書くための文体を模索していた著者が、ようやくたしかな感触をつかみ、一種のウオーミングアップのつもりで書いたものといってよいかもしれない。そのほぼ八割が会話《せりふ》から成り立っている。

「いまのぼくの文章は、せりふなんです。せりふが文章になっている」（「オール讀物」同前）。作者は、凝縮されたせりふの力で一篇、一篇の小説を描ききろうとした。劇作家でもある池波さんは、若いころからせりふにたいしては人に倍してセンシブルだったはずで、そのための苦労もおおいにしてきたにちがいない。当然ながら、芝居では、せりふがすべてで、小説のように地の文にたよることはできない。

池波さんの作品は、初期のころから会話にすぐれ、時代小説としては漢語の使用もひかえめで、かなり読みやすい文章ではあったけれど、「鬼平犯科帳」の前後から、さらに会話が多くなり、センテンスは短く、きわだって平明な文章にかわっていった。

作家がおのれの独自の文体の創造に骨身をけずるのは当然のことと知りながら、なお、わたしは、それが池波正太郎という作家のなかで、どのていどポジティブになされたことなのか、作家の口から直《じか》にうかがってみたいとおもっていたが、はからずも、そのこたえを、前掲の作者のことばで知ることになる。書こうとする「江戸世話物」にふさわしい文章の技法を、池波さんは数年の歳月をかけて創《つく》りだしたのだ。

蛇足《だそく》に類するが、過日、池波さんにお会いしたとき、「とりあげる題材にそって文章が自然にかわっていったのではなくて、やはり、あの時期、そうとう意識的に文章をつくりかえられたのですか」野暮と知りつつも、あくまで確認のつもりでおききすると、言下に、こたえがかえってきた。「どうしたら多くの読者に読んでもらえるか、そりゃあ真剣にかんがえたものだよ」。

こうして、現在のまさに呼吸のように自然で、簡潔、精緻《せいち》な文章が完成されたのである。わたしは、まえに、おなじ新潮文庫の『男の系譜』の解説で、「作者の〝思想〟は、磨《みが》きぬかれた詩句のように一語一語が昇華された会話、練達の織匠が丹精した上布のように肌理《きめ》あざやかな描写の行間に巧みに隠し縫いされている」云々《うんぬん》と冗語をついやして書いたことがある。このときには、まだ池波さんが、「せりふで小説を書いている」とは知らなかった。いまだったら、短く、こう書く。「すべてが磨きぬかれたせりふで書かれている」と。

この「看板」のなかに、片腕のない女乞食《おんなこじき》おこうが金を拾い、落とし主がもどってくるのを二刻《ふたとき》も待って返す話が出てくる。それを見ていた盗賊・夜兎《ようさぎ》の角《かく》右衛《え》門《もん》が感心し、料理屋で、おこうにうなぎをご馳《ち》走《そう》しながら、「あれだけの大金を拾って、平気だったかえ?」ときくと、「私ばかりじゃなく、乞食というものは、わりと拾いものを返しますよ」「人間、だれしも看板をかけていますアね。乞食のかけている看板は、拾いものを返すってことなんですよ」と、おこうがこたえる。人を殺さぬことをまことの盗賊の掟《おきて》とし、それを誇りにもおもって生きてきた夜兎の角右衛門は、のちに、長谷川平蔵に、「女乞食の看板と、お前の看板とは、だいぶんに違う。お前の看板の中身は、みんな盗人《ぬすっと》の見栄《みえ》だ」ときめつけられることになり、この小説の題名の「看板」の意味がしだいにわかってくる仕組みになっている——。

それにしても、襤褸《ぼろ》をまとったおこうが泪《なみだ》をながしながらうなぎを食べる場面は、まことにもって圧巻である。それもそのはず、じつはこの食事の場面は、おこうの、その後の死の伏線になっているのだ。車善七支配の浅草見附《みつけ》の小屋にもどったおこうは、仲間をよびあつめて、角右衛門からもらった一両で酒肴《しゅこう》をふるまい、「もうおもいのこすことはない」と、その夜ふけに首をくって自殺するのである。当時の逸話にモデルを採ったとおもわれる、この女乞食の意外な自殺が、「看板」のストーリーに屈折した面白《おもしろ》みをくわえている。

余談ながら、長谷川平蔵は、「鬼平犯科帳」では、火付盗賊改めの面のみクローズアップされているが、この平蔵は、寛政二年（一七九〇）に、人足寄場の制度を幕府に建議してつくった人でもある。人足寄場というのは、刑の執行を終えた者たちを集めて収容し、更生のために働かせた授産所のことで、隅田川《すみだがわ》河口の石川島と佃島《つくだじま》の中間の葦沼《あしぬま》を埋めてつくられた。人足寄場取扱いとしての平蔵も、火付盗賊改め鬼平同様、厳しさと同時に人情の機微に通じたはまり役だったようで、その施策に、かれの「悪党もまた人である」の思想が十分に生かされていたようだ。ちなみに、山本周五郎の名作『さぶ』は、この人足寄場を主題にして書かれている。

表題作の「谷中《やなか》・首ふり坂」、それから「夢中男」「毒」の作品は、いずれも昭和四十四年に書かれたもので、そのストーリーのはこびのみごとさは、現在の完成された池波作品とまったくかかわりがない。これらの作品についても触れたいことがたくさんあるのだが、残念ながらあたえられた紙幅がつきた。またの機会を待ちたい。

（一九九〇年一月、作家）

「尊徳雲がくれ」は東方社刊『応仁の乱』（昭和三十五年十一月）に収録され、のち立風書房刊『池波正太郎短編全集下巻』（昭和五十八年三月）に、「へそ五郎騒動」「舞台うらの男」は毎日新聞社刊『仇討ち』（昭和四十三年十月）に、「かたきうち」はアサヒ芸能出版刊『真説・仇討ち物語』（昭和三十九年三月）に、「看板」はサンケイ新聞出版局刊『にっぽん怪盗伝』（昭和四十三年一月）に「白浪看板」として収録され、のち角川文庫『にっぽん怪盗伝』（昭和四十七年十二月）に、「谷中・首ふり坂」は東京文芸社刊『錯乱・賊将』（昭和五十四年四月）に、「夢中男」は桃源社刊『夢中男』（昭和四十五年六月）に収録され、のち東京文芸社刊『夢中男』（昭和五十七年二月）、『池波正太郎短編全集上巻』（昭和五十八年一月）に、「伊勢屋の黒助」は東京文芸社刊『この父その子』（昭和四十七年十一月）に収録され、のち『池波正太郎短編全集下巻』に、「内藤新宿」は新人物往来社刊『新選組異聞』（昭和四十七年六月）に収録され、のち角川文庫『戦国と幕末』（昭和五十五年九月）に、それぞれ収められた。その他の作品は本書初収録である。

表記について

新潮文庫の文字表記については、原文を尊重するという見地に立ち、次のように方針を定めました。

一、旧仮名づかいで書かれた口語文の作品は、新仮名づかいに改める。
二、文語文の作品は旧仮名づかいのままとする。
三、旧字体で書かれているものは、原則として新字体に改める。
四、難読と思われる語には振仮名をつける。

なお本作品集中には、今日の観点からみると差別的表現ととられかねない箇所が散見しますが、著者自身に差別的意図はなく、作品自体のもつ文学性ならびに芸術性、また著者がすでに故人であるという事情に鑑み、原文どおりとしました。

（新潮文庫編集部）

谷《や》中《なか》・首《くび》ふり坂《ざか》

新潮文庫　い－16－54

平成　二　年　二　月二十五日　発　行
平成二十年　五　月二十五日　三十九刷改版
令和　四　年　二　月　二　十　日　五　十　一　刷

著　者　波《いけ》波《なみ》正《しょう》太《た》郎《ろう》

発行者　佐藤隆信

発行所　株式会社　新潮社

郵便番号　一六二―八七一一
東京都新宿区矢来町七一
電話　編集部（〇三）三二六六―五四四〇
　　　読者係（〇三）三二六六―五一一一
http://www.shinchosha.co.jp

価格はカバーに表示してあります。

乱丁・落丁本は、ご面倒ですが小社読者係宛ご送付ください。送料小社負担にてお取替えいたします。

印刷・株式会社光邦　製本・株式会社植木製本所

© Ayako Ishizuka 1990　Printed in Japan

ISBN978-4-10-115654-5 C0193